晩年

立松和平

Tatematsu Wahei

人文書院

目次

晩年

写真　鬼海弘雄
装幀　間村俊一

道場

根拠はないのだが、何となく悪い予感がないわけではなかった。いや、根拠がないということはない。彦さんが東京の築地にある癌センターに入院して闘病生活をし、退院して家に帰っていることは知っていた。私にとっては敬愛してやまない先輩なのだが、奥さんと二人の娘さんと最後の団欒をしているのだからと、私は会いにいくのを遠慮していたのだ。そんな日がつづき、留守番電話を聞くスイッチをいれるのが恐かった。何件かの取るに足らない声のあと、いつもの陽気さとは違う高橋公の暗鬱な声が響いてきた。

「おい、彦が死んだぞ」

それだけだった。土曜日だったので、さっそく高橋公の自宅に電話をいれた。だが応答はない。彼も彦さんの家にいっているのかもしれなかった。予期はしていたはずなのだが、彦さんのあの声この顔が思い出され、私は電話器の前で涙をこぼしてしまった。外から帰ってきた妻が私の顔を見て、どうしたのと問う。

「彦さんが死んだ」

学生時代から私は彦さんを知っていて、結婚する前より妻も彦さんには世話になってきたのだ。妻も重いものを抱え込んでしまうようにして黙った。

取るものも取りあえずという感じで黒い服に着替え、私は家をでた。山手線の駅で私鉄に乗り換え、駅前で白い花を注文し、それしかないので白百合の花束を買った。彦さんは私の大学の先輩の五十二歳であった。これまで何度となく酔っぱらって通った住宅街の道を、私は似合わない白百合の花束を持ってゆっくりと歩いていくのだ。とても急ぐ気にはなれなかった。この歳になり、ひとつひとつ決まりがついていく。やがては、私自身が決まりをつけなければならない番になる。彦さんが逝ってしまったからには、私の番もそう遠くはないと思われる。

八階にある彦さんの家には、すでにたくさんの人が集まっていた。弔問客には知った顔も知らない顔もあった。部屋のテレビは点けっぱなしになっていた。テレビの世界で働いていた彦さんの、プロデューサーとして制作した番組と、キャスターとして出演した番組のビデオが流れていたのだ。かつての彦さんの姿が光と影になってテレビの中で踊っている。

私は夫人の真木に挨拶をしてから、彦さんが眠っている蒲団の胸の脇に白百合の花束を置き、線香を立てた。それから白い布をほんの少しめくって顔を見た。痩せ細ってはいたが、彦さんらしい精悍な風貌は失われていない。修行をして山から降りてきた僧のような峻厳な表情だった。執着が消え、透明感が漂っている。彦さんはまわりの人間に別れの言葉もなく、ひょいと向こう側にいってしまったのである。残されたほうではあっけにとられるような思いがあった。

「あったかいなあ。お風呂にはいってるみたいだなあ。気持ちがいいよ。ちょっと眠っていいかなあ。これが最後の言葉なんですよ」

喪服を着た真木がいう。私は真木とも学生時代からの付き合いだ。こんな臨終の言葉を残す人間もめったにいないなと、私はほんのわずかだが明るいような気分になる。真木はそばにいるなるべく多くの人に聞こえるようにはっきりした声でつづけた。

「それじゃ休んだらいいわって私がいったのが、夜の十時頃かしら。私も付きっきりで看病していたから、一緒に横になったんですよ。夜中の一時頃に目が覚めたら、どうも呼吸の間隔がありすぎるんです。それまではリンパ腺が腫れて喉を圧迫していたから、息がうまくできなくて、すごい鼾だったんですね。時々は呼吸をあわせたりしたんだけど、その呼吸ではこちらはとても苦しいんです。息遣いも弱くなっているし。私は、お父さん、お父さんと頬をはたいたんだけど、そのまま呼吸が止まっちゃいました。私はまだあきらめきれなかったから、救急車を呼んだんですよ」

その日の夕刊に彦さんの死亡記事が出た。死因は呼吸不全と書いてあったが、下咽頭癌による呼吸不全が正しい。病院から一時帰宅したのは、切開すれば二、三カ月は命があると医者がいったにもかかわらず、彦さんが手術を拒否したからだ。どうしてそうしたのか、もちろん彦さんに聞いてみなければわからない。下咽頭は隠れたところにあって癌は発見しにくく、見つかった時には癌はすでにかなり進行していた。転移して左リンパ腺が腫れてきたが、放射線治療により腫れは幾分引いていた。小康状態を保っている時、彦さんは家に帰ってきた。おそらく彦さんの意志が強く働いたのだろう。癌細胞が活発になればリンパ腺が腫れて膨らんできて、気管を圧迫する。そうなれば呼吸が苦しくなり、どうしてもまた入院しなければならなくなる。これが家庭で家族と過ごす最後の時間になるはずである。

家庭も最早安楽の地ではなかった。予想どおり間もなく呼吸がうまくできなくなり、酸素が足りなくて、身体が冷えてきた。彦さんは寒い寒いと訴えるようになった。そこで真木は病院から酸素吸入の装置を運び、同時に医者に痛みをやわらげるモルヒネを射ってもらった。そのために彦さんの身体はあったかくなり、風呂にはいったかのように気持ちよくなったのであった。


通夜の晩、私は高橋公や昔からの仲間たちとともにいた。彦さんは学生運動の闘士であり、リーダーであったから、いろんな人間の思いを背負っている。社会人となってからの仲間もいて、近所の寺でおこなわれた通夜には多士済々の顔が集まった。もてなしの酒と料理は、それぞれの関係者に分かれたテントの下にならべられた。中には十年ぶり二十年ぶりに見る顔もあり、このまま別れがたい気分になった。駅前の居酒屋に移した流れで、ささいなことからいい合いになり、殴り合いまで起こった。昔の仲間が集まると青春の気分が忘れられず、自分が中年になっているのも忘れ、血気さかんになってしまう。しかし、過去も現在も自分が正しいのだとあくまで主張するような論争や殴り合いの中にはいっていくような気分にはなれず、私は外にでた。高橋公も一緒だった。

高橋公は彦さんの一の舎弟分と、自他ともに認める男である。敵対する党派の占拠する大学本部に四十七人で突っ込み、籠城したことがあった。命懸けで先頭切って突っ込んだ行動隊長の高橋公の名は、学生運動の世界にとどろいたのである。中心を占拠して一点突破全面展開で状況を変えようと発想したのが、彦さんだった。その時、彦さんは現場にいなかった。それまで学生運動で何度も何度も逮捕され、保釈中で、裁判を控え、身動きがつかなかったのである。

「彦のやつ、勝手に先に死にやがって」

暗いアスファルトを歩きながら、高橋公はいかにも悲しそうにいう。私は心の中のことを率直に言葉にしていう。

「悲しいな」

「たまんねえな」

「死にやがって」

「本当に死にやがって」

背後から足音が迫ってきて追い抜いていくような気がするのだが、歩いているのは私たちだけだった。うしろはぼうっとした暗闇のほかに何もない。

通夜の寺に戻った。白菊の花が闇の底に仄白く咲いていた。おびただしい白菊の花が生垣のようにならべられ、その前に献花された生花の花輪が配置してあった。経費もいとわず闇を埋めつくすように白菊が集められたのは、真木の思いだった。通夜の客はほとんど帰り、彦さんが社長をするテレビ制作会社の若い連中がいるばかりだった。白菊で飾られた祭壇の棺の中にいる彦さんと、彼らは酒でも飲みながら朝までいるつもりらしい。通夜の会場は寺の本堂ではなく、葬儀場のようなところだった。高橋公と私とがいくと、彼らは当然のように酒を汲んだ湯呑茶碗を渡してくれた。

高橋公と私は棺の中の彦さんに向かって、献杯といって湯呑茶碗を差し出し、中のものを一気に飲んだ。

若い連中が一升壜を傾けて湯呑茶碗に酒をついでくれる。冷たい酒は歯に染みた。テントのほうでは石油ストーブは使えるのだが、祭壇のあたりでは吹きさらしの風にあたっていなければならない。高橋公と私は折畳み椅子をだして、オーバーコートを着たまま彦さんと向きあうかたちに坐った。

「死にやがって」

もう一度いって高橋公は酒をあおる。若い連中が床に立てていってくれた一升壜をつかみ、私は二人の空っぽの湯呑茶碗につぐ。

「病室にカーテンを引いて、本をたくさん持ち込んで、寺にでも籠っているみたいだったな。しょっ中座禅してたよ。髪も髭も伸ばし放題で、石窟に籠った修行僧みたいだったな」

癌センターに見舞いにいった時のことを思い出して私はいう。まるで人生の休暇ができたとばかり、闘病を楽しんでいるふうだった。もちろんそれは小康状態の時だけで、二十四時間眠ることができないほど痰が喉に絡まり、ナースコールのボタンを押しつづけたこともあったらしい。自分が瀕死の状態なのに、同室の人が手術をする前日には、頑張ってくださいと書いたメモを渡したのだそうだ。

「あの時、凄味があってきれいな顔になっていたな。目が澄んでいたよな」

「修行がすんだんだって感じだったたな」

「誰にも別れの挨拶をしなかった」

「一人で向こう側にいっちゃったな。見事なんだよ」

「一人で死にやがって」

高橋公も私もこの世に取り残されたような気分になっていた。生きているのがつまらないような心持ちである。高橋公も私も彦さんが一人で死を摑んだことに嫉妬さえ覚えていた。この世はどこでも道場なのだが、修行の期間がすめば道場を去らねばならない。こうして彦さんは彼岸にいったのだが、高橋公も私もいまだ道場にいる。

いくら酒を飲んでも酔いそうになかった。もちろん二月の寒さのせいばかりではない。私も彦さんとはこれで最後だとばかりに高橋公の掌の中の湯吞茶碗に酒をつぐ。騒いでいた酒がしずまると、蛍光灯の二本の線が水面に浮かんだ。

「明日の葬式の弔辞の原稿を、これから書かねばならない。ずいぶん酒を飲んだけど、眠くないから書けるだろう」

私は今さらのように思い出していった。思いがたくさんあるために、うまく文章を仕上げる自信はなかった。湯吞茶碗の酒を一気にあおると、明日また出直してこようといって、高橋公も立ち上がった。

弔辞

はじめて彦さんの姿を見たのは、私が早稲田大学政治経済学部に入学した一九六六年春のことでした。大学はバリケード封鎖され、封鎖を続けるかどうかをめぐって、学部の学生大会が開かれました。全学共闘会議副議長として、彦さんは壇上にいました。詰襟の黒い学生服を着て、痩軀で、眼光鋭い男でした。大会は紛糾し、連日徹夜続きで疲労困憊していたのか、彦さんは衆目の前で胃から黒い血を吐いて倒れたのです。沖田総司のようだな、格好いいなと思ったのが、私の一方的な彦さんとの出会いでした。

本当に彦さんと親しくなったのは、一九七〇年を過ぎ、なんとなく行き場がなくなってからでした。私は小説を書いていたのですが、発表する機会もないので世の何処にも所属しない浪人であり、彦さんも時代の浪人を決め込んでいました。彦さんや他の仲間たちとしたことは、住んでいる南阿佐ヶ谷の須賀神社の境内で、夜になると剣道の激しい稽古をすることでした。もちろん彦さんが師範です。みんな時代の浪人でしたが、きたるべき時のために力をつけておきたいと、真剣に考えていたのです。そのきたるべき時とは、イメージの中のことでしかありませんでしたが……。

本当に稽古は激しかったですね。夏には群馬の渋川に合宿にいき、熱に閉じ込められたような防具の中で、全身全霊を打ち込んでぶつかり稽古をしたものです。朝食前に二時間、昼前二時間、午後二時間、夜二時間と、一日八時間もの体力精神力とも限界の稽古をしたもんです。強くならないわけがありませんね。私は今でも木刀の素振りをしては、あの頃のことを思い出しますよ。

彦さんとはいろんなことをやって楽しかったですね。麿赤児さんを中心に麿プロをつくり、山下洋輔トリオの早稲田大学のバリケード内での何処にいくかわからないほど勢いのよい演奏を、「ダンシング古事記」として仲間たちとLPレコード化したことがありました。レコードの評判は上々で、手元からは飛ぶようにはけていったのですが、いっこうに金がはいってこず借金ばかり残りました。金とは縁のない人生です。生活費を稼ぐため、彦さんとは築地の市場によく仕事をしにいったもんです。

やがて私たちはなんとなく追われるように故郷に帰ったり、会社勤めをはじめたりしました。一方、彦さんは相変わらず時代の浪人で、剣の道を極めようとしていたのです。まさに道の人ですね。彦さんは武道の道に専念し、八王子の武道大学に通ったり、極真空手の道場に入門したりしました。その頃の彦さんと会って、忘れがたい言葉を聞いたものです。

今世界と抜き身で対峙している俺は、真剣で鉄を斬ることができる。観念が充実したある瞬間、彦さんはこう確信したそうです。心技体が充実すれば、不可能なことはない。刀でこの世界を真向上段のもとに断って落とせると認識したのでしょう。ビル工事現場からコンクリートの中に埋め込む鋼鉄の鉄筋を持ってきて台の上に置き、昭和新刀の真剣を構えて精神を集中させ、渾身の気合いとともに真向上段から振り降ろしました。鉄がすっぱりと斬れるどころか、刀は虚しく跳ね返されたそうです。鉄筋にも多少の疵はつきましたが、刀の刃こぼれのほうがひどかった。そして、精神の傷が最も深かった。いかにも彦さんらしい挫折体験ではありませんか。

他人には理解しがたいあまりにも個人的な挫折の後、彦さんは私達の娑婆世界に降りてきて、テレビの仕事をはじめたのです。自分がプロデューサーだと思えばプロデューサーということで、いきなりプロデューサーでした。戦火のレバノンでパレスチナゲリラと生活をともにし、アフガンゲリラと従軍し、ソマリア難民の群に身を投じ、リビアでカダフィ議長にインタビューしと、深い含蓄と行動力のある彦さんの仕事はいつもエキサイティングでした。

彦さんのことを考えれば、思いは尽きません。彦さんと酒を飲んでいると、快い緊張感と心からの慰藉があり、本当に楽しかった。彦さんは私にとって、私のまわりにいるたくさんのものにとって、師であり、兄であり、至上の友でありました。

彦さん、彦さんとこんなふうに永遠の別れをしなければならないのは、悲しいです。無念です。いいたいことは山ほどあるのに、これ以上言葉はありません。

彦さん、本当に、さようなら。

三回忌に、彦さんの骨を納骨にいく真木にみんなでついていこうといいだしたのは、高橋公だった。彦さんが逝って、丸二年が過ぎていた。彦さんの故郷がどんなところなのか、一度見ておきたかった。彦さんは高校を卒業して離郷し、骨になってはじめて帰郷するのである。友人は十人ばかり参加し、奥さんの真木と娘さん二人、娘さんの連れ合い一人が一行である。現地で親戚や友人と合流する。彦さんの故郷は山口県の周防大島というところだが、私にはどうも確かな光景が思い浮かばなかった。

広島空港に降りると、島からホテルのマイクロバスが迎えにきていた。片道二時間もかかる広島空港まで普段なら送迎することなど考えられないのだが、シーズンオフなので宿泊客もなく、ある程度人数がまとまったので、ホテルもサービスをしてくれるのだ。私は幹事役の高橋公のつけた段取りどおりに動いていればいいのだった。

彦さんは最後の最後まで楽天的に見えた。死などものともしないかのようだったのだが、それは神通力で治すつもりでいたからなのではないかと、私は考えるようになっていた。病院では「高僧伝」のような本を片っ端から読み、座禅をしていた。病気は彦さんにとっては修行の道場が与えられたと同じであり、剣道の稽古が苦しいように闘病生活は苦しい。だが稽古により剣道の腕は確実に上がるように、苦行に近い闘病をすれば神通力も増し、エネルギーに満ちた観念が病根を根絶する。それは彦さん特有の楽天的な考え方だ。なにしろ真剣で鋼鉄の鉄筋が一刀両断にできると観念した男である。病気はあくまで修行の過程であって、精神を鍛練すればそれとともに胆力が何処からともなく湧出し、近代医学で治癒できなかった病根もたちまち滅し尽くしてしまう。彦さんがそう観念したところで、なんら不思議はない。そういう楽天的といえば楽天的な男なのだ。ただし今回は、真剣を病魔に向かって真向上段に降りかぶる間もなく挫折してしまったのである。

彦さんは手術を拒否した。身体にメスをいれると、せっかく獲得した神通力が失われてしまうと案じたのだろうか。だが切開したとしても、二、三ヵ月延命できた程度だということだ。病状が小康状況になって一時退院する時、彦さんは真木にそっとこういったそうだ。

「医者は俺を死ぬと思っているのか」

病院からでてくると、彦さんは別の医者の友人のすすめもあり、食事療法の玄米食をした。しかし、そのような悠長なことをしていられないほど病状は切迫し、死の一週間前に友人の医者が彦さんに食事療法はやめたらどうかといいにいった。生活のレベルを上げ、最後の時間を楽しむべきだという提案である。もちろんその背景には、死は避けられない現実だという認識があった。だが彦さんは、俺がこれをすると決めたんだからと、構えを崩そうとはしなかった。いかにも型を重んじる剣士の発想だ。これで駄目ならもう仕方がないではないかということである。その根底には、他人には見えない神通力が最後に働くのだという底知れない楽観があったのだ。

「病院で医者は誠心誠意患者とかかわり、そのことでは頭が下がるけど、娑婆に生還した患者はいないんだよなあ。医者が可哀相で見ていられない。医者が気の毒だから、俺は病院には戻らない」

家にいたある日、彦さんは真木にこんなふうにいったのだそうだ。医者の手を借りず神通力によって治癒するとも、このまま死ぬ覚悟だとも、両方の意味にとれる。楽天と覚醒とが混在している。矛盾した二つが同居しているのが、彦さんの魅力である。案外に彦さんは覚醒していたのではないか。それでいて、絶対に絶望はしなかった。そういう意味の楽天家なのだ。

「楽天家だけど、自分の思うままにしているのは、まわりの人を救うと思ってですか」

没後に医者は真木にこう尋ねたそうだ。女房にしても答えようもない問いであったろう。彦さんが死んでからの二年間、みんな彦さんのことを考えつづけてきたのだ。私にしても道を歩いている時など、この世にもう彦さんはいないのだなあとふと立ち止まり、不意打ちのような悲しみに襲われるのはたびたびだ。

広島空港から中国自動車道を走るマイクロバスの中で、彦さんの思い出話がぽつりぽつりとでた。新宿ゴールデン街に飲みに誘われ、いざ勘定を払おうとすると彦さんの金が足りない。こちらの有り金を全部足して、ようやく店をでることができた。小田急のロマンスカーに乗っていた時、彦さんはみんなが財布の中身を心配しているのに酒とビールとつまみを容赦なく注文した。貧乏の時ぐらい贅沢しなければつまらんというのが、彦さんの主張だった。こんな話が散発的にでるのだが、それぞれが彦さんのことを深く噛みしめているのか、話は展開しなかった。

大島大橋のたもとで車を止め、瀬戸内海を眺めた。鉄橋の下では潮が激流となりざあざあと音を立てて流れていた。周防大島が村上水軍の根拠地となっているという理由がよくわかった。潮の流れにのって攻撃し、潮流とともに去っていく。地の利を生かせば、水軍も海賊も航行する船を襲うのはたやすい。こんな景色さえ、彦さんのイメージに重なる。柳井高校をでて早稲田大学にはいるため上京し、間もなく学生運動に身を投じた。破壊的な過激派という悪口雑言は家族や故郷の人々の耳にも届き、テレビのプロデューサーやキャスターとして名をなしてからも、彦さんは故郷に帰る機会を持たなかった。今こうして骨壺にはいり、沈黙のうちに生涯で一度の帰郷を果たす。

「見てください。美しい海でしょうが。この島じゃ葬式の時が一番にぎわうけえ。ここは六十五歳以上の高齢化率が日本一じゃ。なんでも日本一はいいことじゃろ」

島にはいって急に元気になった運転手は、曲がりくねった道にうまくハンドルをあわせながら大声で話した。本当に澄んだ海だった。彦さんがいた子供の頃、橋も道路もなかったのでよそ者がたくさん渡ってきたとも思えず、海は潮さえ気をつければ最高の遊び場だったろう。三十年近い付き合いの中で、彦さんから故郷の話を聞いたことはなかったはずだ。彦さんにとって故郷は捨てたもので、また故郷に捨てられたものでもあったろう。私ははじめてきた島なのに、前に訪れたことがあるような気がするのが不思議だった。マイクロバスに同乗した真木にも娘さんにも友人たちにも、はじめての土地である。全員が同じ気持ちになっていると、私には思えた。

人工海浜に建てられた地中海風というふれ込みの豪華なリゾートホテルにチェックインし、またマイクロバスに乗る。

彦さんの故郷は大島に寄り添うようにしてある、面積一平方キロに足りない沖家室島《おきかむろ》だった。三百メートルほどの海峡を昔はポンポン蒸気船が結んでいたそうだが、今は立派な鉄橋が架かっていて陸つづきと一緒だ。

かつて家室千軒といわれ、漁師やそれにともなう商人の家が軒をつらねていたということだ。いわれてみればそんな面影も残っているなと感じられる暗い路地の坂を登ったところに、龍宮門のような山門を持った泊清寺がある。この島の全戸が泊清寺の檀家で、五年に一度五日間の寺籠りの行に参加すると、戒名が授与されるという。この島の人のほとんどは自分の戒名を持っているということだ。

住職をはじめ地元の人たちが私たちの到着を待っていて、古い大きな本堂でさっそく彦さんの三回忌の法要がはじまった。観無量寿経を読み、焼香をすると、住職が用意しておいてくれた卒塔婆と、東京から持参した骨壺とを持って立つ。裏の墓所は傾斜地に段々畑のように刻んであった。原色の造花がそれぞれの墓に飾ってあり、この世のものではないようななにやら華やいだ雰囲気があった。飾られているのはプラスチックの造花であったが、墓はどれも掃除がゆきとどいている。彦さんの家の墓は段の上のほうにあった。墓石を動かすと、骨を納めておく部屋がある。娘さんが持ってきた骨壺を真木が受け取り、少し躊躇してから、彦さんの骨を中にこぼした。欠片か粉になっている彦さんの骨は、先にすでにはいっている御先祖の骨にまじる。石でできた骨壺を私も持たせてもらい、少しこぼした。みんなも少しずつこぼした。重い墓石を動かして蓋を閉じ、顔を上げると、正面に限りなく透きとおった青い海があった。彦さんはこれから朝も昼も晩もこの海を眺めるのだ。そこには永遠の時間がたゆたっているかのように、私にも見えた。

カムイエクウチカウシ山

岸辺にドロノキが繁っていた。アイヌの伝説によれば、はじめて地上に生えたのがこの木だったという。しかし神がこの木で火を起こそうとしたがうまくいかず、次に生まれたハルニレは火がつきやすくて人に尊敬された。ドロノキはこれを妬んで災いをもたらす神になった。疫病がはやった時には、悪魔が集まっているので、ドロノキは燃やしてはいけない。乾燥させても煙ばかりでて炎が立たず、根性の悪い木である。

札内川に沿った砂利の林道に、空港で借りたレンタカーを走らせながら、岩村は秋山にこんな話をした。ドロノキなどよくもまあ風采の上がらない名前をつけられたものだ。助手席に坐っていた秋山は、岩村の言葉の終るのを待って反論するようないい方をするのだった。

「ドロノキというのは、確かマッチの軸木になる木じゃないか」

「そうだったかなあ」

思いがけぬ異論にあい、岩村は声をくぐもらせる。あるいは秋山のいうとおりかもしれない。

「泥臭く生きてきた俺たちみたいじゃないか。本当は人の役に立っているのに、まったく評価されない」

なんでもすぐ人生に結びつけてしまうのが、五十男の特性かもしれない。自分たちの人生を肯定したいという気持ちがありありではないか。肯定できる五十年であったと思いたい。冬山に登ることができた岩村と秋山とは、どちらが誘うともなく休暇をとって夏山登山をすることにした。学生時代に登った鮮烈な記憶があるカムイエクウチカウシ山にしようと、何度か銀座のバーで会って飲んでいるうち、相談がまとまった。夏用の新式の登山用具を買い整えるのは、胸が躍ることであった。

「ハルニレはいい木だな」

車窓から道端にハルニレの大木を認め、岩村はいう。学生時代はテントと食料のはいった重いリュックを背負い、黙々とこの道を歩いたものだった。身体は苦しかったのだが、当時もやはり木のことなどを考えていたのだ。木は自分と違い永遠といってもよいゆっくりとした時間を生きている。だがほとんどは大木になる前に死んでしまう。森は痛ましい死体でできているのだ。

「ハルニレの木に雷が落ちて、人間は火を使うことを覚えたんだったかな」

三十年も前の学生時代に話したことではないかと、秋山の語る声を聞きながら岩村は思う。遠い経験を共有しているので、その言葉がどちらの口からでようと同じことだった。永遠の時間がたゆたっている森にくれば、二人の上に流れた時間などたちどころに消えてしまうのである。

「ハルニレの木をこすると簡単に火が起こる。炉にいれて燃やすと、おばあちゃんが懐にいれてくれるようにいつまでも暖かい」

こんな記憶がどこにあったのかいぶかしいほどに、岩村の口から言葉がすらすらでた。気分がハイになっていて、楽しい。

工事現場になった行き止まりに、駐車場があった。車を止めたものの、何を工事しているのかよくわからなかった。沢登り用の靴をはけば、用意はそれですんだ。車内の見えるところに荷物を置くと石で窓ガラスを破られて盗難にあうからと、教えてくれた人がいた。いらない荷物や靴はトランクルームにいれ、鍵をかけた。

テントと食料と雨具のはいったリュックを肩に担ぎ上げるや、重量が足首に届いた。肩をほんの少し左右に動かし、重みの感触を味わう。カムイエクウチカウシ山の山頂まで、学生時代には道はほとんどなかった。今もあるのかどうかわからない。急勾配の岩肌をこの重量を背負ってよじ登るのに、五十年間使いつづけた筋肉と骨とがもつのかどうかわからない。岩村は不安を靴先で蹴飛ばすようにして歩き、登山者登録名簿のノートのはいった小鳥の巣箱のような小さな箱の蓋を開けた。プラスチックの紙でできたノートに、岩村は自分の名前と住所とを書き、他一名と付け加えた。テントに二泊してこの場所に戻りたいのだが、予備日も一日とってあった。

石を踏んで歩く。岸辺にはドロノキが繁っていた。ドロノキの森と石河原の間には、フキが丸い大きな葉をひろげている。沢登り用の靴の底にはすべり止めのフェルトが貼ってあり、乾いた石でも濡れた石でも体重をかけると吸いついた。足元は軽かったのだが、重い登山靴は片方ずつ両側にぶら下げてある。たぶん通常より水量は少ないはずなのだが、それでも札内川の本流は渡るところを慎重に選ばなければならなかった。

道標のピンクのビニールリボンが、木の枝に結んである。それを追って川岸を歩き、森にはいった。どこでも歩けるというわけではなかったのだ。川を渡らねばならないところもあった。岩の上に立って背中のリュックを少しずつ前に傾けていき、重心が向かった瞬間をとらえて前の岩に跳ぶ。二つ、三つとつづけざまに岩を跳んでいかねばならないところもあった。危険なところは、浅瀬を選んで川にはいる。どうにか膝ぐらいの深さですんだのだが、水流に足元を払われそうになることもあった。水に足をひたすのは気持ちよかった。

ピンクのリボンに誘導されて森にはいるや、風は死に絶えて暑くなり、とたんに汗がでた。鳥の声が聞こえた。岩にとりついて登り、降りると、足元に水が流れていた。エゾマツの幹の間で、サファイヤのような透明な青い光が水面に向かって素早く飛び、水をかすめて対岸の森に消えた。

「ヤマセミだ」

岩村と秋山とは同時に声をだしていた。学生時代にもまったく同じ光景があったような気がした。あの頃と何も変わっていないのだ。再び河原にでた時、岩村は背後の秋山を振り返っていう。

「一休みするか」

「ああ」

秋山は余裕のある声をだし、背中からリュックを降ろした。岩村も同じようにしながら、山にはいってわずかしかたっていないのにすでに自信を持っている自分に気づく。もちろん険しいのはまだずっと先なのだが、年齢を忘れた気になった。

「何も変わってないぞ」

石に腰を降ろして岩村はいう。こんな時には煙草に火をつけるのが常だったのだが、健康のために今はやめていた。

「不思議なことだな」

秋山も同じことを考えているのが、岩村にはわかった。旧式なリュックを担いだ三十年も前の自分たちが、イタヤカエデの幹の脇から今にもでてくるような気がした。その若い男はどんな顔をして、何を考えているのだろう。

「山岳部の仲間はどうしているだろうな」

意味もないこととは知りながら、岩村はいってみる。

「あれも人生、これも人生だろう」

「五十過ぎると、いろいろと結着がついてくるからな」

「そんなふうに考えないほうがいいぞ」

「ああ。何も変わってない。ここにくると、それがよくわかる」

岩村は自分が話すことはすなわち秋山が考えることだという気がしていた。この友と出会ったことで、自分の人生がどれだけ豊かになったかわからない。深緑の森の中に、銀色の光がシャワーのように射し込んでいた。その光は葉を透かして緑色に染まっている。何もかも美しい。黙って森を眺めているうち、肌に冷気が染み、汗が引いてきた。

目で合図をし合って立ち上がり、リュックを担いだ。今度は秋山が先に立って歩きだす。決まった道がないのでどこを通ってもよく、先導するものの個性がでる。秋山は足場が悪いところでも最短距離を選ぶ傾向があった。どうしてこんなことに気づかず付き合ってきたのかと、岩村は奇妙な気分になる。仕事の現場では、秋山は友には見せない顔で遮二無二歩んできたのだろう。

いたるところから水が湧きだしている苔の美しい崖があったかと思うと、雪崩か鉄砲水がでたのか大岩が転がっている荒涼とした沢があった。岩が落ち着いていないので、軽く踏んで確かめてから体重をかけないと危険である。沢歩きは、たえず天気と相談してでなければできない。

八の沢出合いにきたことを地図で確かめる。土砂が堆積し、平坦な洲ができていた。少し高いところを選べば、雨降りでないかぎりテントを張ることができる。バッコヤナギの大木の下で小休止し、八の沢を登っていく。幾分勾配がつき、幅の狭くなった沢は時に急流となって水を走らせていた。山奥から岩があふれるように転がりだし、角をとって丸くなっていくのがわかる。

両側が崖になって河原も沢も歩けず、オオブキを踏んで森にはいった。エゾマツやトドマツの針葉樹が主に繁る清潔な森であった。ここでも光の束が幾本も斜めに射し込んでいる。今度は先に歩いている岩村は、背後から秋山に性格を読まれているのかもしれないと思ってみる。ピンクのリボンを見失ったが、沢の位置を確認しつつ、歩けるところを歩いた。明るいほうに向かっていくと、木立ちが跡切れ、いつしか背丈ほどもある笹藪にはいっていた。一歩踏みだすごとに膝を外側に回転させ、笹を動かして身体を入れる空間をこしらえていく。こうして道なき道をいくことを、藪こぎという。笹藪の中でもがき、たちまち全身が汗に濡れる。風がないのでますます暑い。

「おい、ここから出ようぜ」

たまりかねたという口調の秋山の声が、笹と笹とがこすれるがさがさという音の中に響いた。

「わかってる」

岩村はいってはみるのだが、笹藪は思ったよりも広かった。森の中に戻り、沢にでると、水に漬かりたくなった。水音が気持ちよい。岩から岩へと跳び、水を踏んでいくと、前方に大きな滝が見えてきた。ここから先は険阻な登りになる。

滝に近づくにつれ、踏みしめる足の裏に地面からの震動が伝わってきた。今日の行程はここまでだ。滝の手前は雪渓だった。雪渓の下は溶けて地下水流のようになっているので、不用意には歩けない。盛り上がった土の上にテントを張った。

まだ日が高いので、岩村は釣道具をだした。カーボンロッドの竿に糸を結び、鉤と錘りとをつける。川岸の浅瀬にはいり、石を裏返しにする。濡れた石に貼りついているチョロ虫を指先で押さえつけ、鉤に掛けた。岩に遮られて流れが澱んでいる水を選び、糸を垂らす。下流から上流に息を殺して上っていき、影を水に落とさない。たちまち当たりがきて、糸が水に引き込まれる。久しぶりの感触を、岩村は竿を握る掌の中に楽しんだ。

糸の先のものと呼吸を合わせるようにして、岩村は竿を振り上げた。光そのもののような水の中から、光の結晶が躍り上がってくる。オショロコマだ。暴れる魚を握った。掌の大きさに余る山の精髄の微かな鼓動が、岩村の中指の根元のあたりに伝わっていた。

夜明けとともに起きる。朝食をすませると、食料のにおいが外に洩れないように厳重にパッキングし、雨具などをいれたサブザックをつくった。腰には熊よけスプレーをさげている。テントはひろげたままにして中に荷物をいれ、山靴にはきかえた。

ここから山頂までの険しさは、三十年近くたっても記憶に残っている。ルートは三つある。滝の左側は急峻で、路面は安定しているのだが、ザイルを使わなければ登攀できない。滝の右側はザイルの必要はないが、浮き石が多くて、石を落とせば下のものが怪我をする可能性がある。その右側の笹藪の崖をいくこともできるのだが、苦しい藪こぎになる。いずれも道らしい道はない。これが記憶や本で得た情報のすべてだった。二人で簡単に話し合った結果は、真中のルートをいくということだ。

先行を秋山にゆずった。歩き出してすぐ、三十年近く前と何も変わっていないことを知った。足が置ける場所はおのずから決まるので、道らしいものが微かにできてはいる。高い木はなくなり、ダケカンバが疎らに生えているだけだ。風が強いらしく、そのダケカンバも上に伸びることができず地面にへばりついている。ダケカンバの根を梯子がわりにし、笹をザイルがわりにして、身体を上へ上へと引っぱり上げていく。荷が軽いのは助かるが、自分の身体がしだいに重くなってくる。肺の中に誰かの手がはいってきて絞り上げられたように苦しい。百メートルいくごとに休んだ。遮るものがないので、風が顔に当たる。青い山の彼方にまた山が連らなり、見渡すかぎり山また山の眺望がひろがった。

「苦しくない登山なんてないさ」

自分に向かってか秋山に向かってかわからないまま、岩村は声にだしていう。そして、渓流からペットボトルにくんできた水を飲む。水には清涼の気配がまだ少し残っていた。ペットボトルを秋山に渡す。透明なプラスチック容器の中の水が揺れて騒ぎ、傾いて、秋山の口に流れていく。

「ピークはまだ見えないな」

「上のカールにいくまで見えないはずだよ」

カールとは氷河が刻んだ谷である。そこには高山植物の花が今を盛りと咲いているはずだった。ほかの登山者は見かけないから、大きなカールは二人だけで独占することができるだろう。

汗が引ききらないうち、また歩きだした。崖の棚に無造作に置いたような感じで、無数に石があった。今度は先になった岩村が一歩でも失敗すれば、秋山に向かって石が落ちていくことになる。頭ほどある石が不安定なままごろごろしていた。将棋の山崩しでもしているような感じだった。将棋の駒を山から人差し指一本で押して一個ずつ取っていくのだが、音を立てたら交代しなければならない。この山は、石を崩せば、命を落とすかもしれないのだった。

脇を落下していた滝の水が、岩を噛んでながれる渓流となり、斜面を鋭く走る。岩村は苦しくて、会話をする余裕はなくなっていた。学生時代は今より遥かに重い荷を担いでいたのだが、こんなに苦しく感じることはなかったはずだった。道が険しいという記憶はあるにせよ、その苦しさが肉体の記憶としては残っていない。苦しいとも感じない若々しい肉体は、もうなくなってしまったのは明らかだった。そのかわりに、獲得したものもある。だから人生はいつも同じなのだ。なんにも変わってはいない。そう思いたかった。

空に向かって突き出したような岩に取りつき、進退がきわまってしまうようなこともあった。そのままじっとしていると、足を掛けるべき岩の窪みと、摑むことのできる岩の突起が見えてきた。迷っている間に、身体の力も少しは甦ってくるのだ。一歩でも意識的にやれば、身体は谷底に吸い込まれていく途中で幾度となく岩に打ち当たってぼろぼろになり、そう苦しまなくとも絶命するだろう。だがそんな誘惑を岩村は受けることはない。誘惑は自分の心が呼び寄せるのだが、登山の最中の岩村の精神は健康だった。それはつまり、秋山も健康ということだ。

どんなに遅々とでも進んでいれば、とにかく状況は変わっていく。学生時代の登山でも、その後の人生でも、岩村がたっぷりと学んできたことだ。岩村は二個ほど石を落としたのだが、どちらも崖を斜めに進んでいるところだったので、秋山をかすめることもなかった。傾斜はしだいに緩くなり、手を使わなくても歩けるようになった。流れる水の速度は緩く、草の間の土の道になったのである。

谷は突然にひらけた。まず目についたのは、エゾノツガザクラの淡いピンク色であった。キンバイの黄色い群落がある。チングルマが純白の花弁を精一杯にひろげている。そのほかにも名前の知らない花はいくらでもあった。もう勾配はきつくはなく、高原の散歩道の風情である。晴れ上がった空から眩しいほどの光が降りそそぎ、一つ一つの花と輝きあっている。人知れぬ天上の楽園である。ここにきて幸福だった三十年近く前の記憶が、甦ってきた。どんな苦しさも、一度にむくわれてしまう。あの時が幸せなら、今も幸せなのだった。同じ幸せなのかもしれない。まったく変わっていないものを見て感じる心はかわらないはずだった。

岩を打ちながら走っていた水は、穏やかな小川になっていた。川を一歩で跳んで渡り、遠い記憶と合致する岩を見つけて休むことにした。リュックを傍らに置き、三十年近く前もまったく同じ岩にこうして腰かけ、背筋を伸ばしてまわりをあおぎ見たはずだった。その昔に氷河が鋭く刻んだ巨大な岩の峰が、屏風のように立ち上がっている。それがカムイエクウチカウシ山なのだった。

岩村と秋山とは、同時に峰の中腹にある雪渓を見た。そこに羆《ひぐま》の姿があった。岩のような色と形をした大羆で、距離があったため恐ろしいという感じはまったくなく、岩村は同じ谷にいる共感のような感情を持ったのであった。二百メートルほどの距離を置いて、羆もこちらを見ていた。羆も同じ感情になったのではないかと、岩村は思ってみる。こんな場所にいるせいで、岩村と秋山とは言葉を交わさなくても同じ気持ちでいることがよくわかった。

無言のまま立ち上がり、山頂へのアタックを開始する。登山道は羆のいる雪渓のほうに向かっていたのだが、何故か羆のほうでよけるのがわかっているので、恐れる気持ちはない。今度は先をいくのは秋山だった。羆がいたよりも下の位置にある雪渓を、一歩また一歩と用心して歩く。それから勾配は鼻がつかえるほど急になり、自重するような気分でゆっくりと歩を運んでいく。花はなくなり、ハイマツばかりになった。羆のいた雪渓は思った通り空白のようになっていた。びっくりするほどの急斜面である。峰の壁にとりつきはじめていた。山頂に至るのだという高ぶった気分を、身体の奥の血液が覚えている。

肺が縮んでは、急速に膨らむ。激しい息をしてやっと尾根に着いたのだが、そこからがまだ遠い。刃物の刃の上を歩くようにして、半円を回り込むのである。風の当たり具合なのか、ハイマツは膝ぐらいまでしかなかったり、背丈ほどの高さまであったりした。これまで見えなかった山の反対側の視野が、遠大に広がった。絡んだ根が浮き上がったハイマツを踏み越えていく。休むたび前後を交代するので、岩村が先にいた。間もなく頂上だということが、鮮明な記憶として甦っていた。それは秋山も同じことだ。ハイマツの下にコケモモの小さなピンクの花が無数に咲いていていた。その斜面をいくと、まるで小さな土盛りができているようになっているところが、山頂なのだ。岩村は立ち止まり、秋山のほうを振り返る。

「お前が先にいけ」

「そんなことはいいよ」

秋山が苦笑して声を返してくる。岩村も同じようには思っていたのだった。

「そうか」

一応言葉はだしてから、岩村はそれまでと同じリズムを刻んで歩きだした。ほんのわずか勾配がきつくなる。嬉しさが込み上げてくるのはいつもの通りだ。それ以上高いところのない場所に着いた。

岩村と秋山とは二人ならび、今歩いてきたカールのほうを無言で見た。羆は見えなかった。

菜食

寿司屋のカウンターの中にはいっている時、新ちゃんは痩せているので不健康な男と見えてしまう。しかし、そうではない。新ちゃんは三十歳の半ばを過ぎた頃から菜食主義者になり、肉も魚も一切口にはしなくなった。自分が握って売っている寿司はすべて、鮮やかな手つきでさばいて料理する魚はすべて、毒の固まりなのだそうだ。ただ客はそれをわかって食べているのだから、自分は寿司屋としてなんら恥じることはないというのが、新ちゃんの論理だった。

主人がそんなふうだったが、新寿司はうまいので私はよくカウンターに坐りにいっていた。高級な寿司屋で少々値段は高かったものの、私たち昔の仲間は溜まり場としてよく使った。私たちがいくと新ちゃんは喜び、毒の固まりを気前よくサービスしてくれた。いくら新ちゃんが毒だといっても、うまいものはうまい。心が楽しくなるのだから、毒を食べて死んでもかまわないとさえ思えた。新寿司はよくはやり、店にいっても席がなくて帰らなければならないこともあるほどだった。

新ちゃんと会ったのは大学でだった。当時物情騒然とした大学でみんなは黒や赤や白や青のヘルメットをかぶっているのに、高校生の新ちゃんはシンデレラ戦線を名のってピンクのヘルメットをかぶっていた。新ちゃんに同調する人はほとんどいなかったから、ピンクのヘルメットは孤立していて、よく目立った。新ちゃんは警察に向かって爆弾を投げて逮捕されたという噂があるのだが、とうとう本人に確かめることができなかったので、私はよくわからない。

私が新ちゃんとよく会ったのは、一九七〇年過ぎの夜の神社でであった。南阿佐ヶ谷の須賀神社の境内で、彦さんが師範となった剣道道場が開かれたのである。学生運動で大学はもとより社会に居場所はなく、彦さんや仲間たちは少々格好をつけて時代の浪人を決め込んでいた。地下足袋をはいてやるその激しい剣道の稽古に、新ちゃんは最も年下の人間として参加していたのだ。同じように時代の浪人であった私も、我が身を打ってさいなむような剣道の稽古をやったのだった。人生のいたるところに道場はあると、私は学んだものである。

やがて私たちはそれぞれの道を歩きはじめ、新ちゃんは家業の寿司屋に職人として弟子入りした。新ちゃんの家はもともと炭屋だった。都心の駅の近くにあって地の利がよいので、父親の代から寿司屋になったとのことだ。その頃は私たちはみな貧乏だったので、寿司屋にはいるなど夢のまた夢であった。新ちゃんも修業中は身を慎んでいたから、私たちは彼の修業が順調に進んでいるのを噂で知るばかりであった。

新寿司に私たちが顔出しするのは三十歳代の終りになった頃で、新ちゃんは一職人としてカウンターの片隅に控えていた。私たちがいくと新ちゃんは嬉しそうな顔をつくるのだが、特別なサービスをするほどにはまだ店で力がなかった。

新ちゃんが主人になって店の中央にいるようになったのがいつ頃のことなのか、私には記憶がない。気がついたらなんとなくサービスをしてくれるようになった。注文したよりも刺身が一皿ぐらい多くでるようになったのである。当然のことだが私たちは特別サービスを期待していくのではなく、仲間を少しでも盛り立てようとしたのである。仲間うちの集まりの多くを、新寿司でもつようになっていた。

「おい、新ちゃんが死んだぞ」

またしても私は高橋公の暗鬱な電話の声で重大事を知らされた。この前新寿司にいった時には、帳場をあずかる年老いたお母さんから新ちゃんは十二指腸潰瘍で入院治療していると聞かされた。新ちゃんのいない新寿司は淋しかったが、十二指腸潰瘍ならすぐに復帰してくると思っていた。

考えてみれば、古い付き合いなのだが新ちゃんにはわからないことが多かった。徹底した菜食主義を実施していて、それは奥さんの影響によるものらしい。彼女は高校の反戦運動家たちの間でマドンナだった。あまたいる競争相手を蹴散らして新ちゃんが射とめたということだが、飲み屋話なので正確かどうかわからない。

彦さんが下咽頭癌で入院した癌センターに夫婦でいき、もっと早くに玄米食をすすめるべきだったと後悔した話を、私は新ちゃんから聞いたことがある。人間の肉体には自然治癒力があり、それをうまく引き出せば、たいていどんな病気でも治るということだ。その基本が玄米食を基礎にした菜食主義で、誰の体内にもある気を高めるなら、薬剤投与も外科的処置も必要ないということである。

それから何人かの仲間と連絡を取り合ううちに、憶測と噂とがまじり合っているものの私にはあるイメージが浮かんできた。お母さんは入院したといったのに、新ちゃんは自宅にいたのだ。玄米食をとり、植物の力をもらうため各種の薬草を飲み、奥さんと二人で部屋に籠り手をかざし合って気を高め合っていたのだ。西洋医学には不信があったから、検査はしてもらったが治療は拒否した。

病気がどうひろがっていったのか、新ちゃんは何度か吐血をした。そのうちの一度は相当の血の量だったということだ。それでも病気がおさまらないのは、身体の内の自然治癒力が足りないからだと考えた。私は痩せ衰えた新ちゃんと信念に燃えた奥さんとが掌をかざし合い気を高め合っている姿を想像してみるのだが、空想の域をでない。それは二人だけの秘儀だったのではないだろうか。他人の立ち入れるところではないのである。

大量の吐血をしても新ちゃんは入院しようとはしなかった。相変わらず自宅で菜食主義者として生きていたようである。身体が病み衰えていっても、いつか命の泉が湧いてきて力が甦り、元のように寿司を握れると考えていたのだろうか。私は新ちゃんのいう毒を食べによく新寿司に足を運んだ。もちろん新ちゃんの姿はなくて、病気治療中だとお母さんから聞かされるばかりであった。

私は現場に立ったわけではないのだから、これも噂と憶測である。ある日、新ちゃんはトイレにいった。トイレは和式だったのだろう。しゃがんで息ばっているうち、脳の血管が切れた。極端な菜食ばかりなので血管が薄くて弱く、息んだ拍子に破れてしまったのだ。十二指腸潰瘍で加療中の新ちゃんの直接の死因は脳溢血であった。

それから急いで病院に連れていった。もちろん西洋医学の病院である。医者に死亡診断書を書いてもらわなくては、葬式もだせない。自分で死を看取ったのではないのだが、医者は死亡診断書をだしてくれた。ところが警察が変死ではないかと疑ったということである。なにしろ死体を病院に運んだのだ。そこまでの経過がよくわからない。医者とすれば、死亡しているということを確認したにすぎないのであろう。警察では司法解剖をするということだった。なんとか奥さんと話し合いがついて、解剖はまぬがれたということだ。

新ちゃんは享年とって五十歳だった。古い友人とすれば、いつしかよくわからない道を歩いて消えてしまったという感が強い。

葬儀の日、空は雲ひとつない秋晴れだった。青山墓地に近い禅寺にいくと、古い仲間の顔があった。高橋公も、医者の鈴木基司も、映画監督の高橋伴明も、新ちゃんの死についてはよく理解していない。ただ不意にいなくなってしまったというだけなのだ。

「十二指腸潰瘍で死ぬか。そんなこと聞いたこともない」

鈴木基司が少し怒ったようにしていう。誰に対する怒りなのか判然としない。鈴木基司は一浪して入学した早稲田大学政治経済学部を卒業してから、また浪人のすえ群馬大学医学部にはいり直し、二十九歳で医者になったのだ。医者の言葉なのだから迫るものがあった。

菜食など主義ではないというのが、私たちの考えだった。主義は命をとる。新寿司で新ちゃんがだす毒をさんざん食べた私たちがこうして健康に生きていて、菜食という主義を持った新ちゃんがみるみる衰弱して命を捨ててしまった。新ちゃんは思想に殺されたのだと、私には思えた。それはつまらない思想ではないか。

僧侶の読経がすみ、納棺になった。私も献じた白い菊花の頭を千切り、新ちゃんのまわりを花で埋めつくした。新ちゃんの顔は薄化粧をほどこされていた。瘦せ細った新ちゃんは相変わらず主義者の顔をしていると、なんの根拠もないのだが私は思うのだった。

棺に蓋をのせて釘を打った。遺影や位牌や棺を運ぶ近親者を残し、私は外にでようとした。その時、私は新ちゃんの奥さんに声をかけられた。お互いに若々しい時代から知っている顔だ。

「病院に連れていった時も、心臓は止まっているのに身体があったかいんですよ。これは不思議なことだと医者にいわれて……」

彼女は一生懸命に語りかけてくれるのだが、場所が場所だけに必要以上に押し殺した小声で、しかもまわりのざわめきが意外なほどに強く、正直のところ私にはよく聞きとれなかったのだ。彼女が訴えかけようとした意気込みばかりを、私は感じるのだった。

それから私は彼女に子供たちを紹介された。高校生を頭に末は五歳まで、六人の子供たちだった。高校生の長男は利発そうで、シンデレラ戦線を名のって意気揚々とピンクのヘルメットをかぶっていた新ちゃんを彷彿とさせた。母親にいわれ、六人の子供たちは私に向かって一斉に頭をさげた。新寿司の帳場にいるお母さんが、すっかり憔悴した姿で近くをゆっくりといったりきたりしていた。かつて帳場に必ず姿があり最近はほとんど見かけないお父さんは、老いて病気に患かったのか自分の足では満足に歩くことができず、介添えをされながら一歩また一歩と黒塗りのハイヤーに向かって歩を進めていくのだった。

新ちゃんの横たわる棺を納めた霊柩車は、百人ほどの人に見送られて出発した。つづいて火葬場に向かう大型バスに乗ったのは、私たちの仲間では高橋公だけだった。バスに乗り込む時、最後まで骨を拾ってやると、高橋公は力むでもなくいった。菜食は主義ではないと、また私は思うのだった。菜食をするのは勝手だが、主義にさえしなければ、新ちゃんは死なないでもすんだのではないか。新ちゃんは主義に殉じてしまった。

後日、高橋伴明と私は何かの会合の流れで新寿司で待ち合わせた。午後十時閉店の店で九時過ぎにはいったのに、客は私たちのほかに一組だけだった。かつては席をとることもできなかった店が、今は広々している。時間も遅いし、たまたま人が引いたのだろうと思うことにした。先に着いた伴明がカワハギのつくりを注文し、大吟醸の冷酒を飲んでいた。伴明と私とは映画をつくる相談をしているのだが、資金のことなど道はあまりに険しく遠かった。

薄く切ったカワハギのつくりが、大皿で運ばれてきた。

「あれ、肝《きも》は。肝が食べたいんだけど」

顔見知りの女店員に伴明は何気ない口調でいった。女店員ははっとした様子で深く頭を下げ、調理場のほうに走っていった。間もなくでてきた女店員が私たちの前に立つ。

「あの、すいません。肝はとれなかったんだそうです」

すぐに寿司職人がとんできて、女店員と交代した。

「今朝市場からはいったカワハギは、肝がはいってなかったんです。すみません」

職人も同じように頭をさげた。

「わかった」

伴明は納得したというふうに頭を振る。その時、新ちゃんのお母さんがやってきた。店にでる白い上着ではなく、カーディガンを着けていた。私たちがきていることを知らされ、階上の住宅から下りてきたのだ。

「どうもいろいろお世話になります」

横をむいたままでお母さんがお辞儀をするので、伴明も私も坐ったまま頭を下げた。私たちと一度も視線を合わせないまま、お母さんは背中を向けてゆっくりと遠ざかっていった。伴明と私は冷たい酒を黙って啜った。

与那国にいく日

与那国島にはしばらく足を運んでいなかった。もう七年ぐらいになるだろうか。気持ちが遠ざかってしまったのは、与那国のある人について書いた私の文章が、猛烈な抗議を受けたためである。その文章自体はまことに親愛の情に満ちていると私は思い、私のまわりの人もまったく同じ意見なのだが、その人は書かれたこと自体に悪意を感じるというのだった。正直のところ、抗議を受けなければならない本当の理由が、私にはわからなかった。文章を書くことを生業《なりわい》としている以上、私は私なりに自分の作品には細心の注意を払っているつもりだった。しかし、長いことペンを持って生きてきた慣れが、知らず識らずのうちに生じていないとはいえない。板子一枚下は地獄の感覚をいつも忘れてはいけない。あの抗議は私にはつらいものだったのである。

与那国のおじーとおばーとは時々電話で話してはいたが、この間会ってはいなかったのである。与那国のおじーとおばーは私が援農隊に参加して砂糖キビ畑で働いた時、住み込ませてもらった農家の夫婦である。その後私の息子もその農家に住み込ませてもらい、二シーズン砂糖キビ刈りをやった。私は生きるためにいろんな仕事をしてきたが、夜明けから日没まで手斧を振りつづける砂糖キビ倒しよりも厳しい仕事は思いつかない。与那国のおじーには、南の親と思いなさいねーと私はいわれている。

七年ほどもいっていないある日、与那国のおばーから電話がかかってきた。

「講演にきてほしいって、みんなでいってるんですよー。きてくださいねー」

電話の向こうでおばーはこういっている。援農隊でいった私であるから、講演にこいというのは意外であった。みんなで機会をつくって私を呼んでくれているという雰囲気が感じられたから、私はいかせてもらいますと返事をしておいた。

与那国にいく日は手帳に印をつけてはおいたが、その後しばらく誰からも連絡がなかった。私は日々の忙しさにかまけて講演会のことは忘れていた。やがて思いもかけないところから連絡がはいり、私が呼ばれることになっている講演会は「沖縄県広域学習サービスのための体制整備事業」のうちの「八重山地区広域学習サービス事業与那国講座」ということを知った。主催は沖縄県教育委員会である。なんだか大変なことになってきた。だがどんなことであれ、私には与那国のおじーとおばーに会えるのは楽しみであった。

その日がやってきた。私は羽田空港午前六時三十分発の石垣への直行便に乗った。飛行機が水平飛行にはいるや、いつものように私はテーブルを倒して原稿用紙をひろげる。こうして暇さえあれば字を書いているのは、作家の暮らしをしている私の宿業のようなものだ。雪の上に浮かぶ富士山を横目で見て、再び私は原稿用紙の中の世界にはいっていくのであった。時としてその世界は流氷に覆われた茫漠たる氷原であったり、したたるような緑の熱帯雨林であったり、草木一本生えていない灼熱の砂漠であったり、欲望渦巻く大都会の濃密な闇だったりした。思いひとつでどんな世界にでもはいることができるのが、小説家の特権である。思いはどこにあろうと、私の身体は飛行機の狭い座席に縛りつけられていた。その日は海上に雲が多く、風のために機体はあおられた。

眼下一帯に珊瑚礁の海がひろがった。太陽が照っているわけではないので、海は内側から発光するような輝きはなかった。揺れながら飛行機は滑走路に着陸した。速度が遅くなっていくにつれ、小雨が降っているのがわかった。少し遅れたらしいが、詳しいことは知らない。飛行機のタラップを降り、ターミナルの建物にはいった。

石垣から与那国までの切符は渡されていなかった。誰か迎えにきてくれているだろうと思ったが、それがどんな顔をした人なのかわからない。到着口からでていった私に、誰も声をかけてこない。雑踏の中で、私は迷ったようになっていた。見慣れたおみやげの産物が、目に飛び込んでくる。私は与那国と札がさがった搭乗受付けカウンターにいき、私の名前が予約されているかどうか尋ねた。

「もうチェックインはすんでます」

係員は笑顔でこういう。私はますます迷ってしまうのだった。こうなったら誰かが私を探してくれるのを待つしかないと思いを決め、その場に立っていた。

「あれ、いつ着いたんですか。ずっと注意して見てたんですけど」

目がくりくりと丸い、人なつこそうな男に話しかけられた。迷ったのではないと私は内心ほっとした。

「予定どおりにきましたよ」

私は穏やかに声を返す。私は余計な動きをしたわけではなく、人の流れそのままにここにやってきただけだった。私は飛行機会社に預けた荷物はなかったのだが、リュックを担ぎ、紙袋を二つ下げていた。紙袋はおじーとおばーをはじめ与那国の人へのおみやげで、おみやげはリュックの中にもはいっていた。その人は、私の手から紙袋をとって持ってくれた。冬は観光シーズンとかで、ターミナルはどこにいっても人でごったがえしている。

荷物と身体にX線を通され、待合室にはいった。那覇行きと与那国行きがほとんど同時にでるらしく、待合室もごったがえしていた。那覇行きが遅れたのでこうなったのだ。待合室には与那国で知った顔が幾つもあった。久しぶりですねーと声をかけてくれる人のうちには、私の知らない顔もあった。私は同行の人たちと挨拶をする。何処までが同行者なのかはじめは境目がわからなかったのだが、主催者の少年自然の家から三人と、与那国で会ったことのある元中学校長先生と、与那国測候所の元所長と、私をいれて総勢六名だ。講師は少年自然の家のスタッフを除いた三人ということである。


「こんにちは。覚えてますか」

私は待合室の客から声をかけられる。与那国商工会の人だ。彼は世界で一番大きな蛾であるヨナグニサンを増やすため、餌になるアカギやタブノキの森をつくっていた。ヨナグニサンはヤママユ科で、成虫になって脱けだした殼の繭から灰褐色の糸がとれる。野趣あふれる糸はもちろんきわめて貴重品で、世にも稀少なネクタイなどを織ることができるのである。商工会の人から夢を聞きながら、私はアカギやタブノキの森を案内してもらった。

ヨナグニサンは天然記念物に指定される貴重種だが、砂糖きび刈りのために泊り込んでいたおじーの家に夜半明かりをめがけて跳び込んできて、大きな翅で電球を包むようにしてまとわりついたことがあった。光と影とがかきまぜられ、部屋は騒然とした気配に包まれる。電気を消し、新聞紙で払って巨大蛾には外にでていってもらう。もちろん天然記念物だという意識があるから、ていねいに扱う。昼間港にいくと、まるで標本にでもなったようにヨナグニサンが波に浮かんでいることもあった。昔はいくらでもいたヨナグニサンもだんだん減ってきて、人の手を貸さねば生きられないほどになってきたというわけだ。

商工会の人にあの人この人の消息を聞いている時、遅れていた那覇行きの飛行機が出発するというアナウンスがあり、人が動きはじめた。たちまち待合室の人は半分になった。つい最近与那国と石垣の便は中型機でジェット化され人がたくさん乗れるようになったのだが、いった飛行機がそのまま帰ってくるために、一日一便になってしまった。そのために石垣と与那国は日帰り往復ができなくなり、観光客も減ったと、商工会の人は話していた。私が与那国にいきだした頃は、十九人乗りの小型プロペラ機で、一日に四便はあった。風が吹くとすぐに欠航になったものの、便が多いから空席待ちでなんとかなったものだ。私が足を運ばないでいるうちに、与那国ではいろいろなことが変わっていたのだ。もちろん私のほうでも変わっている。

「おじーもおばーも首を長くして待ってるよー。家にいったら、何度もあなたの話がでましたよー」

商工会の人がこういった時、アナウンスの声が天井いっぱいに響き渡った。

「与那国便は出発のお時間になりましたが、ただ今天候調査中ですので、今しばらくお待ちください」

待合室の人たちがざわざわとする。うかつにも私はその時になってはじめて、自分が天気待ちをしていることを知った。与那国にいこうとする気持ちばかりがはやっていたのだ。電話をとっていた女性係員がマイクを持つのが見えた。すぐにまた同じ声が天井から響いてくる。

「与那国地方強風のため、欠航となることがただ今決定いたしました」

張り詰めていたものがふわあっと緩み、みんなは立ち上がった。私も荷物を持って立ち上がってはみたが、何処に向かっていったらよいかわからなかった。商工会の人も荷物を持ったままで私にいう。

「明日出直しですね」

「講演会は明日に延期ですか」

私は傍らにいた少年自然の家の所長に尋ねる。

「中止です」

所長は決然とした口調でいう。私にはそう感じられたのだ。風が吹いて着陸できず飛行機が欠航になったところで、気持ちをどのようにも変えてはいけないのだ。所長はそういっているように、私には聞こえた。

「中止ですか」

「仕方ないです」

天には逆らえないのだという雰囲気で所長はいう。久しぶりに私は「島ちゃび」という言葉を思い出した。離島苦という意味である。それと同時に、私はまだ与那国にいくことが許されてはいないのだと、誰かが不合理な理屈をつけて考えるだろうと思った。強風の日にあたったのはもちろん偶然だが、どのようにも考えれば考えることができるのだ。

「また明日ここで会いましょう」

商工会の人は歩きかけていう。

「明日は東京に帰らなくてはなりません」

私は自分がどうしたらよいかまだわからずにいう。

「おじーとおばーに会いにいったらいいでしょう」

「おみやげを持ってきたんだけどな」

急に手に重量を感じながら、私は自分自身に向かっていうのだった。二つの紙袋のうち、一つは妻が近くのデパートで買ってきたもので、もう一つは私が用意した。

「持っていってあげましょうか」

商工会の人が腕を伸ばしながらいってくれた。

「悪いですよ」

そうしてくれたら本当にありがたいなあと思いながらも、私はいう。

「かまいません。明日いけなかったら、明後日届けます。あなたのこと、おじーとおばーに話してあげますよ」

「それじゃ、頼んじゃうかな」

「そうしなさい」

「それじゃ、お願いします」

二つの紙袋を商工会の人に渡すと、急に私は身軽になった気分であった。リュックにはいっていた分のおみやげも、紙袋の隙間にいれた。商工会の人と別れるや、私はリュックから携帯電話をだし、メモリーにいれてあるおじーの番号にかけた。

「飛行場に着きましたかー」

時間の流れ方が違っているといった雰囲気の、悠長なおばーの声が響いてきた。私が声に詰まっていると、時計を確認したらしいおばーがまたいった。

「あれ、ちょっと早いよー。おじーが迎えにいくいくっていうのを、早いからってとめたんですよー」

「欠航なんです」

思い切って私はいったのだった。

「どうしてですかー。あなたの泊る用意もいろいろしたんですよー」

「飛行機が飛ばないんです」

「はあー、講演会は中止ねー」

「そんなようですね」

「それじゃ、明日きなさいねー」

「明日は東京に帰らなくちゃならないんですよー」

時間はこの海の水ほどにたっぷりとあるはずなのに、私は自分でわざわざ窮屈にして生きていると思う。

「それじゃ、いつくるのー」

飛行機や船の欠航には何度も遭遇し、私はそのたびなんとかしのいできたのだったが、今回もまた壁にぶち当たったような気分になった。気を取り直して、なんとか次の行動を考えるより仕方がない。

「欠航はどうしようもないんで、おじーによろしく伝えてくださいねー。すぐそこまできているのに、残念ですねー」

こういって私は電話を切った。できるだけ早い時期に機会をつくって与那国は再訪するにせよ、私は心の一部で安心している自分をも感じていた。かつて私に抗議してきた人に私は自分の理解を超えた悪意を感じもしたのだが、少なくともその人と接触しなくてもよいことになったのだった。


力が抜けた私は、この日のうちに東京に帰ろうかと思った。だがそれは少年自然の家の人たちにとめられた。与那国にいく予定であった六人に、あと何人かを加え、今晩は泡盛を大いに飲もうということになった。私は一日の休暇が降って湧いたのだと思うことにした。普段真面目に働いてそのために忙しくしているので、天の配剤で休暇が与えられたのだ。

所長以下少年自然の家の三人が私のために観光旅行に付き合ってくれた。まず少年自然の家にいく。夏にはまた必ず同じ事業を企画するからといわれた。年度変わりの事業だから、夏ぐらいまで待つ必要があるのだ。

茶を飲みながら泡盛談義になり、私は東京の六本木で極上の幻の泡盛と出会った話をした。古酒《クース》とは違うのだが、円熟味といい、切れといい、また初々《ういうい》しいほどの新鮮さといい、あんな泡盛に出会ったことはない。東京まではめったにはいってこないが、那覇では一本千円もしない三合壜がプレミアがついて三万円ほどになり、それでもめったに手にはいらないという。波照間島で醸《かも》されるその酒は、泡波《あわなみ》という。波照間にいって泡波というとないといわれるが、酒というと泡波がでてくるという。これは私の泡盛についての最新の知識であった。

「泡波が飲みたいですか」

所長が笑いながらいった。

「それはもう」

私は答える。

「おみやげに一本あげましょう。一升壜でよかったら、ちょうどあります」

驚いた顔をしている私の前のテーブルに、今ここで泡波の一升壜が置かれたのだった。私にははじめて見るものだ。

「どうしてこれがここにあるのですか」

私はこう尋ねなければ気がすまない。まるで私の心の底を読んで、準備をしていたかのようではないか。

「たまたまです」

「簡単には手にはいらないものでしょう」

「我々はもとを正せば学校の先生なのですよ。教え子が何人いるかわかりますか」

所長はにこにこしていう。楽しみの見つけ方はいたるところにあるものだ。この石垣にも泡波に負けない隠れた酒造所があるから、あとでいってみましょうと所長はいってくれる。もちろん私に異存があるはずはない。

唐人墓に連れていってくれた。幕末の頃、アメリカ船で連れてこられた苦力《クーリー》と呼ばれる中国人労働者が、病気になった仲間が海に投棄されたことに怒り、船長を殺すという事件が起きた。中国人たちは石垣島に降ろされ、後にアメリカの依頼でやってきたイギリス軍に虐殺された。その殺された三百余の中国人たちの墓である。私は数えきれないほど石垣島にきているのに、唐人墓にくるのははじめてだった。

「今年は墓の裏の竹に花が咲いて、実がなってるんですよ。子供の頃には実をよく食べましたよ。花が咲くと、竹は枯れます」

所長が教えてくれた。私はなんにでも興味があるので、唐人墓の裏に竹の花を見にいく。他のスタッフが跳びついて枝を折ってくれ、私は竹の小さな実を食べた。味もなくてうまいものではないが、他に食べるものがなければ食べられないことはない。

次に桃林寺に連れていってくれたのは、私が昔話をしたからだ。沖縄がアメリカ軍政下にあった頃、私はリュックを担いで何度も石垣島まできた。今繁華街になっているあたりは埋め立て工事中で、よく野宿をした。私はシーサイドホテルと勝手に呼んでいた。だが野良犬がうろついているので眠れず、桃林寺に移動した。禅刹の桃林寺は、薩摩藩によってつくられた八重山で最初の仏寺だ。本堂の軒下に寝袋にはいって寝ていると、雨が降ってきた。眠れずごそごそしているところに、寺の奥さんがやってきた。叱られるなと覚悟したのだが、奥さんはこういったのだ。もっと奥の濡れないところで寝なさい。

一六一四年創建の桃林寺は、今見ても南国らしい開けっぴろげの建物であった。境内を歩き、同時期に隣りに建てられた権現堂をお参りしてから、所長の案内で砂糖キビ畑の間の道を走った。車が止まったところは、麹《こうじ》のにおいがしていた。空気そのものが泡盛のように豊潤なのだった。小さな醸造所は昔のままで、一人でできる分しかつくらないのだそうだ。宮之鶴という泡盛で、三百戸ぐらいしかないこの地区ですべて飲まれてしまうので、ほとんど外にはでていかないのだそうである。詰めたばかりの三合壜を開けてくれ、茶碗にくんでくれた宮之鶴を飲んだ。口の中に麹の花が咲く。華やかなわりに、誠実さを感じさせる酒だ。注がれるままに、私は口に啜り込んでしまう。かつてはどの集落にも酒造所があり、その土地の酒を醸して、どの酒もが覇を競いあっていたのだ。酒造所の男は、所長の教え子であった。

少年自然の家でとってくれたビジネスホテルの部屋にはいると、とたんに睡魔に襲われた。ここ数日間魂が死ぬような忙しさがつづき、今朝は早かったので二時間ぐらいしか寝ていなかった。喉越しが柔らかなので思わず飲んでしまった宮之鶴がきいてきた。所長たちとの待ち合わせの時間まで、二時間ある。私は目覚し時計をセットすると、ベッドに潜り込んだ。

すとんと穴に落ちるようにして眠った。目覚めはすっきりしていた。これなら今夜は石垣の人たちと張り合って飲めそうである。宴会場の店にいくと、十人余りの人が私を待っていたのだった。与那国出身のママがカウンターの中で一生懸命に料理をつくり、どんどんだしてくれる。皿がテーブルにならべきれなくなるので、頑張って食べかつ飲まなければならない。

「夏にはきっと与那国にいきましょうねー。このメンバーでいきましょうねー。約束ですよー。私が企画しますからねー」

くり返しいう人に泡盛をつがれ、私はオンザロックでぐいぐいと飲む。ガラス管の温度計の中の赤いアルコールが膨らんで天をさし上がっていくような気分だ。元与那国中学校長がおじーに電話をするといいだした。私は携帯電話をかける。電話口にでたのはおばーだった。

「今日は本当に残念でしたねー。みんながっかりしてますよー」

おばーのいつもの声が返ってくる。

「夏にいくことになりました。きっといきますからね。おじーはいますか」

「お酒を飲んで寝ちゃったよー」

おばーは笑っていう。おじーは畑から帰ってくると風呂で身体を洗い、縁側で黄昏の空を見ながら与那国の泡盛どなんを水で薄めて飲み、食事もしないで午後八時前には寝てしまう。朝と昼はもちろん食べるのだが、おじーは酒がはいればと晩御飯を食べるのを忘れてしまうと、おばーがいつも怒っていたことを私は思い出したりした。

「おじーは寝ちゃいましたよ」

私は元校長先生にいう。

「そんなもの、起こせばいいさー」

元校長先生はこともなげにいう。私から起きろとはいえないので、携帯電話を元校長先生に渡す。元校長先生は電話に向かって大声をだした。

「おじーは起きなさいって、校長先生がいっとるよー」

おばーは本当におじーを起こしにいったようである。元校長先生は携帯電話を耳にあてたまま、グラスの泡盛を口に運んだ。電話の向こうにおじーがでたらしく、元校長先生が二言三言怒鳴るような声で呼ぶ。それから元校長先生は電話を私に戻してきたのだった。

「おじーですか。すみません、起こしちゃって」

援農隊に参加して与那国にいったものの、慣れない島で控え目に小さくなっていた時の自分を思い出したりしながら、私はいった。私の声が消える前に、先方からおじーの声が響いてきた。

「今すぐきなさいねー。おじーは起きて待っとるよー」

昼月

満ちてくる潮とともに人は生まれ、引いていく潮とともにこの世から去っていく。葬儀屋はどんなに忙しい日々がつづいても、満潮の時刻には人は死なないから休めるのだと、実際に葬儀屋をしている人から聞いたことがある。あまりにもまともすぎて、そんなもんかと聞き流してしまうたぐいの話だ。これは通説といったところである。

ある南の島の国にいった時、当地に一人暮らしをしている女性と海岸に野宿したことがある。寄せては返す波を月明かりに見ながら、冷んやりとした砂の上に横たわるのだ。こちらは男ばかり四人もいた。そこは赤道直下に位置した熱い国だ。彼女は日本人で、国の援助で日本語を教えにきていたのである。私は連れの男三人と離れ、その女性と二人で満月を眺めていた。月は近くて大きく、血を流しているような赤い色をしている。そんな月光を浴びながら、彼女はいくぶん欲情したふうな声で話してくれた。

「毎晩毎晩、何もすることがないから月を眺めているの。ただ眺めているの。月の上にも法則が流れて、満ちたり欠けたりするでしょう。そんなゆっくりした変化を見ていると、私の身体の中にもまったく同じ変化があることに気づいたの。月がまんまんと満ちた時、私の身体も血を流す。満ちて、それが欠けようとする時に赤いものがでるの」

女は欲情しているに違いなくて、私は口説かれているのだった。私には男ではあるのだが連れがいて、満月から降りそそぐ月光は地に満ちていた。砂も草も波も空気も、すでに若々しさがなくなっている女の顔も、何もかもがしたたかに濡れていた。中年にさしかかった女は私を誘っているのだが、あと一言露骨な言葉をいうことができないでいた。私は女の気持ちを知っていながら、偽善者ぶって立ち上がれないでいた。立って藪の中にはいってしまえば、満月に力をもらって私の欲情も満足するはずだったのだ。

過ぎた遠い日の出来事を後悔に近い気分で思い出しながら私が一人でウィスキーを飲んでいると、電話がかかってきた。深夜の電話は不吉で、滅入るような気分で私は電話をとった。私の気分よりもっと滅入った声で先方は名のった。先方では私のことは知っているようだが、私は先方のことはよくわからなかった。

「郁哉さんが先程亡くなりました。詳しいことはよくわかりませんので、後ほどお知らせいたします」

男は通夜と告別式のことを告げて電話を切った。詳細がわからないにしては、やけに手回しがよかった。いたずら電話と思わないこともなかったものの、気になって私は潮見表を見た。その時はちょうど潮が満ちはじめて三時間たった頃で、ということは三時間より前は引き潮だったのだ。亡くなって三時間で私のところに連絡がきたということなのだろうか。死んだ時刻については想像をするばかりで、引き潮とともに人が死ぬということも根拠がない。その気になればどうにかなったかもしれない女のことを考えていた時、たまたま知人の死について連絡があったに過ぎないということなのだろう。

私は家族が寝静まった深夜、その日の仕事を終らせて一人でウィスキーを飲んでいた。高ぶった気持ちをしずめるためである。だが郁哉の訃報は私の気持ちをますます高ぶらせるのであった。

「郁哉さんが死んだ」

昼近くに起きた私は、居間に電気掃除器をかけている妻にいう。妻は電気掃除器のスイッチを切って静かな中でもう一度問い直した。私が神通力か何かを使って訃報を知ったのだと、妻は思ったふうである。郁哉さんが死んだということだけを伝え、私は深夜の電話のことは話さなかった。郁哉の死は意外で、衝撃的で、ほかの思考を許さなかったのだ。人は死ぬものなのだということに、私は改めて気づいたような気になっていた。

心の中で待っていたというわけでもないのだが、郁哉の死についての詳しい連絡はその後もなかった。死んだという事実だけがただあった。この何年間か、郁哉とは会ってはいなかった。私の父の葬儀に顔をだしてくれて以来だから、五年にはなるだろう。人との付き合いには周期のようなものがあり、ひんぱんに会わなければ気がすまないような気分になったかと思えば、お互いに別々の方向を向いたまま歳月を重ねたりする。人は一定の気分で生きているのではないのである。

郁哉は私より四つか五つか歳上だ。郁哉は私との関係を従兄だと世間にいったこともあった。親戚には違いないが、本当はもっと遠い。父方の先祖の誰かが郁哉の家に嫁にいったのである。父は三男だと私は長いこと思っていた。しかし、父の葬儀の席のどこかで叔母さんに六男だと教えられ、私は軽い衝撃を受けた。上の二人の伯父を私はかろうじて知っているが、残りの三人は早いうちに死んでしまったようである。父の生家はかつて広大なる農地を所有し、その土地で小作を抱えていたのだったが、戦後の農地解放で没落した。不在地主ではなかったので身のまわりにいくらかの土地は残ったものの、それ以前とくらべれば家の勢いは見る影もなくなった。そんなことは私は年寄りから話に聞くばかりである。一方の郁哉の家も大地主だった。こちらは農地ではなく山だったので戦後の激動期を過ぎても土地は残った。その地域でも屈指の大地主として君臨し、自分の家が所有する土地から土地だけを歩いていき、半日かかってまた戻ってくるという。私の父は三男で、しかも家は没落したので、私は先祖の資産の恩恵にあずかったことはない。財産ということでいったら私は身ひとつで生きてきて、もちろんそれで別に不満も不自由もない。

郁哉の家は一帯で知らぬものはない素封家で、自宅の敷地がそのまま一つの字《あざ》である。戦前はほかに五十町歩の農地を持っていたのだが、農地をすべて失った後にも家の威風が衰えることがないのは、所有している山林の地下がほとんど大谷石であることと、その後三代つづいた当主の事業欲のたまものである。

大谷石は掘っても掘っても尽きることはなく、ほとんど無尽蔵といわれている。江戸時代から今日まで掘られた坑口は百六十を数え、そのうちのおよそ三十は石粉などによって埋まり、百三十が残っている。火山灰が固まった凝灰岩の大谷石は、軟かく、加工しやすい。水には弱いが、火には強い。場所によって質の違いがあるので、いろんな用途に対応することができる。大谷石の建築用材としての全盛期は関東大震災の復興のためで、それ以降は利用が減っていく傾向が強い。コンクリートにくらべて加工に手間がかかりすぎ、積み上げる工法は地震が不安で、最近ではどうもさっぱり売れないといってよい。

私は郁哉に案内され、何度か石切場の縦坑に降りたことがある。四角形に切り取られた穴が百メートルの底まであり、自分の肉体の大きさがあまりにも微少なものに思われ、生命の危険さえ感じた。切り出した石材や機械類はワイヤーロープにかけ、ウィンチで上げおろす。人間は木製の梯子を伝いおりていく。岩壁の穴に鉄棒が差してあり、板が鉄棒から鉄棒へとつづら折に渡してあった。板の表面にはすべり止めの木が釘付けされているのだが、濡れてすべりやすかった。光の具合で、足元の見えないところもあった。一歩また一歩と足元を確かめながらおりていき、向きを変えまた向きを変え、地中へと沈んでいくのだ。空気は肌に冷んやりとし、湿気ってくる。四角形に切り取られた空が一歩ごと頭上に遠く小さくなっていき、地上とは別のところに到着するような不安な気分になった。

底では大型機械の丸鋸が唸りながら回転し、薄青い濡れた石を思うがままに切り取っていくのであった。掘れば掘った分だけ沈んでいく。石の粉だらけの底を歩きながら、底が抜けるのではないかと理由もなく私は不安を覚えもした。

穴は横へとつづき、下降してはまた奥にひろがっていく。そこから先は漆黒の闇で、懐中電燈がなければ一歩も進むことはできない。虫一匹草一本ない、無機質の静寂の世界である。良質の石の層を求めて手掘りで進んでいった古い坑道の壁には美しい鑿の跡がつき、その下に機械掘りの鋸の波の跡がついている。懐中電燈の明かりが、さざ波のような影をつくっていた。坑道といっても四階建てほどの高さで、天井も壁も幾何学的な端正な面と線である。陽光を一度も受けたことのない水分を含んだ緑色の壁が、懐中電燈の光の中に宝石のように輝く。無菌で、無臭の世界である。

「ここは石切場の跡地ではなく、まして空洞などではなくて、地下につくった巨大なビルだよ」

世間に向かってはじめてこういいだしたのは郁哉であった。地下五十メートルの年間気温は摂氏三度から十度で、富士山五合目の地下倉庫では愛媛や熊本の甘夏柑は六月上旬まで保存するのが限度だが、その地下では八月末までみずみずしさを保っておける。富士山五合目では冬は暖房装置が必要であって、大谷では何のエネルギーもいらない。蜜柑ばかりでなく、オレンジ、キューイフルーツ、生花、米、麦、チーズなどが保存できる。日本酒や生ハムを熟成するのもよい。空気が完全に安定しているので、宇宙から飛来する放射線を測定することもできる。地下の空間は、美術館にも劇場にもなる。アンディ・ウォーホルの展覧会をやり、私が新作戯曲を書いて芝居を上演したこともある。音楽会、舞踏の公演、郁哉のアイディアしだいでなんでもやった。なにしろ八トンダンプ百台で埋めるとして百二十年かかる巨大な空間なのだというのが、郁哉の口癖であった。その地下ビルの最大のオーナーが、郁哉だったのだ。

その家の伝統として、政治家や芸術家のパトロンになるということがある。中国の辛亥《しんがい》革命の指導者孫文や、足尾鉱毒事件の農民の指導者田中正造をかくまい、その人たちの書が残っている。現代の若い芸術家たちにも援助を惜しまず、ある彫刻家を自分の会社の社員にして給料を払いつづけている。スペインに住んでいる日本人画家は金がなくなると絵を送ってきて、郁哉は黙って送金してやっているのだ。

事業家としての郁哉の全体については、私はよく知らない。石材、運送、石油販売、テニスクラブ、マンション販売、旅行斡旋等々、目ぼしいものを思いつくまま数えてみると、七つの会社がある。郁哉は運転手つきのボルボに乗り、銀座の洋服仕立て屋には学生時代からカルテがはいっているから布地を指定する電話一本でスーツが仕上がってくる。自宅の石倉には年代物のワインが充分な本数寝かせてあり、フランス料理の食材はパリから、中華料理は香港から空輸で取り寄せ、蕎麦は特別の畑で自家用に栽培させる。鮎の季節には天然の鮎が、松茸の季節には松茸が、黙っていても産地から届けられる。

いつか郁哉の家のものではなかったが、地下の空洞の天井が抜け、大規模に陥没してしまった事件があった。地下のビルが思いもかけず倒壊してしまったのだ。なにしろ江戸時代から掘られている穴は、無秩序といってよいほど縦横に走っている。その昔は地下は地上に住んでいる分には誰にも見えなかったため、好きなように掘りまくったこともあったという。そんなことがわかったのも、住宅地と畑とが突然陥没したからであった。大地が軋む前触れがあったためみんな避難していたので、人に被害はなかった。日常生活の中に、足元から巨大な穴があく。それは恐ろしいことである。自分の足元がなくなるのではないかと、その地域は不安に包まれ、社会問題になった。石材屋は社会的に非難を受けもした。

旧家で余裕のある経営をしていた郁哉の家では、陥没事件の当事者にはならなかった。それでも地域の指導者としての責任を問われ、郁哉は奔走した様子である。どのようなことがあったのか私には詳しくはわからないのだが、郁哉は無限の可能性があるはずだった地下のビル群の入口を鎖してしまったのだ。埋めてしまったという噂も聞いたが、あんな巨大なものを埋める材料を集めるのは無理だと私は思うのである。

郁哉と会うこともあったが、私は詳しくは尋ねなかった。彼のつらいことを根掘り葉掘り詮索することになりかねなかったからだ。相談されればどのようなことでもするものの、たとえ従弟であっても私はそんな現実に対してはまったく無能である。郁哉が華々しく展開する事業は、私にはどれも順調に見えた。本来の家業である石材は、最早片隅の仕事だ。陥没のことで郁哉が致命傷を受けたとは、私はまったく思わない。

そんなことも、もう十年以上も前の出来事である。妻が炊いてくれた朝食兼昼食の御飯を食べながら、私はなにかしら気分が高揚して妻に語っていた。出版社の重役を郁哉の石切場の跡の空洞に案内したことがあった。重役とは彼が雑誌の編集者時代に知り合ったのだが、時を経て重役になったのだ。私は昔のことを妻にしゃべっていた。

「学生の時、徴用されて軍需工場で働かされたんだってさ。飛行機の組立て工場が、郁哉の石切場の地下にあったんだって。空襲がひどくて危険だから、空からでは絶対にわからない地下に工場をつくったんだ。すごく懐しいっていってたよ。地下にはいったら何も変わってないって。結局その飛行機は飛ばないうちに敗戦になったようだけど。地下には大型トラックでいけるところもあるんだ。機械設備を移動させるのも大変だったろうし、石の細かな粉が飛ぶから精密工場にはむかないんじゃないかなあ」

「ところで、郁哉さんはどうして亡くなったの」

突然雄弁になった私の言葉がひと区切りするのを待ち、妻はしごくまっとうなことを問う。

「さあ……」

私は隠しごとでもしているかのように絶句するしかない。

「だって、死んだって連絡があったんでしょう」

「うん。夜中に電話があった」

先方は確かに名のったはずだが、私の頭の中には声の欠片も残っていなかった。空っぽの頭に、満月の下で若くはない女に誘惑された光景が甦ってきた。

「死んだのなら、普通死因をいうでしょう」

「そうだよな」

「からかわれたんじゃないの」

妙に確信のあるいい方を、妻はするのであった。私の箸の動きは止まっていた。

「まさか」

「確認したほうがいいわ」

「郁哉の家に電話をするのか。今は混乱しているだろう」

「あの人のことなら、故郷では知らない人はないいんじゃないの」

「明日、告別式にいくよ。騙されているわけじゃないよ」
根拠があるわけでもないのに、私は強い調子で言葉を返した。

一冬のうち何度か、空は蒸溜したかのような純度の高い澄んだ青になる。そんな日であった。普段なら屋根で狭められた路地の細長い青空を見ただけで、気分がよくなるはずなのであるが、私は今日一日は郁哉のために沈んでいようと思った。妻がいうとおり、からかわれている可能性もないわけではない。それならそのほうがいいわけではないかと、私自身も混乱して思う。私はオーバーコートの下に黒い礼服を着て、黒いネクタイを締めていた。

走る新幹線の窓から上野を過ぎたビルの街を眺めた時、私は青空の下のほうに白い月を認めた。最初は雲の欠片かとも思ったのだが、確かに満月である。脱色されたように重力のない、昼の月だ。風船のような白い月は、荒野の上空をふわふわと飛んでいる。ビルは刃物のようなのだが、昼の月はそれを巧みによけ、自分の力で自由に遊んでいるかのようであった。いつか私を誘惑したようなギラギラした月と同じとは、いくら形が満月でも思えなかった。疾走する新幹線の窓ガラス越しに寄り添う、人の魂の形のようだなと私は思ったのだった。

駅前でタクシーを拾い、告別式の会場に向かった。急に目の位置が低くなったなと思いながら、私はタクシーの窓に顔を寄せて月を探した。タクシーはしょっ中向きを変えるのだが、月は見つからない。

「お客さん、ビルでも探してるの」

運転手の声がして、バックミラーの中で目が合った。私は何か悪いことでもしているかのような気になっていた。

「月」

「何、お客さん、月を落っことしたわけかい」

笑った目でいったきり、運転手は前方を向いた。信号で止まっていたタクシーが、走りだしたのだった。そうだよ、落としたんだよ。南の島で欲情のため火照っていた赤いあの月は、どこにいってしまったのだろう。私は自分の心の中に向かって言葉を返すのだ。

告別式の会場は遠くからでもわかった。黒い礼服の人たちの群れが、典礼場の建物の自動扉を開いたままで外にあふれだし、駐車場を過ぎて、舗道にまで列をつくっていたのだ。郁哉の俗世間の力がこれで知ることができるのだが、だからどうだというのだ。私には郁哉が死んでまで見栄を張ってその力を誇示しているとさえ思えた。私は列の一番後ろについた。私は血が遠いとはいっても親戚で、何人かには従弟と思われているのだから、前に歩いていって会場にはいってもよいのかもしれなかった。だが、あまりの人数に気圧されてしまった。会場の中では式典がはじまっているのか、それともただならんでいるだけなのか、ここからでは窺い知ることもできない。行列は前進せず、後ろにどんどん増えていった。

花輪は駐車場の金網にそってならび、道路にはみだし、道路の反対側にもならんでいた。私は生花の籠を贈った。だが生花は一個も見当たらず、会場の中に飾られているはずである。この調子なら、祭壇も相当に立派なことだろう。最後まで華麗に生きた郁哉らしいなと思い、ようやく私は惜別をしてやろうという気になった。

私の前にいた礼服の男が振り返り、少し笑顔をつくってやあといった。顔見知りなのだが、名前までは私は知らない。紙の花輪に囲まれて無用心になり、私は小声でかねての疑問を投げた。

「死因は聞いているか」

一瞬、男は驚いた顔をつくり、こそこそした感じでまわりを見回した。男は控え目に顔を左右に振る。

「いいや」

「本当か」

「うん」

男の声を受けとめ、私は幾分明るい表情をつくってしまった。男は用心深そうにもう一度まわりを見回し、私の目から瞳をそらしてわざとらしい虚ろな顔をつくり、小声ではあったが射るようにしていった。

「首、吊、り」

まわりの人は誰も反応してこなかった。どうやら知らないのは東京からきた私一人だけかもしれない。男は前方を向いたので、首筋しか見えなくなっていた。私は一度深く息を吸ってはき、青空に目を向けた。水にさらされたような白い満月が浮かんでいた。見失ったものを私はやっと上空に見つけたのだが、すぐにまた失うのであろう。

その酒場

その酒場の常連といえるのかいえないのか、私はしばらく顔をだしていなかった。駅のすぐ近くにある酒場に、その夜私は妻と二人で向かっていた。私は同じ地域に住んでいてその酒場とはいわば隣り近所だったのだが、線路を挟んだ反対側にあるので、いくとなればもちろん酒を飲むぞという気持ちにならねば足を運べない。その晩は珍しく妻と二人で気を合わせ、酒を飲もうと気合いをいれて家から歩きだした。

夏のにおいのする焦げ臭いような風が吹きだしていた。私は夏が好きだ。熱の霧の中にいるような熱帯アジアを多く歩いてきたせいでもないだろうが、じっとしていても汗が吹き出すような夏は細胞の一個一個が元気になる。一歩ごとに弾み上がるような気分で駅前の大通りから路地にはいると、いつもの見慣れた光景があった。酒場のネオンが輝いている。経営者は入れ換わっているのだろうが、いつも同じ酒場にしかいかないので私には変化はわからない。

普通の宵なのだがその酒場の看板の明かりは消えていて、そのあたりだけ暗い。異様に暗いなというのがその時の印象だった。暖簾はでていず、玄関の戸は半開きになっていた。中に明かりが灯り、人がいつものように酒を飲んでいた。

「どうしたの」

私は店の中にはいっていきながら、顔見知りの人たちに親しみを込めていう。お帰りなさいと、いつもなら顔を出したとたんに声が響いてくるはずだった。沈黙があり、わずかに間を置いて亭主のクニさんの声が静かに聞こえた。

「ママが死んだ」

クニさんの目に涙の光が揺れているのを私は見た。ママはクニさんの母親だった。昨年、その酒場の五十周年記念パーティをやったばかりで、パーティがすんで間もなくママは癌を発病した。闘病生活にはいり、それきり店には姿を見せなかった。古風なつくりの白木のカウンターの内側の隅に、いつもママはいた。ママは店内にそれとなく目を配りつつ、燗の番をした。帰る客がいると算盤の玉を指先で弾き、にこにこしていう。

「一円二十銭なり」

一万二千円のことである。それから店をでていく客に向かって声を投げる。

「いってらっしゃい」

ママの声を背中に受けながら、さて自分は何処にいくのだろうと私は思ったものである。一年ほど前から、ママのいた席には息子のクニさんが坐るようになった。クニさんは五十歳代だが、七十歳代のママにくらべれば貫禄はない。そのことを一番わかっているのはもちろんクニさんである。

「お袋が死んだ」

返事ができないでその場に立っている私に向かって、クニさんはくり返しいう。大きな声ではないのに、私にはクニさんは絶叫したように聞こえた。私は声を出せないでその場に立っていた。クニさんはいつものとおり白い上着の上に白い前掛けを締め、下駄をはいていた。

「二階にいるから、会ってやって」

クニさんの声に促され、私は店の奥にのそりとはいる。白木のテーブルが二台にL字型の大きなカウンターがあるのが一階で、二階には六畳ほどの座敷が二間あった。私はこれまで何人が登り降りしたかわからない塗装の剝げた木造の階段を踏んでいく。

奥の部屋の窓辺に布団が敷いてある。クニさんは枕元に正座をすると、白い布をとってママの顔を見せてくれた。

「お袋、御夫妻がきたよ」

クニさんが話しかけるママは化粧をして眠っているかのようだった。癌で死んだそうなのだが、苦悶のあとはない。今にもママは起き上がって微笑みかけてくるようにも見えた。私は合掌礼拝し、小声で般若心経を唱える。

「癌なのに、まったく苦しまないですーっといったよ。自分が死ぬのをわかっていて、それを受け入れたんだ。自分の親ながら、見事な死だと思うよ。それにしてもよくきてくれたねえ」

昂ぶっているとみえ、クニさんは雄弁だった。興奮している部分と気の弱い部分とが交差し、クニさんは時折視線を宙に漂わせた。私は肚の底にあることを正直にいう。

「何も知らなかった」

「お袋が好きな人を呼んだんだよ」

ママの枕元には、店の常連でママが敬愛していた作家の「夢」という色紙が掛かっていた。この作家は御茶の水の山の上ホテルに執筆のため缶詰になると、よくホテルのスリッパをはいたままタクシーに乗って飲みにきたという。お茶目でしょうとママがそのたび同じ口調でいうのを、私は何度聞いたかわからない。この酒場は現在七十歳代から八十歳代になる作家たちの溜まり場で、ママはいわば彼らのマドンナだった。

「ママが入院する前の日に安岡章太郎さんがきてくれて、開店から閉店の頃までいてくれたんだ。お別れにきてくれたんだな」

私が色紙を眺めていることに気づき、クニさんがいう。クニさんは遠くを見る目つきをしてはつづけた。

「吉本隆明さんは、今日は特攻隊だといって飲みにくるんだ。帰りの電車賃がないんだって」

クニさんは母親の歴史を語っているのである。そのほかにもママに生前世話になった故人たちが、この部屋にたくさん集まってきているような気もする。騒然とした気配はガラス戸越しに外の往来から響いてくるのだった。ママはカウンターの隅に坐って酒の燗をつけながら、人が店にはいってくるのを待ちつづけ、帰っていく人の背中を見送ってきた。ママの顔を白い布で覆いながら、クニさんは気を取り直していう。

「ママのために飲んでいって」

次の間にテーブルが用意され、何人かがビールを飲んでいた。すすめられて私も妻も座卓の片隅についた。

「どうぞ」

レイ君につがれたビールを、私は飲んだ。レイ君はクニさんの息子で、少し前までは日蓮宗の僧侶の見習いをやりながら店を手伝っていた。その寺に内紛か何かがあってレイ君は寺をでて、今は店の手伝いだけをしている。頭は以前どおり剃髪をしていた。素直な子なので、常連客たちからも好かれていた。

「お店をこれからもよろしくお願いしますね」

「もちろん」

レイ君と私はママについての会話をしようとするのだが、言葉が見つからない。寺がおかしくなってしまったために、レイ君は弟子入りできる別の寺を探していた。私は友人の僧侶を紹介してやったことがある。自分で挨拶をしてくるようにと私はいっておいた。初詣にレイ君は七福神のその寺にお参りにいき、ただお参りしただけで帰ってきた。何か事情があるのか、あるいはないのか、私にはわからないのであるが、そのままになっている。人の心の中というものは測りがたい。

「いつもレイがお世話になってます」

見たことがあるようなないような女性に挨拶をされた。私は失礼にならないように声を返す。一瞬怪訝な表情をつくった私の心の内が読み取られ、すぐに女性は自らを名のった。

「レイの母親です」

「それじゃあカウンターの中にはいっていたことありますか」

「ありますよ」

「それで見かけたことがあるんだ」

そうかもしれないし、そうでないかもしれない。物事はすべてをはっきりさせないほうがよろしい。その女性はクニさんとかつては夫婦で、今は離婚している。レイ君は母親と父親の間を振り子のように行ったり来たりして暮らしているらしい。クニさんが独り身を囲っているのはその雰囲気からなんとなくわかるが、クニさんのかつての連れ合いがどんな暮らしをしているか酒場の客には皆目わからないし、わかるべきでもない。ママもクニさんを産んだのだから連れ合いがいたのだろうが、どんな人生を送ってきた人なのか私は知らない。五十年間酒場のカウンターの隅に坐って燗をつけ、勘定をし、客のどんな話にも応じていた。時折ほんの少し大声をだして客を叱っていることがあったが、ママはすぐに笑顔をつくるので、怒られた客も微笑を浮かべてしまう。怒ってもらうことが嬉しいのである。私も叱ってもらえばよかった。

レイ君の兄の嫁さんが客に刺身やビールを運んでいた。コンピューターの仕事をしている兄は、アメリカに出張中らしい。兄は手品師で、酒場のカウンターでよく手品を見せてくれた。騙されまいと目を見開いているのだが、速い指の動きに惑わされた。観客が酔っているので、酒場は手品をするにはふさわしい場所であろう。

「姉がお世話になりまして」

年配の女性が二人、いつの間にかビール壜をそれぞれに持って私の前にいた。私が世話をしたはずもないのだが、喜んで私はコップのビールを一気にあけ、二度ついでもらった。暴れた泡はたちまち鎮まる。

「姉はいいお客さんに恵まれまして。通夜も告別式もお客さんが全部仕切ってくれるそうですよ」

「本当にありがたいですねえ」

「この歳まで商売ができたんですから」

「いいお客さんばかりで」

ママをほんの少しだけ若くしたような姉妹は、澄んだ艶やかな声でいう。年齢を重ねても姉妹とはいいものだななどと、私は少し酔った頭で呑気に思う。大徳利に燗のついた日本酒と、刺身の盛り合わせを持って、クニさんが上がってきた。

「おばさんたち、飲《や》ってる」

「飲んでるよ。酒場の通夜だもの」

「通夜じゃないよ。ただのお別れ会だよ」

何処か物陰ででも泣いてきたのか、クニさんの目は真赤だった。私は時々ママのほうに目をやった。蒲団は盛り上がっている。この季節では蒲団は暑いはずだった。

「歌いたかったら歌ってもいいよ」

二人の叔母に向かってクニさんはいう。下にいって飲んだらしく、かなり酔っているふうだ。一階にも人がきている様子がここにいてもわかる。

「歌なんて、歌われないよ」

「どうして。歌ったらいいよ。おばさんの歌は、一階にいても聞こえるから」

「そんな気分じゃないよ」

「歌いたかったら、いつでもいいからね」

こんなに酔っているクニさんを、私は見たことがない。ママが亡くなったのは昨夜だというから、看病のために徹夜をつづけ、憔悴したところに飲んだから効いてしまったのかもしれない。クニさんは階段を降りていき、入れ違いに老人が上がってきた。相当な年配の老人は身体を折り畳むように小さくなって正座をし、背中を丸めていた。そのまま老人は動かない。

私も妻もまわりの人にすすめられるまま、日本酒を飲んだ。燗をつけるのが面倒なので、テーブルには一升壜が立っていた。最初妻は居心地が悪そうだったが、酔ってその場にも慣れてきたようだ。小柄な老人は白布をとってママの顔をじっとのぞき込んでいる。

「お宅は何年ぐらいこの店に通っておられますか」

先程から同じテーブルにいた頭に毛のない別の老人が私に問う。私は過去の記憶を探る。

「十五年ぐらいでしょうか」

「ぼくは三十年になりますよ。会社にはいったその日に先輩に連れてきてもらって以来ですからね」

「ぼくは三十一年だなあ」

同僚らしい男がいい、毛のない老人が滑らかないい方をする。

「昔の客はどんどん死んじゃってるんだから。若きママを知ってる人はもういやしないよ。ぼくらが古参でしょう」

　こういって、二人の男はうまそうにビールを飲み干し、刺身を口に運んだ。ママに向かって時間をかけて合掌礼拝していた老人が、いつの間にか私の前のテーブルにいた。老人はガラス繊維でできたような細く透明な銀髪を長く伸ばしているので、表情がよくわからなかった。私は老人の前に伏せてあったコップを表に返し、ビールを注いだ。

「ぼくは五十年ですよ」

　老人がいった意味が、最初私にはわからなかった。三十秒ぐらいたってから、調子の悪い蛍光灯がやっと点いたような感じで理解した。

「五十年も」

　私は大声をだしたのだが、まわりの人も同じように声を揃えた。

「最初の店はこの場所ではなかったんだが、引越しても飲みにきたよ」

　男はいかにもうまそうにグラスを干した。私が注ぐと、すぐにまた全部飲んでしまう。私はまた感嘆の声を上げる。

「五十年間も飲みつづけてるんですか」

「何度か身体を壊したが、倒れてもまた起き上がって飲んでおるよ」

　男は歯がないので、空気が洩れるような話し方をする。ビールならば歯はいらない。私はこの男は生きているのか死んでしまっているのかわからないぞと思った。もし死んでしまったのなら、私は冥界にいることになる。酔いのせいか、どちらでもかまわないと思われた。意識をすると、階段から老人たちがどんどん上がってきた。五人の老人は脂が抜けたように痩せて小柄で、顔や手に深い皺を刻んでいた。その五人の中に奥野健男さんの姿があった。私は奥野さんに何度も小説を批評してもらったことがある。奥野さんは五人の中では一番太っていて、肌の色艶がよい。奥野さんはこの酒場のはじまりの頃からの常連で、近所に住んでいた。作家たちをこの酒場に連れてきたその人なのである。この店のカウンターに嬉しそうに坐っている奥野さんの姿を、私は何度見たかわからない。そういえば奥野さんは亡くなったはずだがと私が思っていると、私の心の中を読んだらしい奥野さんが話しかけてきた。

「ぼくは五十一年だよ。この酒場をはじめたばかりのママは、若くてきれいでねえ。離婚したばかりで、三歳のクニさんを連れていてねえ。女手ひとつで子供を育てようっていうんだから、みんな同情してね。ぼくらはカウンターに顔ならべて、同情してたんだよ。ママを見守るような気分でね、この二階を編集室にして同人誌を発行した。もちろん編集は手早くすませて、あとはカウンターに雁首ならべて酒盛りさ」

顔に白い布をかけて横たわっているママのほうを一度ちらっと見ただけで、奥野さんは話しつづけた。ママとはあとでゆっくり会えるといった落ち着いた態度である。奥野さんは最晩年よりも若返ったかのように見えた。私がついだビールをコップ一杯いかにもうまそうに飲むと、隣りの男を指差した。

「紹介するよ。こちらはママのもとの御亭主。子供一人つくって、さっさと離婚しちゃったけど」

男は下を向いているので、顔はよくわからなかった。こうしている間にも、死んだ人がぞろぞろ二階の部屋に上がってきた。男が多かったが、もちろん女もいた。若い人はほとんどいない。みんなママの親戚かこの店の常連客なのだろう。上がってくる人でいっぱいになってきたので、私は妻を促して立った。ママにお別れをしたかったが、人で隙間もなく、枕元に近づくのは困難だった。どうせ明日また斎事場での通夜で会うのである。あまりにも人が多いので、誰が奥野健男さんで、誰がもとの亭主かわからなくなっていた。

私と妻はママに向かって頭を下げ、人の間を通ってそろそろと歩き、階段のところまでようやくいった。階段は深くて暗い穴のように見えたが、下は明るかった。カウンターにもテーブル席にも人がいて、壁際にも人が立っていた。カウンターの中に立ったままでクニさんが泣いているのが見えた。板前や店で働いている人が、いつもの白いシャツを着てカウンターの中にいた。誰もがコップや茶碗を持っている。私はカウンターの奥の隅にかけたスリッパをはいている男を見た。そっと近づいてスリッパを確かめると、白い文字で山の上ホテルと読めた。

「島尾敏雄さん……」

私は学生の頃から作品を読んできて、尊敬してやまない作家の名を呼ぶ。

「やあ」

はじめて会うにもかかわらず、島尾さんはこういって笑顔をつくってくれた。店内にはもう人ははいれず、外にもたくさん集まっていた。まだどんどん集まってくる様子である。

私と同様に、みんなママに呼ばれてきたのだ。

白蟻

郵便受けに夕刊を取りにでた私は、私の事務所の隣りの作業小屋からでてきた中村さんと目を合わせた。中村さんは私にいきなりいった。

「今晩孫がきやがんだ」

中村さんは新潟生まれと私は聞いていたのだが、江戸っ子っぽい話し方をする。栃木生まれの私は江戸っ子らしいテンポのよい話し方はとてもできない。新潟と栃木の風土の違いなのか、中村さんと私の資質の違いなのか、それはよくわからない。

「へえ、それじゃ賑やかだ」

私は軽く言葉を返した。

「騒がしくて、酒もおちおち飲んじゃらんねえよ」

「可愛いようだね」

「誰が可愛いもんか。やかましいだけだよっ」

肚の中と口とがまったく正反対なので、中村さんの肚の中はよくわかるのだった。中村さんは大工で、私の事務所の隣りに五坪ほどの作業小屋を持っていた。事務所は私の自宅の隣りにあった。つまり、中村さんは隣人だ。中村さんが作業用の軽トラックを作業小屋の前に駐車すると、我が家の車は出入りができなくなる。妻も私も車をめったに使わないので、別にかまわなかった。中村さんは一人でやっている有限会社中村工務店の社長で、家のまわりのことは頼めばなんでもやってくれた。

私は妻の実家に妻の母親とともに暮らしている。宇都宮から東京に越してきた時、犬もいっしょだった。まさに猫の額ほどの庭から犬のポチが逃げないようにフェンスをつくってもらったのが、我が家が中村さんに仕事を頼んだ最初だった。中村さんは柱を立てて板を張り、そこに防腐剤を塗って、立派なフェンスをつくってくれた。防腐剤は二度ほど塗りかえはしたものの、今もある。防腐剤をそろそろ塗らねばならないなと、私は懸案にしている。ポチは死んでしまった。

頼むと中村さんはなんでもやってくれた。縁の下から猫がはいり、床下から発情期のうなり声がするといえば、出入りできないように金網を張ってくれる。もうひとつ隣りの家の庭に大きな欅の木があり、秋に落葉が雨樋にはいる。排水がうまくできず、雨が屋根から滝のような落ち方をする。私は妻になんとかしてほしいと頼まれ、よしわかった今度時間ができたら屋根に登ろうと約束するのだが、時間だけが過ぎていく。結局妻は中村さんに頼むことになる。私より年上の中村さんは身軽に屋根に上がり、妻から賞讃される。

今暮らしている私たちの家は、私の故郷の親戚の工務店につくってもらった。裏の松林を伐って材をとり、大工さんたちが寒い時に合宿して建設してくれたのである。遠いので、ちょっとどこそこを直してくれというわけにはいかない。いきおい中村さんに頼むことになる。妻の部屋は細長い変則的な六畳間で、隅に戸をつくれば洋服を収納できる衣装戸棚になる。中村さんに頼むと、あっという間につくってくれる。台所の壁にいつの間にか戸棚がくくりつけられていることを、私は発見する。もちろん妻の依頼による中村さんの仕事で、私にはもう相談もないのであった。中村さんと親しくなってから、家の中に棚が増えたような気が私はするのだった。

中村さんの作業小屋は、廃材を適当にくっつけたというような、相当なぼろである。路面に不安定にコンクリートブロックを積み上げ、階段がつくってある。よほど気をつけなければ踏みはずしそうなしろものだ。外側はよく座敷にあるガラス戸で、桟が折れ、一部はビニールが貼ってあった。小屋の中に材木やベニヤ板などが収納されているらしかった。時折電動カンナを使うやかましい音が響いてきたりもしたが、小屋の狭さの中で苦闘している中村さんの姿が彷彿として、むしろ私は好ましいような気持ちになった。中村さんは使えそうな廃材は拾っておくらしく、小屋のまわりは木片や塩化ビニールパイプや鉄骨やコンクリートブロックや煉瓦や砂などが保管してあり、不思議な威厳に満ちていた。それそのものが芸術的オブジェであると理屈をつけたとしたら、そんな気にもなるだろう。しかも、材料によって刻一刻変わっていく生きたオブジェなのである。

その作業小屋は魔法の宝の箱だった。棚ぐらいならたちまちそこから材料がでてきてできてしまう。そして、中村さんの手は魔法の手だった。妻の願いをかなえる便利な手なのである。

「孫がきやがるから、それじゃね」

中村さんは私に向かってヨッという感じで手をあげると、遠ざかっていった。中村さんはいかにも体重が軽そうな痩軀で、長身だ。心持ち前屈みになり、地下足袋をはいて猫のように足音もなく歩く。私の家は坂の途中にあるので、坂を上がっていく中村さんの全身が見え、頭だけになり、やがてそれも見えなくなる。中村さんがいつもより早く仕事を上がったのは明らかであった。

それから何日かして、孫の手を引いて歩いている中村さんの姿を近所で見かけた。仕事がない日だったのか、それとも早上がりをしたのか、まだ陽は高い時刻であった。二歳ぐらいの孫は、女の子だった。足元が覚束なくて、今にも転びそうだ。私を認めた中村さんは、私が何を聞いたわけでもないのに、弁解でもするかのように先に口を開いた。

「ぴぃぴぃ泣いてやかましくてかなあねえから、散歩してんだよ。孫ってえのはやだね。おじいちゃんになっちゃって、じじむさくていけねえや」

いつもの調子で中村さんはいう。孫が中村さんの脚にしがみつき、だっこをせがむ。中村さんは地下足袋ではなく、パチンコにでもいくようにサンダルをはいていた。

「しょうかい、しょうかい」

中村さんはこういいながら、屈んで孫を抱き上げる。中村さんは孫の柔らかそうな頰に自分の頰をこすりつける。孫は喉の奥で楽しそうに笑い声をだした。

私は恵比寿に住んでいる。妻と私とが行きつけの酒場で飲んで外にでると、中村さんの姿を雑踏の中に見かけた。中村さんはハンチングをかぶり、いつもの前屈みの姿勢でゆっくりと歩いていた。

酔いで頬を紅潮させ目を充血させている中村さんは、すぐ前を通っていったのに、妻と私は気がつかなかった。一人で酒を飲んできたらしい。中村さんがどんな酒場にはいるのか興味があったが、私たちは声をかけなかった。

駅を通り抜け、人込みからはずれて、妻と私とは家に向かっていた。暗い路地を通っている時、前方に男の特徴のある後姿があった。長身で痩軀、地下足袋で歩くのが似合いそうな足の運びだ。中村さんである。中村さんは白い線を踏み越えて車道のほうに踏み出していったが、車がくる様子もないので危険はない。相手が知らないのに後姿を見ているのは失礼だ。そうは思っても、声を掛ける理由は見つからない。後から見ると、誰でも無防備である。その無防備さが、中村さんの場合はことに幸福だということを示しているのではないかと思えた。

まだ陽の高い夕方、近所を上機嫌に歩いている中村さんの姿をよく見かけるようになった。たいてい酔っていて、顔を赤く染めていた。トレーナーの上下を着てサンダルをはいているので、仕事をしている感じではない。仕事がないのかどうか、中村さんはぶらぶらしていることが多かった。近所の単なる噂で確かめたわけではないのだが、息子が離婚して孫がこなくなったのだと小耳に挟んだ。

仕事ができた。妻が車をバックで車庫入れする時、アクセルとブレーキを間違えてペダルを踏んだ。車はアルミニウムの車庫の柱をひん曲げ、玄関の蛇腹式の門扉を滅茶苦茶に破壊した。玄関前の庭に尻から突っ込んで鉄板が陥没した車は、すぐに修理工場に引き取られていった。空っぽになった車庫は柱が曲がったので屋根が傾き、門扉もひん曲がって修復は不可能だった。戦争が起こり、そこのところだけまるで爆弾でも落ちてきたかのようであった。

妻が頼んだので、中村さんはすぐに修繕にかかった。一人でできない時は、どこからか相棒を連れてくる。相棒は老人で、助手の役目ならばどんな仕事でもこなすようであった。中村さんはレンタルの鑿岩機を軽トラックで持ってきて、地面のコンクリートを掘りはじめた。道路工事のあのけたたましい騒音が、我が家の庭で響きはじめたのだ。故郷の大工さんがやってくれた工事は手抜きからはほど遠く、アルミニウムの柱も深く埋めてあり、コンクリートも厚かった。見くびってパワーの弱い鑿岩機を借りてきたので、作業はなかなか進まないようであった。

曲がった柱を抜いて土台を整えるのに、三日間かかった。私が家の中で原稿を書いていると、窓の外から中村さんと相棒の話し声が聞こえたものだ。午前十時と午後三時のお茶を持っていく妻の話し声も聞こえる。仕事をしている時の中村さんの声には張りがあった。人は仕事をするべきなのだ。

アルミニウムの車庫は完全に撤去されたのだが、注文した資材が届かないということで、それから先の作業にかかれなかった。コンクリートの土台に柱の跡の穴があき、いつまでも工事現場の様子であった。中村さんは作業小屋にはいり、何かをこしらえていた。仕事なのか趣味なのか、私にはよくわからない。私が知るかぎりの中村さんは、仕事をしているか酒を飲んでいるかである。我が身を振り返ってみるなら、私も同じようなものだ。

私が三日間ほど旅にでて帰ってくると、車庫は以前とほとんど変わらない姿で完成していた。新しい分だけ、前よりも輝いて見えた。妻が修理工場から運転してきたのか車も戻ってきていて、自損する前とどんな小さな変化もなかった。

しばらく中村さんの姿が見えないことがあった。近所の噂では、中村さんは直腸癌で入院しているということだ。噂はもっぱら妻が聞いてくるのである。考えてみれば、妻はともかく、私は中村さんの家を知らない。おおよその場所の目安はついていて、きっと何度も前を通っているはずなのに、どの家かといわれればわからないのであった。

様子がたえず変わっていた作業小屋まわりのたたずまいも、まったく動かない。ガラス戸も締まったままである。人の気配が消えていた。

姿を見なければ、その人のことはどんどん忘れてしまうものである。家族ならともかく、中村さんがいないと生活に支障があるというわけではないのだから、中村さんのことはいつしか私の頭から消えていた。その空白の部分に、きっと別の人がはいってきていたのであろう。

ところがどうしても中村さんが必要な事態が発生したのだった。

妻は生きものを殺すのを絶対的悪だと信じている。それなら何も食べるなといわれそうだが、自分の手で必要もなく殺さないというほどの意味だ。その時、妻は風呂場のあたりから新聞紙に虫をとっては、何度も勝手口より逃がしている。

「ゴキブリか」

私はいつもの妻の行動からいう。我が家にはゴキブリが我がもの顔に走ったり飛んだりしている。私が書斎にはいると、ゴキブリが一斉に勢いよく飛ぶのだ。ゴキブリは函入りの本にはいり糞の染みをつけるので困る。執筆中の原稿用紙の上を走って横切ったりする。それでも我が家では殺さない。ゴキブリは生きているからである。

「羽の生えた蟻なの」

妻は新聞紙を持ち上げて私に見せる。一瞬、私は言葉を失った。

「どこにいた」

「お風呂場にいっぱい湧いているの」

悠長にいう妻に私は案内されていく。浴室と脱衣場の間の柱に、羽の生えた蟻が無数にいる。柱の柔らかい部分が喰われていて、中の隙間からどんどん涌き出してくる。

「大変だ。白蟻じゃないか」

「どうしたのよ」

あくまで妻はのんびりしていた。もう二十五年以上いっしょに暮らしているのに、私は妻とまったく別のものを見て別の世界に生きてきたような気がした。

「羽の生えた蟻は巣をひろげるためどこかに移動しようとしてるんだけど、この中には羽のない白い蟻がいっぱいいて、憎たらしい頑丈な顎で家をばりばり喰ってるんだよ。そのうち家は粉でできたようになって、潰れる。寝ている時に潰れたら大変だ」

眠っている時に潰れた家の下敷きになり、粉まみれになって這い出す妻と私の姿を、私は思い描いてみた。家が潰れたら建て替えるいい機会かもしれないが、家財道具や本を整理するのが面倒だ。

「それは大変じゃない」

実感から遠いらしく、まだ妻は悠々としていた。

「そうだよ。大変なんだよ。一匹は小さいけれど、数がすさまじいんだから」

気持ちばかりが焦るが、私はどうしたらいいのだろう。

「どうしよう」

妻も私にすがるようにしていう。

「中村さんだ。中村さんに頼もう」

啓示のように思いついて私は叫ぶ。

「だって病気よ」

「家にいって頼むんだよ」

それから妻と私は電話番号を調べ、直接いったほうが早いということで外にでた。夏の盛りで都会とはいっても緑は濃く、生きとし生けるものすべてが勢いよくなる季節であった。白蟻も活発になってよいわけである。だがよりによって私の家で白蟻がさかんになるのは許せない。

妻が私を連れていってくれた中村さんの家は、私が見当をつけていた家とは違った。大工が自分の家を凝って建てるのはよく聞く話であるが、中村さんの家はアルミの物干し台のあるごく普通の二階家である。往来に面して植木鉢が二段重ねに置いてある。呼び鈴を押す。玄関にでてきた奥さんは見たことがあった。近所ですれちがったことが何度もあり、やっと中村さんと結びついた。奥さんに呼ばれ、トレーナーの上下を着てでてきた中村さんは、見違えるほどに痩せていた。顔色も悪かった。私は用件を切り出すのがためらわれるほどであった。玄関先に立ったまま私は白蟻が発生したことを告げ、知り合いの工務店を紹介してくれるようにと頼んだ。

「ぼくがいくよ。支度してすぐいくから、家で待ってな」

中村さんは壁の時計に目をやってから、毅然としていう。それはやめておいたほうがいいとは、私にはいえなかった。

妻と私とが家で待っていると、ほどなく中村さんは相棒をともなって姿を見せた。動作はゆっくりし、見るからに痛々しいのだが、私は中村さんの誇りを尊重して口をださないことにした。小説家が癌で入院した時、知り合いの編集者が一番の励ましは原稿を注文することだといったのを思い出したりした。

「タイル少しはずして、柱取りかえなくちゃならないね。今夜は風呂はどこかではいってもらえるかなあ」

風呂場の柱を見て、中村さんはてきぱきという。それから仕事にかかった。身体を動かすのは主に老人の相棒のほうだが、中村さんも釘抜きでタイルをめくったりした。柱は古い段ボールのようにぼろぼろになっていた。柱は紙を剝がすようにめくれ、中から白蟻がぱらぱらとこぼれだしてくる。見るからに頑丈そうな顎を持った白蟻だが、動きは緩慢であった。床に落ちた白蟻を相棒が箒で集めて塵取りに取り、ビニールのゴミ袋にいれる。おびただしい殺生である。

その日夜まで作業をして、中村さんと相棒は帰っていった。風呂場の柱は抜かれ、タイルは一部剝がされていた。白蟻のはいったゴミ袋は口を固く結んで外にだしてあった。その晩、妻と私とは近所に一軒だけ残っている銭湯に、タオルと石鹼を持ってはいりにいった。

翌朝、心配していたわけでもなかったのだが、中村さんと相棒はまず作業小屋にきて仕事をした。電動工具を使う音が久しぶりに響き渡った。二人は檜の柱を削っていたのである。良質の檜は白蟻にも食べられないそうだ。檜の材料も、強力な白蟻よけの薬剤も、タイルも、白セメントも、魔法の箱である中村さんの作業小屋にあった。白蟻に喰われているのは幸いなことに柱一本だけだった。白蟻のいたところにコーヒー色の薬剤をハケでたっぷり塗りつけ、カンナをかけたばかりの白い檜の柱を古い柱を抜いた穴におさめ、剝がしたタイルのところに新しいタイルを貼る。

請求書はいつものように後で送るということで、中村さんと相棒は帰っていった。白蟻と段ボールのようなぼろぼろの柱がはいったゴミ箱は、もちろん持っていってくれた。こうして私の家は、白蟻に食べつくされないですんだのである。

作業小屋にはいって何かやっている物音を感じたり、路地ですれちがったり、中村さんの気配は私の生活の中に絶えずなんとなくあった。それからしばらく見ないなと思っていると、中村さんの訃報が届いた。癌が全身に転移し、病院で亡くなったということである。妻と私とは決まりきった金額をいれた香典袋を持ち、葬式に参列し、線香をあげてきた。植木鉢が二列にならんだ路地の二階家から、霊柩車は出発していった。

それから一週間後、家の前で騒然とした気配がするので外にでてみると、中村さんの奥さんと息子とが作業場を片付けていた。材木やら塩化ビニールパイプやらコンクリートブロックやらを、普通トラックの荷台にどんどん無造作に積み込んでいる。そこにあの相棒がやってきて、使えそうなものを物色していた。相棒が横にのけた電動工具だけでも、山になるほどであった。釘は段ボール箱に幾つもあり、ペイントや防腐剤や接着剤の缶もたくさんあった。それを中村さんの軽トラックに積んだが、一度では積みきれなかった。魔法の箱には外側から窺い見るよりたくさんのものが詰まっていて、運び出しても運び出しても何かがでてくる。普通トラックはゴミ処分場と三度は往復した。

「もしいりようのものがあったら何でもどうぞ」

奥さんにいわれ、私は釘抜きをもらった。我が家に白蟻がでた時、中村さんが風呂場のタイルを剝がすのに使っていたものだ。使い込んだ鉄の道具は、冷んやりとして重かった。今後我が家の修理はこの道具を使って私がやらなければならないのかもしれない。きっとできないことのほうが多いのだ。いや、できないことばかりだろう。あの相棒の老人を頼むしかない。

その後、奥さんと息子とは何日か通ってきて、作業場をすっかり片付けた。一部ビニールが貼ってある建てつけの悪いガラス戸を開けて中にはいってみると、床のベニヤ板はへこみ、全体が傾いていた。だが奥行きは案外に深く、奥やまわりに道具や材料を置いても、電動カンナが使える空間は充分にとれた。すでに何もないがらんとした空間になっていたのだった。中村さんはここで一人の多くの時間を過ごし、何を考えていたのだろうと私は思ったりした。

それから何ヵ月も作業小屋はそのままになっていた。美術大学にいっている私の娘が卒業制作の絵を描くため、アトリエとしてその作業小屋を使わせてもらいたいといいだした。家主のところにいって安い家賃で二ヵ月間借りることにした。だが、ビニールマットを壁と床に貼りストーブをたいても隙間風がいたるところからはいってきて、寒くてとても絵を描くどころではないと、結局カンバスや画材を自分の部屋に戻した。

いつの間にか厳冬になっていた。

車輪

尾籠な話で恐縮であるが、私がこれまでで最も激しい下痢をしたのは、はじめてインドにいった二十三歳の時である。旅の知識もたいしてなく、カルカッタで路上にあるポンプから水を飲んでしまった。それが直接の原因かどうかは定かではないのだが、胃袋が裏返しになるような苦しい下痢をした。天井にファンが回っている暑苦しい安宿の部屋で、全身から力が抜けて横たわっていると、ほとんど十分毎に下腹に突き上げるような痛みが湧き上がった。ベッドから転げ落ちるようにして床を這っていき、シャワー室兼用になっているトイレにはいる。パンツを下ろすのがもどかしく、我ながらよくでるなあと感心するほどに水と同じ軟便がでる。

ここで死ぬのかなあとさえ思った。私は一人旅をしていたから、看病してくれる人などいるはずがない。口にいれるものを買いにいく元気もないし、たとえでかけたとしても、私が食べられるものを手にいれることができるとも思えなかった。南京虫《ベッド・バーク》の棲家となっているベッドで、無数の蚊の襲撃を受けながら、人間はこんなふうにして死ぬのだろうなとさえ思ってみた。それでも水さえ口にいれず三日三晩ほど横になっていたら、なんとか立ち上がることができた。それからまた旅をつづけたのであった。

五年ほど前、十八歳になった娘と二人でインドに旅をした。はじめてインドにいった娘は、最初にインドの土を踏んだ私と同じように、倒れた。下痢ではなかったが、身体中から力が抜けて昏睡状態になった。シーク教徒であるインドの友人は、娘が元気になるよう自分の神様に祈っておこうといってくれた。友人の祈りが効いたのか、インドへの通過儀礼というわけなのか、娘は二日もすると完全に元気になったのであった。旅にでると、いろいろな経験を積む。

はじめていった外国の街は、下関から連絡船に乗っていった韓国の釜山《プサン》であった。食物や水があわず、たちまち私は下痢をした。幾つか覚えた最初の韓国語のうちの一つは、便所という意味のピョンソーである。

「ピョンソー？」

食堂にはいると、まず私はこのように問い、腹の中のものをきれいにしてから食べた。しかし、食べたものもたちまちでてしまう。ほとんど下痢というものをしなくなったのは、インド旅行以降である。何を食べても平気になった。生水はさすがに気をつけるが、一週間もすると蛇口をひねって水道の水を平気で飲んでいる。

旅をするというのは、ひとつひとつ失っていくことかもしれない。繊細な胃袋を失う。感じやすい腸を失う。水をいれたコップを持ち、こぼさないようにそろそろと歩くように用心深く旅をする感覚を失う。失わなければ、何も得られないのである。

いつの日か私は旅に病み、安宿の南京虫《ベッド・バーク》の巣窟であるベッドにまさに虫の息で横たわっている自分を空想することがある。私は所在を明かさないから、誰も助けにきてくれない。実際は安宿の親爺に追い出されてしまうのだろうが、冷たい路上に横たわるのではなく、不潔きわまりないところでいいから、せめてベッドの上にいたい。たいていうつらうつらと眠りの浅瀬を漂いながら、私はザックを背負いゴムぞうりをはいて、照りつける日射しの下を潑剌と旅をしていた時のことを思い出すのだ。震えるような懐かしさに満ちて、草木一本、石ころ一個にも好奇心にみなぎる目差しを向けていた自分を、抱きしめたい思いで回顧する。旅先の安宿のベッドの上にいるかどうかはともかく、そんな時がくるのは間違いはない。過去にしたどの旅を一番に思い出すだろうか。私がはじめての海を渡ったのは沖縄への旅だ。

私は十九歳で、沖縄は遥か海の彼方にあった。沖縄にいこうと思いはじめると、いきたくてたまらなくなった。南への旅の欲求は、自分でもわかっていないながら、私を動かす根源的な泉のように血の底にあった。

だが沖縄は遠くて、渡航の手続きも面倒だった。パスポートを発給する役所の窓口で申請し、日本政府総理府発行の身分証明書をもらわなければならなかった。沖縄には琉球政府があることはあったが、沖縄本島から南、与那国島から北は、アメリカ軍の統治下にあった。手続きをし、船の切符を買い、当時私の生涯で最も遠くにいく旅の準備は順調に進んでいた。

東京湾の竹芝桟橋に繫留されている三千トンクラスの大型貨客船は、出発と見送りの人でごったがえしていた。紙テープを早々と投げ、甲板と桟橋といつまでもつながりあっている。私は甲板で人垣のうしろをうろつきながら、人と人との結びつきの濃さを感じていた。私は一人だった。やがて汽笛が鳴って鉄の船体とコンクリートの桟橋の間に黒い海が見え、そこに赤や黄や青や白の紙テープが千切れて落ちた。東京のビルが蜃気楼のように波に浮かび、沈んだ。

二等船室は船底の大広間で、毛布とビニールの枕が一個ずつ渡された。クロス張りの床のどこを自分の場所としてもよいのだが、あっという間に誰かが横になるので、選べる余地はそれほどなかった。東京湾から外洋にでたのが、全身に揺れが伝わってくるのでわかった。饐えた臭気のする船室で、他人の体臭の染みついた湿った毛布にくるまり、私は二泊三日をじっとしていなければならないのだ。夕食のカレーライスの皿を配る船員の声が響き渡るものの、私はとても食べるどころではなかった。トイレにいこうと立ち上がると、胃が誰かの手に鷲づかみにされたようになり、喉のあたりに酸っぱいものが込み上がってくる。一気に嘔吐感に襲われ、私はトイレに走るのだった。

横たわっているのに波に持ち上げられていき、登りつめたところで、ほうり出されるようにしてふわあっと落ちる。これを際限もなくくり返すのだ。その一刻一刻を、すがるものもなく耐えている。胃の中は空っぽで、力が湧いてこず、自分の身体が空壜になって転がっているふうであった。

疲れ切っているはずなのに、頭の芯が冴えて眠れない。

二日目になると、どうやら起き上がれるようになった。船客たちも船内をぶらぶら歩きはじめていた。私は甲板の手すりのところに立ち、波を見ているのが好きだった。水は持ち上がっていき、山をなす力の均衡が崩れる瞬間に砕け散る。見渡すかぎりにある無数の波のひとつひとつが、同じ動きをしつつ後方に跳びのいていく。砕け散る際に水しぶきを上げ、ざざっと音を立てる。その音が無数の場所からでるものだから、騒然とした気配になっている。太陽の光の具合によっては、虹ができることもある。淡い虹は光に透き通るようにして消える。その向こうには震えるように揺らめいている水平線があった。

昼でも夜でも、私はデッキに立って波を眺めた。無限の波である。再生し、消滅し、また再生する。あっちでもこっちでもものの無限のくり返しは、すなわち永遠というものであった。遥か遠い昔に祖先たちもこの風景を見たはずだと、私はほとんど確信に近い感情を持った。そんなことを考えはじめると、私はことに夜の波が好きになった。漆黒の闇の中では、船室の窓や甲板からこぼれた明かりが届く範囲しか、波は見えない。闇の底でも波は同じ動きをくり返している。船と併走するかたちで、カモメが五、六羽飛んでいた。少しずつ遅れていくカモメは後方の闇に吸い込まれ、また先頭に飛んできては遅れていく。

海の色が変わった。それまで見たこともないトルコ青になったのだ。

船は那覇湾に接岸したのだが、すぐに上陸できるわけではない。入国審査官が船のサロンにはいり、乗客たちは身分証明書と入国許可証を持って長い行列をつくる。

港の対岸には全体を灰色に塗った地味な運搬船が停泊し、クレーンでさかんに荷おろしをやっていた。その荷とは、焼け焦げ破壊された戦車や装甲車だった。ベトナムの戦場から運んできて、修理し、またジャングルの戦場に戻すのであろう。穏やかな珊瑚礁の港は、戦場と直結していたのだ。

もっとそばに寄れば、戦車や装甲車からは血のにおいがしてきたであろう。

　身分証明書にスタンプをもらった私は、那覇の街へと歩きだした。はじめての街は新鮮だった。太陽の光はねっとりと煉ったようで、東京あたりとは濃さが違った。潮の香りのきつい空気が、光とまじりあって停滞している。コンクリート造りの大きな倉庫の間を、フォークリフトやトラックがエンジン音を唸らせて走りまわっていた。コンクリートの壁と壁の間から、輝く青い海が見えた。

　車が右側を走っていることに、まず驚いた。道路を横断する際、つい右側を見てしまう。右側からくるものがないことを確認し安心して渡りだすと、車は左側からやってくるのである。幹線道路の一号線にでて、アメリカ軍の草色のジープも目についた。軍関係の車の黄色いナンバープレートには、THE KEY STONE OF THE PACIFIC（太平洋の要め石）と黒い文字で書いてあるのだった。そんな車にはたいていアメリカ人が乗っていた。ザックを担いだ私は、とりあえず一号線を北に歩きだした。

　那覇の真中の国際通りと市場通りとが交差するほんの小さな広場になったような場所に、ワンピースを着たおばさんたちがたむろしていた。みんなごくありきたりの普段着のワンピースに身を包み、手提げ袋を持っていた。私は東京で友人から聞いた情報により、真っ先にこの場所にきたのだった。

「兄さん、両替していきなさいねー」

　何気ないふりをして前を通ったつもりなのだが、思ったとおりに私はおばさんに声をかけられた。心の中を読まれているのだ。ザックを担いでいるとはいえ、ゴムぞうりにTシャツにジーパンで、特に変わっているつもりもない。偽るつもりもないにせよ、どのようにしてもおばさんにとって私はポケットの円をドルに両替したがっているヤマトンチューなのである。私にすれば、一ドルが何円で買えるかというだけが問題なのだ。固定相場の公定レートでは、一ドルは三百六十円であった。

「三百五十五円」

尋ねたわけでもないのに、おばさんは聞こえるように眩く。

「高いよ」

こういって私は別のおばさんにいくらで替えてくれるかと問う。

「三百五十五円」

誰に聞いても同じである。いつも同じ場所で商売をしているのだから、協定をしているに違いない。私はその時前にいたおばさんと二十ドル両替し、百円儲けた。

サンドイッチシャープと看板をだしている店が、幾つもあった。空腹を覚え、私はその一軒にはいった。表通りからも見えるようになっているガラスケースには、手造りのサンドイッチがはいっている。私はカウンターだけの席につき、紙に書いて壁に貼ってあるメニューを見て、コンビーフ炒めとライスを頼んだ。コンビーフにひかれたのである。東京で学生生活を送っている私には、コンビーフは極めて御馳走で、ほとんど食べたことがなかった。宇都宮でやっていた私の母の食料品店では、コンビーフは高い位置の棚にならんでいて、子供にはとても手が届かない。母の店で最も高価なのがコンビーフの缶詰で、つぎが鮭缶だった。コンビーフは正月でもなければ食べられなかった。それも薄く切り、刺身のように醤油をつけて食べるのだった。

カウンターの中のおばさんは、玉ネギとキャベツを胡椒をきかせてコンビーフとともにフライパンで炒めた。御飯は皿に薄く盛り、それに味噌汁をつけてくれた。このコンビーフ炒めが、私にとっては最初の沖縄の味なのである。それから以後、アメリカ製のコンビーフの缶詰など、沖縄でいくらでも見ることになった。沖縄の物質的な豊かさに、私は圧倒されたのであった。

日の暮れたところがその日の宿と決めていた。私はテントを持っているわけではなく、たとえ持っていても那覇では張る場所もない。突然雨が降ってくるかもしれず、寝袋で眠るにしても屋根ぐらいはほしかった。私は港で寝る場所を探すことにした。那覇港は軍港という雰囲気もあったから、地図で見て離島航路のある泊港にいくことにした。今夜の宿は、ハーバーライト・ホテルである。

泊港は陸地に向かって切り込んでいる小さな港だった。ターミナルの建物にはドアが鎖されていてはいれなかった。近い離島への待合所なのか、岸壁にビニールテントで屋根がつくってあり、その下にベンチがならんでいる。まことに好都合な無料ホテルである。私はひんやりとしたベンチに寝袋をひろげ、中にはいって横になった。繋留されている船が、時折低い音で軋みあった。岸壁を打つ波の音がたぷたぷと響いている。街の明かりが水に溶けて揺れていた。当時の私は野良犬のような体力を持っていて、三時間も眠ればそれでなんともなかった。

那覇の一号線の道端に立ち、次から次にやってくる車に向かって私は親指を立てていた。沖縄はヒッチハイクが簡単な土地だが、あまりに交通量が多いと、かえって車は止まってくれないものだ。私のすぐ隣りに乗用車が止まった。窓から顔をだし、乗れと指で合図してくれたのは、金髪のアメリカ人の男だった。

「荷物を後ろの座席に投げて、助手席にこいよ」

一人で乗っていた男は、私に向かって英語ではっきりとものをいった。アメリカ人はこんなことまで自己主張するのだなと、私は感心したものである。

「どこにいくんだ」

私はこう聞かれた。

「北の方へ。できたらあなたのいくところまで」

いきなりの英語でしどろもどろになりながら、私はこう答えた。目的地といっても思いつきでしかなく、身体を運んでいればどこでもよかった。

「お前はどこからきた」

「トウキョウ」

「学生か」

「はい」

「ゼンガクレン……」

「……」

「ベース・カデナにいったことがあるか」

「ない」

「いきたいか」

「ベース・カデナ?」

見知らぬ相手と見えないボールでキャッチボールでもするかのように、私はゆっくりと言葉をやり取りする。嘉手納基地のことである。当時は北ベトナム軍の後方基地になっていたハノイとハイフォンを爆撃するため、B52爆撃機が連日連夜飛び立つ戦場であった。爆撃機が飛ぶ騒音で住宅の窓ガラスが割れたり、井戸に燃料の石油が染み込んだり、外の道路から爆撃機が見えないよう滑走路の手前に高い土塁が築かれたり、話題の多い場所であった。多くの人に憎まれ恐れられている嘉手納基地の中にはいりたいかと、ゼンガクレンかと聞いた後、この男は私を誘ったのである。罠のようなものではないかと、咄嗟に私は思った。東洋一の基地機能を持つ戦略上の重要拠点に、ヒッチハイクで拾った素性も知れない学生を連れていく理由は、説明がつかない。何のために私を罠にはめようとするか、それもわからない。もし私がここで消息を断ったとしても、何ヵ月も後に故郷の父と母がどうしているのだろうと思うくらいで、ほとんど誰も気にかけない。

「ベース・カデナにいきたくないか」

サングラスをかけた男は、どんな企みがあるのか、畳みかけてくる。

「ぼくがはいるのは可能なのか」

「もちろん」

「また出てこられますよね」

私が大真面目でいうと、男は大声で笑いだしたのだった。左手でハンドル操作をしながら男は右腕を横に伸ばし、私の肩にかけた。

「お願いします」

どうなっても仕方ないかなあと思いつつ、私はいった。話しているうち、三十代と思われる男は、米軍向けの自動車販売会社の経営者ということがわかった。軍人として沖縄にきて、そのまま居ついたのだ。民間人なのではあるが軍とは深い関係があり、基地内にも自由に出入りできるということである。

コザのゲート通りは、基地からそのままアメリカが延長してきたようで、軍人向けのバーやレストランや土産物店がならんでいる。アメリカ人向けの土産物は原色が使ってあって全体に派手で、ジャンパーの背中には金糸銀糸や赤い糸で竜の刺繍がしてあったりした。そのゲート通りをまっすぐに走っていくと、その名のとおり基地のゲートにいく。私には重力のようなものがやってくるのだが、男はスピードを緩めることもなく基地の門に向かっていく。基地突入で、なんとなく私は悲愴な気分になってくる。

基地の正門を警護する兵士は、完全武装で銃を持ちヘルメットをかぶり防弾チョッキを着ていた。門前には土嚢が積んであり、ゲリラにでも攻撃されれば即座に戦闘に移れるようになっていた。穏やかな日常の中に戦争があった。男は運転席の窓を開けると、やあと手をあげ、それだけで基地の中にはいっていった。そこには仲間意識のようなものが感じられた。

「基地の中を観光しようか」

男は横から私の顔を見て、得意そうにいった。私はますます緊張する。

「いいんですか」

「かまわんさ」

こういって男は走りつづけた。なだらかな起伏を重ねた緑の芝の上に、それぞれ充分な空間をとって白い建物があった。あれはクラブハウスで劇場でスーパーマーケットでと、男は説明してくれる。芝生は緑色に光っていて、その向こうにもっと濃密な光をたたえた青い海があった。住宅は無理のない充分な空間の中に、色とりどりのペンキが塗られてならんでいた。建造物と建造物とを土地の起伏のままになぞるアスファルト道路も、清潔そうである。まるでカルフォルニアであった。カルフォルニアにもアメリカにもいったことがないのに、私はそう思った。

「腹が減ってないか」

男にいわれ、私は黙って頷いてしまった。飛行場に向かっていた車を、男は軍事施設の手前で口笛を吹きながら折り返した。コンクリート建ての白い大きなクラブハウスの横で、車は止まった。私はがらんとした建物の中に男についてはいった。内部には薄くジャズが流れ、どこで聞こうと同じなのに、ああアメリカだなと私は思った。

「まあ坐れ」

男の命じるままに私はテーブルについた。客は私以外はアメリカ人ばかりで、働いているのは沖縄の人であった。男は一人でカウンターのほうにいき、フライドチキンとコーラを盆にのせて持ってきた。柔らかなチキンは、肉と骨とが簡単にばらばらになった。噛むと、香ばしい肉汁が滲み出してくる。うまいものだなあ、これがアメリカだなあと、私は感心してしまった。私はフライドチキンをはじめて食べたのであった。骨を指先で摘み唇を油で光らせてフライドチキンを食べる私を、男は優越感に満ちた目で見ていた。

「もしよかったら、PXでジョニ黒だって買えるぞ。外に持っていけば、高く売れるぞ。一日でも二日でも長く旅ができるぞ」

男はきっと心からの親切心でいってくれたのかもしれない。私は金がないからいいですと返事をした。ジョニ赤の一本ぐらいなら無理をすれば買えるかもしれないが、卑屈な気分になるのが自分でつまらないと感じはじめていた。

フライドチキンとコーラの代金を払ってくれた男の車に乗って、私は広々とした空間からゲートをくぐり、家のひしめきあった世界に帰ってきた。それぞれの家は小さくて、人々は身を寄せ合って生活している様子だ。私は重力から解放される。基地のゲートをくぐってから全身に知らず識らず力がはいっていたことに、私は気づいたのだった。

いまだしていない最期の旅に私はすでにでていた。尾籠な話で恐縮なのであるが、はじめてインドにいってひどい下痢をした時よりもっとひどい状態になり、私は垂れ流しである。どこの国にいるのだったか、もうわからなくなっている。安宿の親爺が客に興味を向けてこないことが、幸いであった。私は溌剌として、いや実際にはひどく怯えて沖縄を旅していた自分を夢のように思い描き、眠りの中にはいっていく。夢も時の経過を整然とつないで連続して見るのではなく、眠りの中で跡切れてはまた断片が現われるというふうなので、苦しい限りである。

脈絡もなく、私は牛になっていた。一歩一歩大地を踏みしめて歩いているのだが、その歩みはあまりにも重い。私は自身の身体が重いのではなく、重量のある荷車を引いていることに気づく。鉄の輪をはめられた木製の車輪が、砂利や土を踏んでからからと回る。際限もない苦役の中に私はいる。身体中の痛みに耐えきれなくなり、冷たい汗に濡れて私は目覚めるのだ。すると私の顔の上、天井の下に、古びた大きなファンが軋むような音を立ててゆっくりと回転しているばかりだ。ファンはペンキが剝がれ、下から赤錆が滲んでいるのが見える。これではいくら引っぱってもどこにもいけないいなあと思いつつ、再び私は眠りに引き込まれていくのだった。

悲願

物腰は穏やかで、ていねいなもののいい方をする人だった。そのOさんは辣腕《らつわん》編集者ということだが、辣腕という言葉の中には心にささっていく冷たい棘のような響きがあり、Oさんをいうのにふさわしい言葉ではない。Oさんはとりあえず有能な編集者ということなのである。私は直接ともに仕事をしたことはないのだが、美術畑をずっと歩いてきたという人で、その時は一巻の目方が一キロ以上もありそうな大部の世界美術全集を編集していた。

美術全集の編集はもちろん体力も必要だが、精神的な粘りもなくてはならなかったろう。たいそうな撮影機材を持って、カメラマンといっしょに外国の美術館などにいく。すでに撮影された写真ばかり使うのではなく、これまで日本ではあまり人目につかなかったような作品も収録したいからである。しかし、これまで収録されてこなかったのはそれなりの理由があるからで、その作品の前までいくのが困難だったり、いくことができても撮影が不可能であったりするからである。カメラマンは撮影をするだけだから、美術館や個人などとの気骨の折れる折衝は編集者がしなければならない。しかも、手におえない外国語の時もあって、コーディネーターや通訳を頼まなければならないこともある。交渉は簡単にはすすまず、腰を据えるようにして時間をかけなければならない場合もある。どんなに努力しても相手があることだから空振りに終ることがあり、その場合にはワインでも飲んで虚しく帰ってこなければならない。考えただけで気が滅入ることである。

Oさんは世界を駆けめぐる編集者だ。そのOさんと私がはじめて会ったのは法隆寺でだった。当時の管長に誘われて私が法隆寺でも最も大切な法要、金堂修正会《こんどうしゅしょうえ》に参加するためお寺にいくと、そこにOさんがいた。一週間金堂に籠るお坊さんをかつては金堂十僧《じっそう》と呼び、千人からいた法隆寺の寺僧のうちでも選ばれたものとして大変な名誉であった。しかし、現在では寺僧は十人に満たない。誰でも金堂で行をすることができ、しかも人数も足りないのである。また行をするには、燈明を点けたり、供物をならべたり、鐘を打ったり、細々とした手伝いをする小僧がなければならない。そのアシスタントの役目を承仕《じょうじ》と呼び、本来は一段身分の低い僧なのであるが、在家の人が承仕となってお手伝いにいく。

Oさんは承仕のベテランである。私は正確にはわからないものの、二十年以上もお寺に出入りし、「法隆寺昭和資材帳」などお寺所有の経本や仏像や絵画や面や道具類やさまざまのものを台帳に登記するようにして出版する。営業的に割にあわないと思われる仕事も手がけていた。そんなふうであったから、Oさんには辣腕という言葉は正確には似合わなかったのである。

夜になってからガードマンに電話をいれ山門を開けてもらったOさんが宿舎になった事務所にくると、承仕の仲間にはほっとした空気が流れた。承仕はOさんのほかには三人いて、その一人がまったく初心者の私だった。Oさんは承仕の民間の開拓者のようなところがあり、儀式の進行の方法や、その時に叫ぶ台詞や、どの仏にはどの供物をどうならべるかなどを、ノートに細々とメモしていた。Oさんのノートがあれば、わからないことはなくなる。

その時の承仕はなんとなく信仰心があり、お寺で行をするのが楽しいといったふうな人が集まっていたが、かつては学者が自分の秘かな研究のために参加したという。普段めったにはいれない金堂内陣の須弥壇《しゅみだん》にも、行の合い間合い間に登ることができ、釈迦三尊像の光背銘なども、懐中電燈の光をあてれば読むことができる。お寺の秘密を探るには願ってもない自由な行動がとれるのである。だがある程度その研究は達成してしまったのか、学者たちは承仕にならなくなった。その後から在家の信仰心のある人が仏への供養のためめくるようになったのだが、Oさんはその前からずっとお寺にきているのであった。

大広間に蒲団を敷き、枕をならべて眠る。鞄にいれてきた本やら着替えやらをそのへんに散らばせるので、いつもなら何もないがらんとした大広間なのだが、たちまち生活の雑然とした空間になってしまう。禅寺ならば葷酒《くんしゅ》山門に入るを許さずと厳格なのだろうが、奈良仏教はその点おおらかだ。誰からともなく一升壜が差し入れられ、これは般若湯であって智慧の水なのだからと、承仕の仲間うちで寝酒などをほんのちょっぴりきこしめす。しかしOさんは娑婆世界の日常ではほぼ毎日酒びたりで、お寺にいる間ぐらい禁酒するのだと、一滴も飲まない。枕元に電気スタンドを点け、なにやら難しい本を読んでから眠るのだった。

午前五時、Oさんの目覚まし時計の音によって起床、襖を開けると隣りの大広間があり、そこに段ボール箱に納められた承仕の緑色の衣があった。パジャマから衣に着替える。これが一週間の行で一番つらい時かもしれない。

「いってらっしゃい」

寺務所の入口の机で新聞を読んでいる宿直のガードマンが、朝の挨拶とともに送りだしてくれる。年配のガードマンは朝早く目覚めてしまい、仕方なく昨日の夕刊などを読んでいるのだ。寺内は真暗である。それでも朝の透明な気配が微かに漂っており、足元が見えないというほどではない。

地蔵院に泊っているお手伝《てつた》いのおいちゃんたちが、すでに仏供《ぶつく》を担いで持っていっている。仏供とは仏への供物のことで、餅やら蜜柑やら干柿やら菓の飾りものやら飯やら、金鉢や木椀に盛りつけてある。伽藍の中にはいると、光沢のある空を背景に甍が黒い影をつくっている。金堂や五重塔の影が無言の荘重な音楽を鳴り響かせているのだ。私たちは飛鳥時代の影の下を、寒さのために懐中に両手をいれ、草履の底を地面に引きずりながら歩いていく。

山のように聳えている金堂の影に抱かれて石段を登っていくと、外陣に仏供の木箱が重ねて置いてある。おいちゃんたちは内陣にはいるのを遠慮する。私たち承仕は飛鳥時代の一枚板の扉を押す。千三百年前に樹齢千二百年の檜を伐採してつくった扉だから、木は釈迦の生きていた時代のものだということになるのである。格子も刳り貫いてつくった檜の部厚い一枚板の扉は、ぎぎぎーっと重苦しい音を立てて開く。金堂の中も煮詰めたように濃い暗闇である。

外を歩いてきた草履を脱ぎ、内陣内の草履にはきかえる。正面の闇の固まりにしか見えない仏は、四天王のうちの多聞天だ。インドの神ヴァイスラヴァーナの音写では毘沙門天《びしゃもんてん》といい、世界の北方を守護し、仏の道場を守護して法を聞くから、多聞天とも名づけられている。真暗なままでは歩くこともかなわないので、まず燈明《とうみょう》をつける。何しろお寺は千四百年前の創建で、一度焼け、百年後に再建された。金堂は飛鳥時代の建築であるから、すべてが古代の様式ですすめられるものと私は思っていた。たとえば燈明の点灯には火打石が使われるのではないかと想像していたのだが、実際はチャッカマンで手軽に点けられるのだった。かちゃっと灯した火を、燈明皿《とうみょうざら》の菜種油に沈めた燈芯草《とうしんそう》の端に押しあてていくのだ。菜種油を注ぎ、燈芯草を直しつつ、火を点けていく。火が盛り上がると、ふくらんだ光の中に仏が現われる。釈迦三尊、阿弥陀如来、薬師如来、勢至菩薩、観音菩薩、吉祥天、四天王などが、たった今この娑婆世界にやってきたとばかりに闇の中から淡い影とともに生まれる。

それからOさんは自分が書いたノートを見て、それは吉祥天へ、毘沙門天へ、御本尊の釈迦へと、私たちを指示してくれる。一週間の行の中頃になると私も指示されなくてもできるようになるのだが、はじめはすべてOさんのノートに教えられるのである。金堂修正会の行の内容は吉祥悔過《けか》、つまり一年間の罪や穢れを懺悔し、よりよい新年を迎えようというのである。地味増長、五穀成就、万民豊楽を願い、国家の鎮護を祈る行法なのだ。これを毎年正月に千二百数十回やっているのである。主役は吉祥天で、その夫は毘沙門天ということになっているから、この二天にはことに多く供物がそなえられる。

燈明を点け、供物をそなえてしまうと、お坊さんたちがやってくるまで何もすることがない。私はただただ珍しいので懐中電燈であっちこっち照らして見てまわり、壁画なども顔を近づけて詳細に鑑賞する。天蓋の葺返《ふきかえ》し板の上縁にある琵琶や笛を演奏する天人や、そのそばの垂幕板《たれまくいた》の側面に取り付けられている鳳凰《ほうおう》などに懐中電燈の光をあてて見る。焼け残った長押《なげし》上小壁に描かれた飛天図を眺める。承仕にとっては静謐なよい時間なのである。私がそうやってあっちこっち眺めまわしていたのも最初の頃だけで、三年目ぐらいからは承仕としての自分のいるべき畳の上に坐ってお坊さんたちがやってくるのを静かに待つようになった。もちろんOさんは承仕の仕事が終るとその場所に最初から坐って動かない。行の内容は声明で、声を揃え仏や菩薩の名を讃えてこの場所にきていただき、経を読誦する。承仕もその声明に参加する。朝と昼と夜と三回、行はつづく。

お寺にいくとお坊さんが廊下に新聞紙を敷き電気バリカンで刈ってくれるので、私は五分刈りくらいの丸刈りになる。袈裟はないにしろ衣を着けるので、私は格好ばかりお坊さんになる。髪など放っておいても生えるので、まあどうということもない。刈った当初は頭が寒い感覚がいつもと違うものの、顔を洗いながらふと思いついて頭まで洗えるので、便利である。櫛などいらず、頭の手入れなどまったく考えないですむ。

Oさんは髪を刈らなかった。白髪でそれも薄くなりかかり、私は秘かにアルファルファのもやしのようだなと思っていた。アルファルファとは豆科の多年生牧草で、乾草にして家畜に食べさせるのが普通だが、もやしは人が生食にする。ムラサキウマゴヤシともいう。こう書くと悪口をいっているようだが、そんなつもりはない。かつてはOさんも金堂修正会ではお寺で髪を刈ってもらっていたらしい。しかし、日常生活に復帰すると会社などで丸刈りの意味をしょっちゅう問われ、いちいち言い訳がましく答えなければならない。その問答のほうがむしろ非日常で面倒である。在家の人間にはそんな外見よりもきちんと行をやるという内面のほうが大切なはずだが、私などはお寺で正月に行をしているということが嬉しくて、ついそれらしい格好までしてしまうのである。Oさんにはそんな浮わついたところがまったくなくて、静かに深くお寺にいるという感じであった。承仕の中でも大先輩でありながら、食事の時にはお坊さんへの給仕もするし、後輩たちが気のつかないところは率先垂範して、驕るところはまったくなかった。

お寺が茶道の裏千家や文化財関係のグループと合同で中国の敦煌で法要と献茶式を行うことになり、私も誘われた。その時にOさんは奥さんを同伴で参加し、夫婦別姓で暮らしていることを知った。お寺ではこれまで時々親しい人たちと旅行をしてきたようだ。かつてインドにいった時、承仕にきている人が朝早くあっちこっちにでかけ、シーク教寺院にはいるためシーク教徒の扮装をしてターバンを頭に巻いてきたり、古い石仏を買ってきたりしてきたことがあった。得意になって行動するその人に、そんなに自由に動きたければ、一人で旅をすればよいではないかと一喝したそうである。添乗員に世話になる団体旅行をしている以上、それなりの規範にあわせなければならないはずである。

私はOさんが新しく編集する東洋美術全集を全巻予約した。専用の書架がつくあまりにも立派な本で、今後このような出版が可能かどうかはわからないのであったが、狭い空間で家族が身を寄せ合って暮らしている我が家では、何処に置いたらよいか悩むのであった。マントルピースと飾り棚のある応接間があるとよいのだが、そんなものは夢の話だ。東洋美術全集は豪華本でありながら、アジアの古典美術の隅々にまで目配りをし網羅しようという頑固な意思が感じられる。疲れた時などページを繰って美術品の海を渡っていくと、清澄な気分になって気持ちよい。

お寺にいっても髪を刈らない一徹なOさんが、髪を刈ったことがあった。お寺で大宝蔵院百済観音堂落慶法要の時であった。国宝の百済観音は誰でも知っている菩薩像でありながら、お堂を持っていなかった。あっちのお堂こっちのお堂とさまよって、千数百年を過ごしてきたのだ。右手の指先で軽く水瓶《すいびょう》を摘んでいるから、酒買い観音とさえいわれた。百済観音堂をつくることが、お寺の悲願であった。ことに当時の管長にとっては、悲願達成の大事業である。百済観音はお堂に安置されれば外に出ていくこともなくなり、最後の遊行としてパリのルーヴル美術館にいくことになった。美術館とすれば日本を代表する美術品としての展示なのだが、お寺とすればあくまで遊行だ。ルーヴル美術館では裏千家のお家元による献茶式などもおこなわれ、Oさんも私も法要に参加するために遥々パリにまで出かけていったのだった。

お寺でそれはきらびやかに行われた大宝蔵院百済観音堂落慶法要は、飛鳥時代の絵巻を見ているようだった。雅楽が鼓や鉦盤や笙《しょう》やひちりきや龍笛《りゅうてき》を鳴らし、獅子頭《ししがしら》や綱引面《つなひきめん》や蠅払面《はえはらいめん》や八部衆《はちぶしゅう》面《めん》などの行道面《ぎょうどうめん》をかぶった人たちが列になっていく。行道先頭の獅子二頭には、手綱を取る綱引と、団扇を持ってあおぎながら蠅を払う蠅払がつづくのだ。稚子や迦陵頻《かりょうびん》や胡蝶やお坊さんたちが列をなして歩き、境内は参拝客で身動きもつかなくなる。私はその行列の先頭をいく列奉行《れつぶぎょう》をすることになっていたそうだが、連絡が悪くて私自身そのことを理解していず、参拝客の中にいた。Oさんはお坊さんの介添えをする承仕で、いつも着ている緑色の衣を着ていた。そして、頭を丸めていたのだった。

大宝蔵院百済観音堂落慶法要があったのは十月二十二日の秋晴れの日で、次の年の金堂修正会にはOさんの姿は見えなかった。癌の疑いがあって、大事をとっているということだった。

一年はなんとなくあわただしく過ぎ、東洋美術全集は順調に刊行された。私は朝鮮の巻で陶磁器について栞《しおり》の対談に呼ばれたりした。その時にもOさんの姿はなくて、私は問うのだが、Oさんの部下の編集者からはかばかしい答えは返ってこない。窺い知るところによると、Oさんはすでに会社にはでてこなくなり、療養生活をしているらしい。同じ会社のほかの編集者に尋ねても、まったくわからず、逆に私が尋ねられるほどだった。Oさんには0さんなりの頑固なダンディズムがあり、病気の姿を人前にさらしたくないと考えているに違いないと私は感じて、それ以上の詮索はやめた。癌と闘っているOさんの所在を突きとめたところで、私はいっしょに闘うことはできないのだし、ただ慰めをいうしかないのである。

「どうもOさんの具合がよろしうないようですなあ。お薬師さんに病気平癒を祈願しましょう」

金堂修正会の行の期間中、私は長老に呼ばれて薬師如来の祀られた西円堂《さいえんどう》にいった。かつての管長は百済観音堂落成の悲願達成を期に後進に道を譲られ、管長職を退いて長老と呼ばれるようになっていたのだ。金堂修正会でもゆったりとした参加のされ方である。お寺の西の端にある西円堂は、観光客の賑わいもなくひっそりとして、私の好きなところだった。掃き掃除をする近所の人や、願をかけお百度参りをする人の姿が、よく見かけられるところであった。女は鏡、男は刀と、それぞれに一番大切なものを奉納するということだった。ごく最近に片付けるまで、お堂は鏡と刀があふれんばかりだったそうだ。

お堂を守っている女性に扉の錠を解いてもらい、薬師如来とその眷属《けんぞく》の十二神将に礼拝合掌をする。長老に声を合わせ、私は般若心経を読誦した。そうしながら私は、秋晴れの日の長老の祈願達成の晴れ姿と、丸刈りにした承仕のOさんの姿とを思い出していた。この瞬間、Oさんは何処かのベッドに横たわり、金堂修正会の行中のお寺のことを考えているに違いないと私は感じた。こうやっているうちに病気が退散してしまえばよいのだが。

長老が手紙を送るとおっしゃるので、私も行中に手紙を書いて同じ封筒にいれさせてもらった。Oさんの住所を知る人は少なかった。私は何を書いたのかよく覚えていない。奈良時代にはじまり今年千二百三十三回目を迎える吉祥悔過である金堂修正会は、なんとか無事に進行している。だがOさんのノートがないので、どうも頼りがない。来年は是非とも復帰してもらいたい。病気と闘うのは苦しいだろうが、そこは道場なのだから、どうか日々充実して過ごしていただきたい。きっとそんなことを書いたのであろう。

何ヵ月後かに送られてきたOさんの手紙は、頑固者らしい凛とした気品に満ちていた。今その手紙を私はここに引き写すことはできないのだが、社会生活から一人離れ、妻とともに最後の時間を送っている充実感を語ったものであった。お寺で行をすることができたこと、お寺で多くの人と出会ったこととの喜びが、気負うでもなく飾るでもなく綴られていた。死が恐ろしくないはずはないが、またこの世でなすべきことをすべてなし終えたわけではないが、このまま最後の時を静かに過ごすしかない。

騒ごうが、静思しようが、流れる時を止めることはできない。流れはじめた水のようにいくしかない。そうであるとわかっているのだが、私は自分自身がOさんのように最後の静思の時間を送れるかどうかというと、はなはだ心許ない。きっと見苦しくのたうちまわるに違いないから、せめて人の目からは遠ざかっていようと考えるかもしれない。あるいはOさんも同じ心境だったのかもしれないし、私が慮るのとはまったく違う心境の中にいたのかもしれない。どのみちそれはもう確かめることはできないのだ。

Oさんはひっそりと消えていった。お寺と出版社から訃報が届けられたが、密葬は家族だけですませたから、献花も香典も無用ということだった。

Oさんは流れて去っていったという感じであった。その後もお寺では正月になると金堂修正会が行われる。今年は千二百三十五回目の行である。東洋美術全集も完結した。お寺にいけばOさんの思い出話がでるし、私も折にふれOさんのことを考えるのだが、やがてその記憶も遠くに流れ去っていくのであろう。

盂蘭盆

盂蘭盆《うらぼん》経ではこのように語られている。

ある時、目連《もくれん》は修行が完成したので、あの世にいる両親をこの上ないさとりの境地に導き、乳を与えて養育してくれた恩に報いたいと願った。神通力によってあの世をよくよく見ると、亡くなった母が餓鬼の群れの中にいるのがわかった。まわりには食べものも飲みものもなく、母は痩せさらばえて皮から骨が浮き上がっていた。目連はこれを悲しみ、鉢に飯を盛り、それを母のところに持っていった。母は鉢の飯を受け取ると、左手で鉢を持ち、右手で飯を握り、口に持っていこうとする。だが口に近づくと飯は火となり、食べることができない。目連は大いに叫んで悲しみ、大泣きをしつつ駆けて帰って、釈迦に見たことをつぶさに申し上げた。

釈迦はこのようにおっしゃった。

「お前の母は罪の根が深く張っているから、お前一人の力ではいかんともしがたい。お前が親孝行の叫びによって天地を動かすといえども、天神や地神や悪魔や四天王であっても、いかんともしがたい。十方にいる僧たちのすぐれた力をもちいることによってはじめて、その境界《きょうがい》から脱出することができるだろう。私は今、母を救う方法を説こう。すべての苦難、すべての憂いや苦しみから、解放させてやろう」

釈迦は目連に告げておっしゃった。

「すべての僧は、雨期の三カ月間精舎や洞窟にとどまって夏安居《げあんご》をする。夏安居の修行が終る七月十五日には、夏安居中に罪を犯した者は告白し懺悔する自恣《じし》の作法をする。この時、七代の父母、および生みの父母の中で、災難を受けているもののために、様々な食べもの、五種の果物、水を汲んだ器、香油、燭台、敷物、寝具など、すべて世に甘美なるものを盂蘭盆の法会に供え、すべての僧に供養すべきである。様々に修行をした僧や、僧の姿をしてまじっている菩薩たちが心をひとつにしてこの食物を食べれば、現在の父母や七代にわたる父母、父方母方の兄弟姉妹や親属たちは、三途《さんず》の苦から逃れることができ、時に応じてさとりを開き、衣食もおのずからそなわるであろう。もし父母が健在ならば、福楽は百年つづく。あるいは七代にわたる父母も天上に生まれ、自由自在に姿を変えて天の華の光の中にはいり、はかり知れない楽しみを受けるであろう」

その時、釈迦はすべての僧に命じ、施主の家のために七代にわたる父母の幸せを祈願し、禅定を行じて心をしずめ、しかる後に食事を受けさせた。はじめに食を受ける前に祈願の言葉を唱え、それから僧たちは食事をとったのであった。

この時、目連は大いなる喜びに包まれ、悲しみ嘆く声も消えて、苦しみもきれいさっぱりと消滅した。目連の母もこの日から餓鬼の苦しみから逃れたのであった。

「毎年七月十五日、孝行をつくす慈しみの心で生みの父母を思い、盂蘭盆の法会をもうけて仏と僧に施し、そうすることによって父母がお前を養い育て、慈愛をたれてくれた恩に報いなさい。もし私の弟子となるものは、まさにこの教えを大切に守らねばならない」

釈迦はこのようにおっしゃり、目連や仏弟子たちは心から喜んで教えを実行した。


経典にはこう書かれているとわかっているのだが、人は頭で考えて生きているだけではない。盆が近づくにつれ、昔からの習慣どおり故郷に帰らなければならないような気がしてくるのである。カレンダーにも手帳にも書いてあるわけではないので、私は盆がいつからはじまりいつ終るのか、よくわからなかった。毎年なんとなく盆の習俗に従っているのに、毎年その日を母に聞いて確かめなければならない。電話口で母は別に怒った様子もなくいう。

「お施餓鬼《せがき》でお寺から塔婆をもらってきてあるから、八月十三日のお昼頃に迎え盆でお墓にいって塔婆をおさめ、お父ちゃんに家にきてもらう。足かけ四日いてもらい、十六日のお昼頃にお墓に送っていくんだよ」

施餓鬼とは無縁の亡者に食物を施す供養である。普段十万億土の彼方にある彼岸《ひがん》に住んでいる父が、阿弥陀如来の極楽浄土から娑婆世界までの間にあるその十万億の仏国土を超えて、此岸《しがん》であるこの世にやってくる。三泊四日で我が家にとどまり、我が家の仏壇にお参りにくる人と面会して、また十万億土の先のあの世に帰っていく。父は壮大なる宇宙の旅をしてくるのである。母の頭の中には、父のいるあの世と自分のいるこの世との宇宙の地図が、鮮明にできているらしかった。

「わかった。そしたら、十三日の昼にいくよ。十六日の送り盆もやる」

同じ市内に住んでいる弟がその役をやってくれることになっていると母はいう。いつもそうなのだから、すでに母は弟に頼んでいるのだった。

「いつもやってもらってるから、いる時ぐらいは俺がやるよ」

私は強引にいう。なぜか今年、私は盆の間中故郷にいようと思った。旅にでかける用事もなく、故郷で静かに原稿書きでもしていることにしたのだ。

「それじゃお昼の用意をしておくから。お墓の先がいいかい、後がいいかい」

「先に墓にいくか」

東京と宇都宮の電話での会話はこんなふうに終った。十五日の夕方まで、妻は去年からはじめた大学通信教育のサマースクールに通学しなければならなかった。私は十二日に車で故郷に走り、十五日の夜に妻が新幹線でやってくるまで、一人暮らしをすることになる。一人暮らしということが、私には新鮮に響いた。近所のスーパーに買い物にいくのも、きっと楽しいはずである。行き帰りに、昔懐かしい顔と出会ったら、挨拶を交わしあおう。ちょっと立ち話をして、近況を報告しあう。普段私はやらないことだが、やれば案外楽しいに違いない。

私たち一家は宇都宮の郊外の建売り住宅団地に家を一軒持っていた。かつて私は市役所の地方公務員で、十キロの田んぼの中の道を、毎朝毎夕自転車で通勤帰宅をしたのである。ベニヤ板で建てたような同じ造作の家がずらっとならんでいたのだが、子供が育つとともに大きな二階家に建て替え、二百五十戸ほどのうち昔の原型を残す家は私たちのとあと数軒ばかりである。娘が小学校に入学する機会をとらえて私たちは上京した。その娘は二十三歳になっている。夏休みや正月となると娘も一緒にその家にきたのだが、最近は妻と私としかいかなくなり、今回はひとまず私一人だ。

炎天下、黒いまっすぐな道が北にのびている。東京都内の雑踏を抜けた私は、アクセルを蹴ってひた走りに走る。車内では音楽を聴いている。最近北関東自動車道路ができ、東北自動車道路から東にのびる高速道路にそれ、新しくできた上三川インターチェンジを出ると間もなく、宇都宮郊外にある団地に着くようになった。二十年以上の歳月をかけ都市計画に基づいて建設したのだろうが、一住民とすればいつの間にか便利になったということである。

新しい道を走っていると、方向感覚がわからなくなりそうになる。団地にはいり、馴染んだ風景にやっと安心した。土地が幾何学的に区画され、家は整然とならんでいる。だが家は不揃いである。それぞれの家は趣向がこらされ、かなりの背伸びもして、一生に一度という気合いを込められて建て直されていた。大袈裟にいうなら、私たちの古い家は谷間に沈んだようだった。

我が家の玄関ドアは開け放され、白い犬を連れた半ズボンの男が立っていた。私が玄関前に車を止めると、その男はいぶかしそうに私を見た。玄関の中には管理を頼んでいる近所の主婦が、雑巾を持ってしゃがんでいた。そこから去ろうとする昔馴染みの男に向かって、私は車を降りていう。

「こんにちは。お元気そうで」

「年金生活者になっちゃって。毎日犬の散歩して暮らしてますよ」

遠ざかりながら男はいう。精悍な印象だった短髪も、すっかり白くなっていた。

「夜くると思ったんですよ。お掃除もうすぐだから、すませちゃいますね」

主婦は焦った様子でそのあたりを拭きながらいう。

「ちょっと荷物置けばいいんです。母のところにいってきますよ。新しい道を走ってみたかったから、こっちにきちゃったんで」

いつもの東北自動車道路を走って宇都宮市内に通じる鹿沼インターチェンジを出れば、母が一人暮らしをする家の前にくるのだ。

「夜はお帰りですね」

「はい」

「それじゃお水でるようにして、お蒲団敷いておきますよ」

「いつもすみませんね」

「奥さんと、そういう約束ですから」

いつも地味なこの主婦が、多少躁状態になっていると私は感じた。一軒置いた隣りに住んでいるこの一家は夫が会社勤めをし、妻はパートをして家計を助け、三人の子供を育てた。実質的というか、堅実な生き方をしている印象があった。古い家を壊して新しい家を建てる時、普段放置してある私の家に家財道具を預った。家にはいった時、妻と私とはあまりにもたくさんの荷物が運び込まれていたので驚いたものだ。しかしながら私たちが生活できる空間もちゃんと残されており、別にかまわなかった。新築になって、お父さんは風呂にはいるのが楽しみになった。みんながまだ寝ている早朝に風呂を立てるのでやかましくて迷惑だと、主婦はいっていた。お父さんは朝風呂の習慣を頑なにつらぬき通し、酒も飲むようになって、家族全員を敵に回している。美容師の専門学校に通う次女が着物の着付け学校に通う費用をそれは無駄だと出してくれず、一悶着あり、お母さんがパートで稼いで学費を出すということで解決した。お父さんは家族の中では浮き、それまで飲まなかった酒を飲むようになって、しだいに酒量は増えていった。そのことが原因であったのかどうかは不明だが、蜘蛛膜下出血で倒れ、意識不明のまま現在も入院中とのことである。

「旦那はどうしてます」

礼儀としても私は尋ねなければいけないのである。

「死ななければ帰ってこられないんですよ。長女が結婚するって報告したら、涙を流していましたけど。お父さんは趣味がなさすぎたんですよ。うちにはお酒を置かないようにしたんですけど、外でいくらでも買えるし、朝から車の中で飲んでいたみたいなんです。ゴルフでもなんでもやってくれたらよかったんだけど。私、もうあきらめたからいいんですよ」

決意にみなぎる顔で主婦はいう。彼女は十キロ痩せたそうだ。躁状態と見えたのは、決意とやつれによって、別の人物のような感じがしたからかもしれない。彼女は昼と夜と二つの仕事をしているのだそうだ。その間に家事をやり、私の家の掃除や草むしりなどもしてくれる。それまで平凡な家庭の主婦だった人が、五十歳を過ぎてから全身全霊で生きているようなのである。

それから私は車で十五分ほどの母のところにいき、仏壇に線香をあげ、般若心経を唱えた。盂蘭盆の論理では父はまだ十万億土の彼方の彼岸にいて、この仏壇にはいないことになっている。これでまあいいではないかと思い、私は母に明日は間違いなく迎え盆にはくるからといっておいた。

母の家をでると、たくさんいる古い友人の一人に連絡し、繁華街にでて駐車場に車をいれた。その夜友人たちとしばらくぶりで痛飲し、代行車を呼んで郊外の団地の家に帰った。家の中には埃っぽい闇がたまっていた。私は家中の電燈という電燈を点けてまわった。子供の小学校の時に描いた絵などが飾ってあり、何も変わったところはなかった。

奥の部屋に一人分の蒲団が敷かれていた。

目覚まし時計を間違ってセットし、寝過ごして遅刻しそうになった。雨戸が締め切ってある家から外にでると、目の奥が光で射られたように感じた。今日も空は晴れ渡り、熱の光が降りそそいでいる。路上に止めておいた車は灼け、中にはいっただけで全身が汗に濡れた。早くいかなければ、十万億土の彼方から到着した父が、墓場のあたりでうろうろしているだろう。十万億土にくらべれば家まではほんのひとまたぎの距離だろうが、死者たちは自分でくることはできないのだろうか。私は汗みずくで車を運転しながら思う。孟蘭盆経には仏と僧とを供養しろとは書いてあるが、死者たちが十万億土を旅して夏休みの家に帰ってくるとは語られていない。どうも頭で考える傾向があるなと私は自分自身を反省する。孟蘭盆経は親孝行を説いているではないか。私は母の意にかなった親孝行をすればよいのである。

盆にはいって会社の多くは休みで、道路を走っている車も少ないようであった。母の家には予想よりも早く着いた。母はいつでも出発できる用意を整えていた。私は家にはいると、父が亡くなってからの習慣で、仏壇にいって線香を立てた。鉦を叩きながら、まだ迎え盆にいっていないのだから、父はここにはいないはずだとまた同じように私は思ってみる。般若心経を唱えるのはやめておいた。

「線香消そうか。誰もいないと火事が心配だから」

振り向くと塔婆を立てて持っていた母に、私はいう。

「点けておこう。お父ちゃんが線香の火を目標にくるかもしれないから」

母はさり気なくこういう。私は逆らってはいけないのだ。母は花を買い、携帯用の線香セットを用意していた。私はすべての道具を車に積み、母は戸締まりをする。

母を助手席に乗せて私は出発した。私が三歳の時に越してきたから、家は建て替えたにせよ母は五十年間もこの場所に暮らしている。私の幼い記憶では私の家の裏のほうは玉蜀黍《とうもろこし》畑がつづき、太陽に向かって育った葉の群れが、緑の炎が燃え上がっているかのように見えたものだ。小学生になると玉蜀黍畑は隠れんぼ遊びには格好の場所であった。今その畑は完全に消滅し、住宅ばかりが建ちならんでいる。土地が街の中心部に少しずつ押されていったかのようである。だがその家々もかなりの部分消滅し、駐車場の空地になっている。子供の頃に蟬取りをした樹は多くが伐られ、その跡に塗り固められたアスファルトに、油照りの太陽がねっとりと練ったような光を部厚く塗りつけている。

……さんは死んだ。……さんは認知症になったと、私が顔を知っている近所の人について母は語っていた。普段母は一人暮らしをしているためか、おしゃべりをすると止まらない。私は黙って聞き、時々相槌を打つ。一人ずつ順番に、確実に欠けていくのがわかる。家を出ると、遠くにいってしまって帰れなくなる奥さんの話を、母はしている。世間ではその人を認知症による徘徊老人というのだが、盂蘭盆に聞くと、今まさに十万億土の浄土に向かおうとしている希望に満ちた人のようにさえ思えた。

国道から田舎道のほうに帰ったつもりだが、片側二車線の立派な道になっていた。大谷石の塀に囲まれ、鬱蒼たる屋敷林の中に甍を聳えさせている農家が両側に四軒並んでいたのだが、道路に喰われたようにして、片側に二軒並んでいるだけであった。曲がりくねっていた道路はまっすぐになり、坂さえも消滅した。緑の田んぼが見晴らしよくひろがっていたところに、頑丈なコンクリート塀をめぐらせたラブホテルが二軒建っていた。ピンクの看板の下をくぐって、そのうちの一軒に車がはいっていく。

新幹線の橋桁の下をくぐった。里芋の葉が陽光を受けとめるように中央部を窪ませて開いている。田んぼを埋め立ててつくった霊園が、島のようにして唐突にあった。墓石をならべた霊園は、死者たちの都市のようでもある。車を止める日陰はなかった。私は四つの窓を開け放してから、エンジンを切った。

死者が迎えの人にそれぞれの家に連れられていった墓は、空っぽの家のようなもののはずなのだが、それぞれに花が飾られていた。母は先に墓地のほうに歩いていき、私は水道の蛇口をひねって手桶に水を汲んだ。プラスチックの手桶には、石材店の名がはいっていた。汲みすぎた水をこぼさないようにして私が歩いていくと、母は父と話していた。父の姿は見えなかったのだが、私にはよくわかった。

「無事に暮らしているようだね」

穏やかな父の声が光の中に染みるようにして響く。

「おかげさまで。お迎えがいつきてもかまわないんですけど、なかなかきてくれないもんだから」

母は私がそばにいるのもかまわず、はっきりと声にだした。

「あわてることもないさ。いつかは必ずそうなるんだから」

「向こうの暮らしはどうですか」

「どうということもないさ」

「それじゃちっともわかりませんよ」

「千年一日のごとしというのかな。暑さ寒さもなくて、飢えることもないんだが……」

「どうしたんですか。つまらないんですか」

母は父の言葉の中に分け入っていこうとしたようである。

「お前は相変わらずせっかちだなあ。つまらないということはないが、一言でいえるわけでもない。どうせこなくちゃならないんだから、大きく構えていればいいんじゃないか。君のように正直に生きた人間は、悪いようにはされない。実にうまくできているよ。せっかく遥々ときたんだから、さあ久しぶりに家にいこうか」

「せっかちですね。お墓のお掃除して、お花とお線香をあげてからですよ」

昔のように、父と母とは会話をしていた。大人の話に、子供は口を挟むんじゃありません。私が会話にはいろうとすると、そういわれそうであった。私はステンレス製の花入れを墓石からはずし、洗うために水道のところに戻った。汚れを落とした花入れを持って墓に戻ると、母は抱きつくようにして墓石を雑巾で拭いていた。そうしながら、口をぶつぶつと動かしている。父がそのへんにいることはわかっている。私はコップの形をしたステンレスの花入れを両手に一個ずつ持って、その場に立っていた。花入れの中に、光あふれる青空が映って揺れているのだった。

父の沈黙

母は病いに倒れた父を献身的に看病した。そばで見ているだけでも母は身を捧げているふうだったから、父と二人でいる時には他からはうかがい知ることができないくらいに親密であったことだろう。そこは五十年の時間が濃縮されていたのだ。父は脳血栓で倒れ、回復してリハビリ中にまた倒れ、パーキンソン病を発病し、認知症にかかっていた。

「今、札幌から帰ってきたばかりだよ。ライラックの花が咲いていて、気持ちがよかったなあ。ラーメンのうまい店がわからなかったので、適当にはいったけど、うまかったなあ。今度いっしょにいこう」

たまに訪ねた長男の私に、ベッドから起き上がった父はきょとんとした顔をしていう。奥の八畳の和室に、母は上半身が電動式で起き上がれるようになっている介護用のベッドをいれた。母はその下に蒲団を敷いて寝ていたようである。

「札幌にいってたのか」

「あそこはいいところだなあ」

私の息子、父にとっては孫が、札幌の大学に通っていた。父は孫のいる札幌に何度か遊びにいき、そこに魂を置いてきてしまった。

「元気になったら、またいっしょにいこう。ラーメン屋ならうまいところを知ってるからさ」

私は父に話を合わせる。父に残されているこの世の日々を、できるだけ快適に過ごさせてやろうと、私は考えていた。そのためには、父に逆らわないことだ。

「お父ちゃんは、ずっとここにいたでしょうな。札幌になんか、いってないよ」

この現実を認めようとせず、全力で闘いつづけている母は、父をただすために強い声をだす。少し父は怯えた不満そうな表情をつくっていい返すのだ。

「だって札幌はきれいだったぞ。ライラックの花が咲いていて」

私はライラックの清々しい紫色の花を、頭の中に思い浮かべる。あれは初夏に咲く花である。今はまだ春なのだが、そのことを父も母も思い至らない。母は向きになって父にいい返すのだ。

「そう、よかったね。でもお父ちゃんはずっと私といっしょにここにいたんだよお」

もちろん母の気持ちも、私にはわからないではない。母は父を錯乱のない元の完全な状態に戻したいのである。そのために自分のすべての時間を父の介護に注ぎ込んでいる。

「札幌はよかったぞお」

あくまで父は自己主張をつづけた。母は肩をすくめる。

「まったく、いくらいってもわからないんだから」

手がつけられないという感じで、母は台所のほうにいってしまう。母は息子である私に対しても、衰えた父の姿を見せたくないのであろう。だが父がどれほど衰えたか、一番知っているのは母であった。父はとうにおむつになった。そのおむつの洗濯物を外に干して近所の人に見られるのを恥と考え、ストーブを焚いて家の中に干す。そのために家の中は射し込む光も弱くなり、暗鬱な感じに湿っていた。もちろん母は自分の恥というのではなく、父の恥と考えていたのだろう。

母の姿がなくなると、大袈裟にいうならその八畳間全体に緩んだというか、自由などでもいうか、漂う空気の質がほんの少し変わったようにも感じられた。父が遠くを見るような目をして私を呼ぶ。

「何」

私は父に向かって顔を近づける。

「あのなあ……」

父は甘えかかるようにしていうのだが、次の言葉がつづかない。父は子供になったかのようだった。私は幼児に対する父親のように圧倒的に優位な立場になって、老いた父を見ている自分に気づき、いやな気分になった。その刹那、まるで光が射してくるようにして、父は輪郭の整った表情をつくった。そこには認知症の影などまったくなかった。昔に戻ったかのようにして父は話した。

「俺はな、軍隊にいった人間だから、こんな畳の上とかベッドの上とかで死んじゃいけない人間なんだ。そんなところで死ぬのは許されていないんだよ」

父は穏やかにいう。突然にすっかり回復したのだとさえ、私には思われた。もちろん私は、それが俗にいうまだらぼけの状態であるとはわかっていた。私が返事の言葉を見つけられないでいると、私の傍らの和箪笥を指さす。私が子供の頃から馴染んでいる傷だらけの箪笥であった。

「一番上の引出しに封筒がはいっているから、とってくれ」

私はいわれたとおりにする。すると事務用の大封筒があり、宛名に私の名前が書かれていた。私はその封筒をつかみ、父のほうに持っていく。父はそれを受け取ろうとせずにいう。

「雨の日の間の晴天のように、はっきりする時がたまにあってな。そんな時にワープロたたいてみたんだ。遠い昔の記憶だよ。お前の仕事に役立つことがあるかもしれんと思ってな」

ここまでいうと、父は疲れたというふうに目蓋を重ねた。たちまち眠りに引き込まれた様子で、軽く寝息を立てていた。私は封筒の中から書類を引っぱりだす。そこには週刊誌大の紙にワープロの文字がならび、「生涯の記　車仁」とタイトルとペンネームまで書いてあった。数えると全部で十八枚である。売文を生業とする私に、父が自分自身を素材として残してくれたのである。私はベッドの横に置いてある座蒲団にあぐらをかき、さっそく読みはじめた。


今まで大きな病気をしたことの無い僕も、突然病魔に襲われた。僕の両脇に、近所の主治医と妻と次男が立ったまま見下して何やら相談していた。朝尿意を催したのでトイレに行くため起きようとしたが、体が動かなくなり一心に傍らの妻を起こし、僕が変になったのに気付き、それからの騒ぎになったらしい。何やら相談をしていた。やがて表に救急車が到着したらしい。白衣を着た隊員が部屋にタンカを運びこんだ。タンカに乗せられ、救急車上の人となった。車は薄暗い街を走りはじめた。ヒステリックにサイレンを鳴らし、速力を増し、街路樹や家並を後方に流し、今どこを走っているのだろう。やがて車は大通りを右折した。ガードをくぐった。ここまでくれば救命救急センターは近い。ぼんやりと街の地図が頭に甦っては、消えた。意識は遠のいた。何時間ぐらい経過したのだろう。気付いた時には白いベッドに横たわっていた。

『あなたの名前は、なんと言うの。』

『ここは何処だか解る？　言ってごらん。』

看護婦が繰り返し僕に話しかけていた。側に妻が心配そうに付き添っていた。相変わらず体はベッドにしばり付けられたように身動きもできず、相当重い病気になったのだと自分には感じられた。あとで妻から聞くと、脳こうそくとパーキンソン病とのことであった。その時はただ身動きができず、病気への苦しい思いが脳裏をかすめ、そのまま放心したように眠りについた。

夢の中で白い影がさかんに話しかけてきた。心配のあまり両親が夢の中に現われたのだ。『お前はこのまま終って了っては可哀相。早く良くなって頑張るんだよ』という声が聞こえ、熱い涙が僕の頬をぬらした。妻も急変して了った僕のそばに付きっきりで、看病してくれていた。うとうと眠りの中で夢の世界に彷徨っていた。こんな僕のそばに心配そうに付きっきりで看病している妻の姿を認めるのに、相当の時間と日数が必要だった。夢の中で白い影はさかんに話しかけてきた。

兄がはしゃぎながら、今日この目出度い日を迎えるに至った顚末を話していた。戦争の真っただ中で、結婚式の披露宴は、田舎の石蔵の二階座敷でおこなわれていた。石蔵には灯火管制と話し声が外に漏れぬようにとの配慮がなされていた。

僕は昭和十五年中学を卒業と同時に上京し、大学の夜間部をでて就職以来三年が過ぎた。在京中は月に一回位は帰郷し、親の顔を見ていた。意を決して中国に渡り、以来三年が経過したところで、病床にある父が逢いたがっているから帰国するよう再三連絡があった。この際父を見舞うということで、会社に休暇願いを申し出た。

『どうせ帰るなら結婚して二人で戻ってくるように』との条件で会社より帰国の許可がでた。予定を二か月ずらし、その間お嫁さんを探してくれるようにと兄に手紙を書いた。それから兄の苦労が始まったはずである。僕が帰郷すると、見知らぬ若い女がいて、よろしくお願いしますと挨拶された。こちらこそよろしくお願いしますと、僕も挨拶を返した。それで結婚式は終ったようなもので、すぐに宴会になった。物のない時代に、兄は一升瓶の清酒を用意してくれていた。短い期間で纏め上げた兄の手腕に、同席の客は一様に笑いながら祝福を送ってくれた。

長い長い汽車の旅がはじまった。途中、釜山と天津にそれぞれ一泊、最終的に任地である山東省済南に到着した。会社の二階は宿舎になっていた。僕等の為に、一室を空けてあった。家具等は一切揃っていた。これで無事に新婚生活に入ったのである。

妻はつい最近まで、娘として楽しく背伸びしながら、親許で暮らしていたのが、百八十度も方向を変えて異国の地での生活は、寂しく心細いだろう。彼女の顔には不安が隠せない。早く外地の生活に馴れる様にと、暇さえあれば連立って、市内見物に出かけた。

それとてこんな寂しい所での生活で潤いを見い出すに至らなかった。或る夜、映画を見に出かけた。どんな映画か忘れたが、帰り道二人ならんで二太馬路緯三路から三太馬路を通り、宿舎に向かった。中国系の衣料店の前に来た時、間口の広い店の中は裸電球が明るく輝き、中には衣類や生地が溢れるばかりに陳列してあった。当時日本では繊維類は総て統制品で、純綿や純毛などいくら金を積んでも買えなかった。

『欲しい物が何かあったら、買ってあげる。』

僕は妻にいった。手触りの良い品の中から日本人向きの白いショールが目に止まり、妻はそれをとって笑顔をつくった。

『これがいいわ。』

その年の暮れの朝早く、割れんばかりにドアを叩く音におこされた。ドアを開けると、居留民団の役人が赤い紙片を示し、書いてある名前を指していった。

『この方はいますか。』

『僕です。』

僕は不安の中で返事をした。

『それじゃあここに判を押して下さい。』

いわれたとおりにすると、赤い紙片を渡された。入隊日昭和十九年一月二十四日、集合場所済南兵站基地等々、必要事項が書いてあった。日頃覚悟はしていたものの、遂にくるものがきてしまった。短い結婚生活も、大きな権力の下ではまことにやむをえない。妻も当分ここに残ることに、相談の結果決まった。妻は僕の担当していた経理事務を行うことになった。僕は入隊準備をしつつ、会社事務の手引きのようなものを作成して妻に引継ぐことになった。種々と例題を作り解説手引きも出来上がったので、妻に手渡しして、入隊の日を待った。

一月二十四日の朝を迎えた。近所の隣組の方々と会社社員に送られ、兵站基地に行き、入隊の手続きをとった。兵士としての軍服や武器等の支給があり、着替えて一応の兵隊姿になった。今まで着用していた私服を風呂敷に纏め、私物を引取に来た妻に渡した。

『体を大切にして、機会があったら早く帰国するように。』

僕は妻に精一杯言葉をかけ、早く会社に帰るように話して別れた。さびしそうな後ろ姿に、僕もやるせない気持ちであった。

これからどんな運命が待っているのだろう。不安で一杯だった。やがて集結が落着いた頃、我々補充兵は青島の桜が丘の集結地に移動した。初年兵の教育がはじまった。寒い錬兵場での訓練は現役兵と一緒であり、かなりきつかった。余計なことなど考えることもできず、その日その日が地獄のようであった。人間もここまで落ちると、殴られることは日常茶飯事であった。僕らは次第に動作や目付きなど、別人になってきた。陰で話すことは、何時帰れるかということばかりだった。我々は教育のための召集だから、教育が終ればすぐ帰されると、囁きあった。そのころ幹部候補に志願するようにと話があったが、幹部候補生になると帰りが遅くなると、希望者がなかった。

初年兵の教育が終ると、警備地に配属になった。温具という寂しい街であった。暫くそこの警備につき、次の警備地懐慶に配属替になり移動した。本部に行く途中の小さな村の警備に当たることとなった。班長以下五名、通訳一名、計六名の所帯であった。

昭和十九年十二月頃、夜半警備地を引払い、夜行軍で行動を開始した。月が冴え冴えと足元を照らしていた。相前後して妻から手紙が来た。引揚げも最後になるかも知れないので、帰国するとの内容であった。無論無事に帰るよう返信を書いて送った。丁度その日は僕らも警備地を引払う日であった。

厚い雲が月を覆い、足元が急に暗くなり、今まで警備していた村は闇の中に消えていった。思わず僕は『静子』と妻の名を心の中で叫んだ。はっと我にかえった。夢だった。自分は白いベッドに横たわっていた。外は雨らしい。今年は何時までも梅雨が長引いていた。毎日じめじめと長雨であった。巡回する看護婦が廊下を通り過ぎて行った。寝汗で肌がしっとりしていた。今日は何日だろう。ベッドの上でうとうとすると、もうそこは夢の世界であった。僕は何処でも自由に彷徨っていた。不思議なことに、いつも病室のある場所は違っていた。昨夜は鹿沼であったらしい。今晩は東京であるらしい。病室を一階に降りると、そこには長男の家族が住んでいるらしい。一階には書斎があった。一階に行って、孫たちに会おう。一階の居間を通り抜け、裏庭にでた。白樺の林になっていた。林の中を歩くと、朝露に濡れて萩の花が一面に咲いていた。白い花びらが、パジャマに付いた。花びらは簡単に払えた。払い落とすと、赤い点々が残った。

『あっ、花の血が残った。』

こう話すと、妻は教えてくれた。

『これは血ではないわよ。パジャマの模様よ。』

なるほど、パジャマの全身に赤い点々があった。夢は飛躍していた。今日の病室は水戸であったり、岩手県の一関であったりした。ここから郷里の宇都宮に帰るには、那須の温泉地を通らなければばならない。

『ああ那須の温泉に行きたい。たっぷりと露天風呂にはいりたい。尾花の咲く露天風呂にはいり、手足をのびのびと伸ばしたい。』

こう思うと、心地良い秋風が頭の中で横切った。際限もなく、夢の中を彷徨っている。歩きにくいごろごろした石の河原を、おぼつかない足取りで歩いていた。今年は雨が少なく、川は石ばかりだ。ここは三途の川だと気付いた。この川を渡らなくてよかった。朝はしらじらと明けた。ガラス窓から見える空には、茜色の雲が浮いていた。僕は少しずつ光が射していく空をじっと見ていた。

『お父ちゃん、生きているよお。』

枕元にきた妻が涙を流しながら小さな声でいった。

『ああ、生きているさ。』

僕はこういいたいのに、口は動かない。微笑んでいるのに、妻にはそれもわからないらしい。しばらく白い光を見ていたのだが、眠くなってきた。重い目蓋を重ねると、僕は兵隊になっていた。

僕らの部隊は蕪作で警備をしていた。或る日、部隊内で討伐隊を編成した。僕は衛兵勤務だったので、その編成にはもれた。編成隊は早速出動したのだが、翌日には全滅の報がもたらされた。僕ら残留隊は一箇小隊を編成し、その後始末に出動した。死体収容作業に従事したのである。寒い朝、累々と散らばる死体が昨夜降った新しい雪に包まれていた。衣類や靴は全部剝ぎとられ、寒空に眠るように死んでいた。僕らは仲間の骸を集め、堀の底に一列にならべた。付近の民家から燃える木材を集めた。入口のドアや窓枠などを、手当たり次第に取りはずしてきたのだ。家を壊された人は、僕らを鬼と思ったことだろう。茶毘《だび》の煙は一帯に広がった。骨になった戦友は小さな瓶に納められた。やがてこの瓶は無言の凱旋《がいせん》をして家族に引取られるのだろう。生と死は紙一重である。

或る日、僕らの部隊はソ満国境警備の任につくため、長い貨車に乗せられ、一路国境に向かうことになった。部隊の上層部は、途中で終戦を知ったらしい。新京駅に到着し、僕ら兵隊は駅構内で終戦を知らされた。新京駅構内は軍事列車で一杯だった。それぞれ軍の機密書類を処分のため焼却していて、あちらこちらで煙が立ち、兵が忙しく立ち働いていた。ちょうどその中で、隣村の良ちゃんが被服の担当下士官として貨物の整理をしていた。僕は破れた靴に苦しんでいたので、声をかけた。

『良ちゃん、悪いけど靴一足くれないか。』

『これ履きなよ。』

快くいって、良ちゃんは貨物の中から編上靴を投げてくれた。急いで新しい靴に履き替え、破れた古靴を貨物の中に投げ返した。付近は焼却の煙がもうもうとたちこめていた。一人の将校が私物の行李を持ってきていきなり逆さにし、中のものを火の中にあけていった。中には真新しい長靴や軍服があった。それらは瞬く間に煙の中に消えた。多分任官した時に新調したものであろう。

構内は北上する貨車と南下する軍事列車で混乱し、身動きができなかった。そのために時間ができた。僕は兵籍の担当であった。これまでの軍事行動を克明に記録し、それをもとに墨汁につけたガラスペンで軍隊手帳に転記した資料を、大切に保管し守ってきた。

『副官殿、これを燃やしていいんでありますか。』

僕は上官に尋ねた。

『それは燃やせ。ただ、書いてあることは、全部お前が覚えておくんだ。』

こんな命令が返ってきた。僕は行李をあけ、書類を火にくべた。長い間書き留めてきたものは、勢いよく炎となった。

私の部隊は終戦の準備完了を以って、新京駅を離れ、行軍で南下することになった。市内は日本敗戦のため混乱していた。道路脇には敗走に使用された軍の車輛が燃料切れのため乗り捨てられ、やがて車のタイヤが盗られ、内装品は略奪され、屑鉄同然になって放置されていた。兵は無気力になり、かろうじて隊列をつくって行軍した。四平街を通過したあたりで、ソ連軍に逢った。僕らは武装解除となった。今まで命の次に大切にしていた銃を、泥の上に投げ捨てて身軽になった。

コザック騎兵隊の先導で、僕らは東に向かった。行先は告げられていなかった。毎日雨が降り続き、その中の行軍で足が痛みを感じていた。脱いで靴を点検してみると、踵の部分に釘が突出していた。靴の踵の皮の部分が、薄い皮を何枚も重ねて加工してあった。代用品で間に合わせたのだろう。皮が一枚剝がれる度に、釘がその分内側にでるのであった。この靴でソ連まで行くのは不可能と判断された。脱出する以外はないと思った。

兵は夢遊病者のようになり、前の兵を追ってかろうじて隊列を整えている。黙々と行軍はつづいた。夜は更けていき、馬上の兵はこっくりこっくりと居眠りをはじめた。逃げるのは今だと直感した。戦友三名に素早く相談した。四名で気を合わせて木の繁みに身を隠し、息を殺して隊列が通り過ぎるのを待った。隊列はお互いの名を呼び合いながら、のろのろと闇の中に消えていった。

僕ら四人はコウリャン畑の中を安全と思われるところまで進み、夜が明けるのを待った。空が明るくなると、見渡すかぎりのコウリャン畑だった。僕らが残した足跡をつけてきたのか、農民が鎌を振りかざして襲ってきた。僕らの兵隊の姿では、無事に逃げることはできない。僕らは裸になって持物を全部彼らに与え、彼らの服と交換することにやっと成功した。農民の姿になっても僕らは昼間逃走するのは無理で、木の繁みに隠れ、夜動くことにした。

雨天か曇天が毎日つづき、ある夜、雲一つなく晴れ上がった。満天に星が輝いていた。北斗七星が綺麗に輝き、僕らを励ましているようにも見えた。あの星を目標に進路を東にとれば、必ず鉄道に出る。その鉄道を北に進めば新京に行けるはずだと、目標の見当はついた。

鉄道と予想していたのだが、幹線道路に出た。僕らはその道を行くこととなった。戦友とは今頃日本はどうなっているだろうという話をよくした。僕は妻のことを何度も何度も考えた。無事に再会できるのは、絶対に不可能とも思われた。食べ物の話も戦友とはよくした。玉蜀黍畑がどこまでもつづいていた。僕らは玉蜀黍を生で齧って空腹を満たしながら、取りとめのない話をし、行っても行っても終りのない玉蜀黍畑の道を歩いていった。まわりに家がないのが不思議だった。

『こんな田舎道で、何にもなくて、命だけしかない僕らの命までとろうという連中は、まさかいないだろうよ。夜歩くと、はかがいかない。昼間堂々と歩こうよ。』

こう話がまとまり、四人は一塊りになって太陽の下を歩いた。農民のふりをしていても、裸足になった足の白さが気になった。途中で本物の農民と出逢った。

『僕らは日本人だけど、新京へ行くにはこの道ですか。』

貧しい農民の姿の僕らが率直に尋ねると、男も親切に教えてくれた。

『これで良い。』

僕らの心は、とりあえず生き延びることができたという喜びで、いっぱいであった。しばらく歩いていくと、心が故郷の空へ飛んでいくのであった。

『こんな姿で帰るなんて、情けないね。』

『なあに、大日本帝国陸軍上等兵、ただ今帰って参りましたと、胸を張って帰るのさ。』

こんな風におどける余裕があるほど、僕らは元気になってきた。

やがて僕らは四平街に到着した。見慣れたところなので、もう迷うことはない。日本人の婦女子が避難している集会場を見付けた。そこでめいめいに毛布をもらった。僕らは中国服を脱ぎ、ふんどしの上に毛布を羽織った。

『兵隊さん、私達は女と子供しかいないので、用心棒にきてください。』

こんな要請があり、僕ら四人は用心棒になることになった。料亭らしい建物に案内され、入口に近い部屋を当てがわれた。奥には避難した婦女子がすんでいて、夜になると、ソ連兵が小銃を構え、『マダムダワイ。』といって入ってきた。僕らは兵士の前に一列になって立ちはだかった。四人の異様なふんどし姿にのまれてか、兵士は何もせず引揚げていった。

翌日、四平街の駅に貨車が停まっていた。新京方面に行くらしい。無蓋車には避難民が一杯乗っていた。これで新京に行こうと、相談はまとまった。料亭の婦女子を引率し、全員貨車に飛び乗った。思惑通り貨車は新京に着いた。

全員はそれぞれの目的地に向かって別れることにした。僕ら四人は、姉の家、元の勤務先の満鉄の会社、また別の会社、僕は元の会社の新京支店にいくことにした。当時の会社は、男は兵役に服し、女子社員と留守家族が守っていた。ソ連兵は時には略奪者となった。新京は公園が多く、そこにはソ連兵がたむろし、婦女に対して暴行するのに格好の場所でもあった。婦女は坊主頭で男のような姿をし、自衛した。公園の中には、始末に困って死体を埋めたらしい土饅頭があった。たぶん日本人のものであろう。

帰国までは頑張ろう。会社ではみんなでこう励ましあった。それまではなんとしてでも露命をつなぐのだ。会社にあるもので売れるものは売り、食糧にあてた。元気なものは、日雇い仕事をしてきたり、露天商になったり、それぞれに知恵を出し合った。


やがて次の年から、ぼつぼつと帰国が具体的にはじまり、十一月頃順番がきた。会社の皆の顔には、安堵の色が浮かんだ。僕らは帰国の準備を始めた。新京南駅が、僕らの集合場所であった。今度は本当に帰れるのだ。

一同は無事貨車に乗込んだ。二日位かかって、コロ島の収容所に着いた。帰国の手続きを済ませ、引揚船に乗った。航路は波静かだった。

『おぉい、日本が見えるょ…ッ。』

誰かが叫ぶと、甲板は鈴なりとなった。島はだんだんと鮮明になってきた。遥かに見える陸地を前に、涙がでてきた。誰からともなく自然に国歌を歌いだした。次第に大合唱になった。静かに接岸すると、港の建物に国旗が見えた。国破れても、国旗は本当に美しいと思った。

『ご苦労さん。お帰んなさい。』

待ちうけている人に手を差しのべられ、上陸をはじめた。どの顔も、涙、涙である。収容所で入国手続きを済ませ、翌日佐世保駅で列車に乗った。南に向かう引揚者と手を振って別れた。車窓から戦争の終った風景を眺め、無事帰国の喜びを静かにかみしめた。

長い旅路も終り、やっと宇都宮に着いた。駅前に降り立つと、昔の面影はまったくない。自分の生家に帰るにはどこをどう行ったらよいのか、迷うほど変わっていた。以前駅前には大きな三階建ての旅館が三軒位並び、その前には人力車がいて客引きの呼び声で活気があった。戦災に逢い、今はバラック建てで、かなり遠くまで見渡せた。とにかく兄の家に行こうと思った。

見当をつけて歩き、兄の家に辿りついた。義姉が驚き、『よく御無事で』と迎えてくれた。早速床屋にいって散髪し、人心地ついた。それから生家に帰ることにした。夕方、夢にまでみた懐かしい家に帰り、病床の父に帰国の挨拶をした。

『よく帰ったな。』

父は喜びを満面に表して、無事に帰った僕を迎えてくれた。畳を踏んで、僕は生きて帰った喜びの実感を改めてかみしめた。兄が知らせてくれ、妻は身を寄せていた実家から駆けつけてきてくれた。顔を見合わせただけで涙が流れてきて、僕も妻も言葉がでてこなかった。僕の心には感謝の気持ちがあふれていた。

『お前が帰ったら商売をやれるよう、店を建てて待っていたよ。』
兄も僕の身の振り方を考えてくれていた。兄は家業の米穀商の傍ら、モーターを仕入れて農事用に農家に販売していた。当時は正規の品などない。戦災にあった焼けモーターを闇市で仕入れ、再生して売っていた。とりあえず僕はその商売を継ぐことになった。僕は妻と駅前のバラック建ての家に住むことになった。表の看板に日東興業と書いてあり、奥に六畳の部屋があった。一応事務所風の建物で、僕と妻とはそこに住むことになった。技術者をやとい入れ、本格的に営業を始めた。一家の主としてこれから頑張らなくてはと決意も新たに、僕は毎日焼けたモーターの錆びを落とし、コイルを巻いた。作業も日を追うごとに馴れてきた。再生するごとに品は飛ぶように売れた。兄は仕入れに奔走した。

年がかわり、妻が懐妊した。予定は十二月とのこと、嬉しい待ち遠しい。昭和二十二年十二月十五日、待望の男の子が生まれた。妻の父が大変喜び、毎日孫の様子を見にきた。頑張らねばと、僕も仕事に精をだした。幸い商売も順調であった。子供もすくすくと大きくなった。日増しに可愛らしくなり、妻の妹も毎日逢いにきて、小遣いで生地を買い子供服を作っては着せてくれた。歩くようになると、近くにある妻の実家に連れて行くのが日課となった。妻の父が勤務している製紙工場の門の前で子供が祖父の名を呼ぶと、妻の父は顔を綻ばせてでてきた。

父のベッドの傍らの座蒲団の上にあぐらをかき、私は父の手記を一気に読んだ。父や母が生きた激しい時代がこうしてあり、今私がここにいるのだということが、過去から抽出して目の前に置かれたとでもいうように鮮明であった。これまで父や母に聞かされていたことももちろんあるが、これで時間がつながったこともある。嬉しい待ち遠しいと思われて生まれてきた子とは、この私のことなのだった。

私は立ち上がり、父の顔を見た。眠っている父の顔は苦しそうだった。重い銃を担いで何処かわからない土砂降りの土地を行軍しているのか、雪の中で丸裸で死んでいた戦友を荼毘に付しているのか、それともライラックの咲き乱れる北海道に遊んでいるのか、私にはわかるはずもない。父はこんなにも一生懸命に生きてきたのに、最晩年に至ってどうしてこんな苦しい顔をしなければならないのか。固く目をつぶり、入歯をはずしているので歯茎を噛みしめている父の縮んでしまった皺だらけの顔を、私は長いこと沈黙の中で見ていた。

「眠ったわね」

足音もなくベッドの枕元にきていた母が、父の顔をのぞき込むようにしていった。

「眠っていても苦しそうだね」

私も父の顔から目を離さずにいう。

「そうなのよ。この顔をなんとかしてあげたいんだけど」

母は溜息をつき、父の喉元あたりの毛布の皺を伸ばした。

「苦しいことをいっぱい胸の中に溜め込んでいるんだろうな。これを書いたくらいじゃ、とても晴らすことはできないんだろうな」

小声でいいながら、この会話は全部父が聞いているなと私は思う。「生涯の記　車仁」と題名がつけられている紙の束を、私は母に見せた。母も静かにいう。

「読んだんだね」

「うん。お袋は」

「読んだよ」

「全部本当のことだろう」

「死を受け入れた人は嘘はつかないよ」

「自分のことを受け入れてほしいんだろうな。その苦しみまで」

母と私の間に沈黙が横たわった。まるで父の沈黙の中にはいったかのようだった。沈黙の世界のほうが、表に現われる世界より比べものにならないくらい遥かに深くて広い。このままではその沈黙の世界に引き摺り込まれてしまいそうであった。沈黙を破ったのは母であった。

「お父ちゃんはね、人差し指一本でワープロ叩いていたよ。身体の調子のいい時、ゆっくり、ゆっくりと。なかなか先に進まないから、何カ月もかけて。私は何度も読んだよ。最後にホッチキス打ったのも私。お前には、自分がもう最期だとお父ちゃんが自分で思った時、自分で渡して読んでもらうんだって」

母はようやくここまでいってから、低い声で嗚咽をはじめた。私の目にも涙がふくらんできて、視界が歪んだ。その中に苦しむ父の顔がある。持っている小冊子がどんどん重くなってくる。

「俺はなあ、関東軍の兵隊だったから、こんな病院のベッドの上とか、畳の上とかで死んじゃいけないんだよ」

病院にいくたび聞いていた父のこんな言葉も、いつしか聞くことができないようになっていた。今札幌にいって帰ってきたんだと脈絡のないことをいうようになり、まわりのものはいい争うように父の言葉と闘っていたのだった。やがて認知症がきているのだと思い知り、闘いをやめた。

「札幌にいってきたんだけど、ひまわりの花が一面に咲いてるんだよ。ビルの間の道路が、ひまわり畑になってるんだ。札幌も変わったなあ」

父がベッドに横たわったまま遠くを見る目つきでいうことを、母も私も今や全部肯定するのである。私は同調していう。

「ふうん。それはきれいだったろうな」

「それはきれいだよ。お前も見にいったほうがいいよ。たまには札幌にいくこともあるんだろう」

私は旅から旅の暮らしをしていた。父が倒れて闘病生活をはじめてからも、私は東京の自宅にいないことが多かった。まして父の病院のある宇都宮には、そうたびたびは顔を出すことはできない。

「うん。札幌にはよくいくよ」

父と私とでは別の札幌を見ているのだろうなと思いながら、私は父にあわせていう。

「札幌は山がきれいだな」

父はまた遠くを見る目つきをするのであった。

「そうだったかな」

「そうだよ。お前は何を見てきたんだ。なんという山だったかな」

「藻岩山」

「そうじゃないな。山のてっぺんまで芝桜が満開でな。下はひまわりで。あんなきれいなものを知らないなんて駄目だぞ」

「ふうん」

私は上の空で声を返しながら、父が見てきたという風景が私の中にありありと立ち上がっていくように感じた。蒸留したように純度の高い青空の下に、芝桜のピンクの山が聳え、麓はいちめんひまわりの黄だ。単純な景色だからこそ、夢の中に鮮明に立ち現われてくる。

父が死への急坂を転げ落ちているのは明らかだった。滅んでいく自分自身の姿をはっきりと認識することができたら、それは恐怖で、居ても立ってもいられなくなるかもしれない。しかし、人間は生きていくためのいろいろな装置に取り囲まれている。認知症もそのひとつなのである。認知症は、自分自身の最後の最後の姿を認識できなくするシステムで、人は自分のことを知りすぎてもいけないということなのである。そんなことを感じたりもした。

幸いといったらあまりに自分勝手なのだが、父が迎えようとしていた最期の時は、年末にかかっていた。私が旅を休止して、家にいるようにしている時期と重なっていた。つまり、私には時間があった。


私は長年住んだ家を宇都宮に残していた。郊外の田んぼの中の建売り住宅団地から、毎朝、十キロ離れた街の中心地の市役所まで自転車で通ったのである。その家は小説家の私にとっては、野に建てたアンテナで、小説の材料を提供してくれる。とりあえず息子と娘と私がその家にいき、父が乗っていた車を借りて、病院通いをすることにした。東京の家には妻の老いた母がいたので、そちらのほうには妻が残ることになった。

脳梗塞で倒れ、リハビリをはじめてから、父は一リッター・カーを買った。運転できるまで身体機能を回復させるという希望の象徴のような車ではあるにせよ、私は父が車に乗ることに反対だった。自分では身体や感覚の機能が回復していると感じても、実際はかなりずれているので、危くて見ていられなかった。自分で電柱にでもぶつかるのならともかく、人を撥ねてしまったら大変なことだ。それでも父と母とは近所のドライブをしていたようである。だがもうそれもかなわなくなり、長いこと車庫に放置してあった小型車を、私が運転した。

病院のベッドの上の父は、もう何も話さなくなっていた。鼻のところにプラスチックのカップをかぶせ、酸素吸入をしていた。酸素が流れる音と、そのたび透明プラスチックが曇るのとが、父が生きているしるしである。曇ったプラスチックは、透明になって、また曇る。病院にいってすることといえば、枕元に坐り、苦しそうな父の顔をじっと見ていることと、時々喉に詰まる痰を吸引器で吸い出してやることであった。ぐっーと父が喉を鳴らすと、酸素マスクをはずして口を開かせ、透明プラスチックの管を深くいれていく。はじめは恐る恐る探るようにした。すると管の先に何かが引っかかる。息ができないので、父は眉根に縦に皺を寄せ、苦悶の表情をつくる。吸引器が懸命に吸い取ろうとして力をだしモーターを回転させている。それはとてつもなく長い時間のようにも感じられるのであった。

じゅっと音がして、透明な管の中を黄色い痰が流れていくのが見える。それと同時に父の眉根の皺はなくなり、規則的な呼吸を回復させるのであった。だが息のたび何かが引っかかるような音は徐々にだが確実に強くなり、また父は痰が喉に絡む苦痛の声をだす。そのために、誰かがいつもそばについていなければならなかった。看護婦は忙しそうにまわりを走りまわっていて、時々父の顔を覗くと、看護の家族に軽く目配せしてまた走り去っていく。

最も看護に力をつくしたのは母だった。家にいる時には、母は昼夜を問わず二十四時間父を介護した。父がおむつをするようになってから、紙おむつではあまりに大量にごみがでることが納得できず、昔風の人なので使い捨てには馴染まなかった。そこで母は自分のや父の古い浴衣をほどき、おむつをこしらえた。大量の洗濯物を外に干すと近所の人の目にとまり、あれやこれや尋ねられるのは母の矜持が許さず、家の中に干していた。家の中は暗くて、風通しが悪く、鬱陶しくなったものだ。やがて母も自尊心や誇りなどといっていられなくなり、外に干すようになった。

「お宅の旦那さんどうなさったの」

案の定、近所の人から表面はさも心配したように顔を歪めて尋ねられるのは、再三再四にわたったということだ。母は窮屈で小さな自尊心などかなぐり捨て、父との時間を過ごしはじめたようだ。その詳細は私にはわからない。後年聞いたところによれば、認知症の症状をきたしていた父は、夜中にベッドの上に立ち上がり、何やら叫びながら小便をしたこともあったらしい。母はベッドの下に蒲団を敷いて寝ていたのだから、たまらないことであったろう。いうにいわれないこともあったよと、母は長男の私にいうばかりなのである。

私は旅する長男であって、近くに住む二人兄弟の弟が何かと父の世話をすることが多かった。弟とすれば、当然いい分はあったろう。男の父は痩せたりといえど、骨が太くて体重がある。母一人では手も力も足りず、弟夫婦のところにたびたび助けを求める電話をかけていたようである。詳細を私は知らず、そんなことも私には引け目になった。

退院してしばらく家で暮らすうち、脳梗塞を起こして入院する。そんなことを何度かくり返した父の脳は、断層写真を見た弟の言によれば、脳内出血の跡が星座のように無数にあって恐くなったということだ。脳細胞が急速に死滅し、すべての能力が確実に衰えていく。そのことを一方で父ははっきりと認識してきたに違いない。一歩また一歩と、終りに向かって歩んでいく。それが恐怖でなくてなんであろう。

郊外の住宅団地の我が家で、私は息子と娘と三人で暮らすかたちになった。父が亡くなるまでの短期間の予定である。ここは息子が幼児の時に抽選に当たって二十年ローンで購入し、越してきた家だった。娘はこの家で生まれた。子供たちには故郷であり、私にも故郷である。私たちの小さな家族はここで生きてきたのだったが、妻がいないのが不自然であった。息子は大学生になったばかりで、娘は中学生である。その時は息子は札幌に、ほかは東京に住んでいた。この家で暮らしている頃、よく父は突然庭からはいってきた。日光檜葉の苗が植えてあるばかりで、フェンスなどつくっていなかったのである。

「やあ」

父は最初に目を合わせた人に、にこにこしてこういった。その次にはこんなふうにつづけるのであった。

「何かしてもらいたいことはないかな」

檜葉垣の刈り込みでも、草むしりでも、子供をどこかに遊ばせに連れていくことでも、父はなんでも嫌がらずにやってくれた。父は政治家と癒着したり同業者と談合したりという暗い粘着的な建設界の世界が嫌になったと、定年を少し余して電気工事会社を退職していた。どこか放浪癖を持った私が、結婚して子供をつくり、生活の糧を求めてすがるようにではあったが故郷に戻ってきたことを、父は喜んでいた。

「それじゃ床屋をしてもらおうかな」

私がいうと、さっそく父は散髪の準備をはじめるのだった。バリカンとハサミと櫛とビニールのポンチョの床屋セットは、いつも父の車のトランクにはいっていた。私は台所から椅子を持ってきて、庭の芝生の上に置く。私が椅子に坐ると、父は私の耳の横でハサミの音を立てて髪を刈りはじめるのだった。刈られた髪が、金色の光を浴びながらきらきらと緑の芝生に落ちた。

どのように刈ってくれともいわないうちから、父の床屋は散髪をはじめる。私は子供の頃から父に散髪をしてもらっていた。中学生までは坊主刈りだった。刈ったばかりは髪の長さにばらつきがでた。虎刈りである。二、三日すれば虎の縞は消えたし、まわりの子供たちも大体虎刈りであった。顔を剃ってもらった後、顎のあたりが血だらけになることがあった。そもそも剃刀《かみそり》は切れなかったし、石鹸もよく塗らずに剃刀を当てるので、子供の柔らかな肌には痛かった。痛いので動くと、また切れる。長時間じっとしていなければならない床屋は、つらくて恐怖であった。

「家族はみんな仲いいんだろ」

ハサミを動かしながら、父は私の耳元でいう。家族といいながら、妻とはうまくいっているのだろうと父は確かめたいのだ。

「それは大丈夫だよ」

「子供も健康だな」

「ああ」

「何かあったら遠慮なくいうんだぞ」

父が決まり文句のようにしていう言葉であった。

「心配しなくていいよ。何もないから」

思い切って刈った髪の固まりが、私の足元にぼとりと落ちて盛り上がる。無事とか無難とかいう言葉に、まだ二十歳代後半であった私は内心で反発していた。父がどんな時代を生き延びてきたかもちろん私は知っていたが、私自身とは別だと考えていた。私はその頃、小説を書いていたものの生活をするなどほど遠くて、故郷に帰り市役所に勤めていた。父とすれば絶対に帰ってこないと思っていた長男が近くに暮らすようになり、しかも孫までつくってあったので、嬉しかったに違いない。

父が私の妻に洗面器に湯を汲んでくるようにと頼み、私の顔にブラシで泡立てた石鹼を塗る。その石鹼を一度タオルで拭うと、顔の脂などがきれいにとれるという。もう一度顔に石鹼を塗れば、剃刀は滑らかに動く。子供の頃にはここまでていねいにしてはくれなかった。私の顔の前に手鏡が向けられて、私は返事をするのだった。

「うん、上等だよ。ありがとう」

私にすれば、もうこれしかいう言葉はないのである。私は立ち上がる。

「よし、こいっ」

祖父のこの言葉を待っていた息子は、私が坐っていた椅子に跳びつくようにしてかける。父の仕事の一つに、息子と孫の散髪をすることが、まちがいなくはいっていた。

父がまだ元気な頃のことであるのだが、私は市役所を退職し、それから五年後に東京にでることになった。小説を書く仕事がなんとなく動きだし、地方都市の暮らしが窮屈に思えてきたのである。妻の実家に母親が一人暮らしをしていたから、そこにいっしょに暮らすことにしたのだ。姓が変わるわけではないのだが、父も淋しい思いをしたかもわからない。

時々、私と妻とは父母を東京に遊びにくるようにと誘った。東京ディズニーランドに子供たちといったり、歌舞伎を見物したり、子供のピアノの発表会を聴いたり、父と母とは我が家に二日ぐらい泊っていく。

近所の地下鉄の駅まで送っていき、ジュラルミンの銀色の改札口の向こうで手を振りながら後退りする父と母の姿を見た時、私は別れゆく悲しみというものをふと感じたのだった。私は父と母の姿に老いを見ていた。容赦なく忍び寄ってくる老いは、人に別離の悲しみを押しつける。手を振っていた父と母とは、身体を回して背中を向けた。それから歩きだしたのだったが、父の歩を運ぶ姿は前のめり気味で、今にも転びそうな不安定さが、見るものになおいっそう不安定な気分にさせた。それがパーキンソン病の症状だとは後から知ったことである。不安そうに上体を揺らしたまま、父は階段の途中で立ち止まり、振り向いてまた手を振った。私のほうを見る目も、自信がなさそうに揺れ、少し涙ぐんでいるようにも思えた。


「懐かしいね」

娘はこういって、戸棚などに収納された幼稚園時代の絵や粘土の作品などを見てまわっていた。田んぼの中に島のようにしてある団地の家をでて東京に越してから、すでに七年ほどたっていた。その家にくるのは正月と夏休みくらいで、家の管理は近所の主婦に頼んでいた。主な家財道具は運び出していたので、家の中は空箱のようにがらんとしている。

「うわあっ、ちっちゃい」

柱に背中を押しつけて立ち、娘が叫ぶ。背の高さの線が、黒いマジックインキで引いてあった。娘が背が伸びたのを測ったものだが、私は娘が喜ぶので少しずつおまけをして印をつけたその時の感触を、指に甦らせたりした。娘が小学校に入学するのにあわせて、私たち一家は上京したのであった。息子は六年生で地域の小学校に編入された。

がらんとした思い出の家に、息子と娘と三人でいて、私は不思議な気分になった。この家では私はたくさんの小説を書かせてもらった。農村地帯に囲まれた都市の小島である団地には、農村と都市の対立など、小説の素材がたくさんあった。私はやがて農村へと押し寄せる都市の波打ち際に立っているのだとの自覚を持つに至り、小説のペンが進むようになったのである。だがいつしか波打ち際の岸辺は波に呑み込まれ、価値観の鋭い対立はなくなり、緊張感は消えていた。

トースターでパンを焼いて、ガスコンロで牛乳を沸かし、ごく簡単な朝食の支度をする。三人で食べ、私が車を運転してその家を出発する。まわりの多くが建て替えられ、団地が造成された当時のままの家は、私の家のほかはもう何軒もなかった。そのへんにいる人は昼近い頃なので主婦が多く、彼女たちにもひとしなみに歳月が降りかかり、それなりに年を取っていた。もちろん私自身も同様なのである。子供を見て大きくなったねえとはいうが、大人を前にして年取ったねえとはいわないのである。こうしていながら、一人また一人と目の前から消えていき、やがて私の番がくる。

かつて私が市役所に出勤するため自転車をとばした田んぼの中の道を、私は父自身はもう乗ることのない一リッター・カーを運転し、父の横たわる病院に向かった。正面には真っ白く輝く日光の山々がならんでいる。この山を見ながら生きてきた。もし肉体を失ってしまったとしたら、この山々をどのようにして見るのだろうと、私は考えてみた。天空からよく見えるのか、地中にはいってまったく見えなくなるのか。私自身は消滅するので、同時に私を取り囲むすべての風景も消滅してしまうのか。そうならなければわからないのだし、そうなってしまったら認識できなくなるのかもしれなかった。

「お祖父《じい》ちゃん、どうしているかな」

後部席に坐った娘が、ぽつりという。

「うん」

私は答えようもないので、こういうしかない。もし父の容態が急変したのなら、なんらかの連絡がはいるはずだった。何もないのだから、昨夜より少し悪くなっている程度なのだろう。

「お祖父ちゃん、淋しいだろうね」

また娘がいう。娘としても、何かいわなければいられなかったのだろう。淋しさを押しつけられたような気分になりながら、やっと私は答える。

「それは淋しいさ。わかっていたら」

「わかるのかなあ」

「わかるのかどうか、わからないなあ」

私はこういう。息子は助手席で静かなままである。娘はもっと聞きたいらしい様子だったのだが、黙った。エンジンが回転する音と、タイヤがアスファルトを打つびんびんと低い音がしていた。まわりは枯田だった。

市街地にはいると、空気は急に重力をはらみはじめたように感じた。この重力に負け、一リッターのエンジンは止まってしまうかとも思われた。しかし、アクセルを踏むと、車は即座に反応して忠実に前進するのであった。娘も息子も口をきこうとはしなかった。

いつもの駐車場に車をいれ、管理人に切符をもらう。通りを渡ったところが病院だった。玄関をはいったすぐのところは待合室になっていて、外来の患者たちがベンチに坐っていた。そこにも強い重力が働き、一歩ごとに足を床から引きはがさなければ進めないようにも感じた。私は娘と息子とがついてきているのを確かめてから、エレベーターの箱にはいる。

病棟の壁も床も、ナースステーションのたたずまいも、看護婦たちの物腰も、なにも変わっていない。身体にかかる重力は強くなっていき、空気も濃くなっている。父は最末期の患者として個室に移されていた。開け放しのドアの中に、昨日と変わらない景色があった。母はベッドに横たわる父の顔の上に横から屈まるようにして管を差し込み、父の喉の奥より痰を吸引していた。口を力一杯開いた父が、ぐっぐっと苦しげな声をだしていた。吸引器のモーターの回転音が楽になり、痰を吸いとったのがわかった。私は母の背中に向かっていう。

「どう、お親父の具合」

「うん」

母は背中をざわざわと揺らすようにして、これだけの返事をした。

此岸

父がもういくばくもないということが明らかになり、宇都宮に私と息子と娘とで急いで駆けつけていった。私はかつて市役所に勤め、郊外の団地に建売り住宅を買っていた。市役所へはそこからおよそ十キロの道を毎朝自転車で通ったのだった。その家は息子や娘にとっては故郷になるし、私は自分の出版物や蔵書を保管する倉庫がわりにもなり、また宇都宮にいった時の拠点として、東京に越してからもそのまま残しておいたのだった。その拠点が思いがけず役に立つことになった。

普段暮らしている東京には、妻が残っていた。同居している妻の母親が老いて、一人にしておくことができなかったからである。妻にすれば、父のこの世での最後の時間を、血の繋がっているもの同士で親密に過ごしたほうがよいという配慮であったろう。あっちもこっちも年寄りばかりになってきた。もちろんその列に、やがて私も加わる。

「うわあ懐かしい」

中学三年生の娘は幼稚園生の頃に書いた絵が壁に貼ってあるのを見るたび、大きな声をだす。この家にきて三日目になっても、娘は毎日同じ反応をするのだ。懐かしがることで、親の私に気を遣っているのだろう。元気のよい真赤な魚が、息ばったような顔をして泳いでいる絵であった。ほかにも中に紙屑をいれてふくらませた紙袋をねじり、色紙を貼りつけ、マジックインキで目を描いた、立体作品ともいうべき鶏が、食器戸棚のガラスの中にはいっていた。娘は幼稚園を卒業し、小学校に入学する直前、東京に越していったのである。

息子は小学五年生までこの家で暮らした。息子がそれまで使っていた机が残っていて、それは私が大学生の時に安売りショップで買ったベニヤ板製であった。押し入れを開けると、思い出にはなるが東京に持っていってもしようがないような品々が、たくさんでてきた。息子と娘とはそれぞれの場所にしゃがみ、思い出にふけっている。私からすれば彼らの上にはたいした時間がたっているようにも見えないのだが、父や母からすれば私も似たようなものであったろう。

私はさまよえる長男である。十八歳で地元の高校を卒業し、上京した。以来休暇で数日間帰省することはあっても、暮らしているのは東京であった。父や母にすれば、東京で所帯も持ったのだし、ずっと東京暮らしをするのだと思いを決めていたようである。私自身も同じように思っていた。その私が帰郷して両親の近くで暮らすことにしたのは、定職につかずその日その日をかろうじて送る不安定さが、結婚し子供までできてしまった身には、あまりにも危うく不安に思われたからだ。自分の思いがとげられず、私は身心ともに疲れてもいた。私が相談すると、がぜん父は張り切り、市役所の就職試験を受けることをすすめた。私は過去の地方公務員試験問題集を一夜漬けで勉強し、なんとかかんとか合格した。すると父は自宅の近くに、私たち家族のための家も借りてくれた。四畳半と六畳間に台所がつき、風呂はなく、古くて家賃の安い家であった。家主は隣りの母屋に一人暮らしをしているお婆さんで、時々若い私たちには理解不可能な言動があり、今から思えば多少認知症がはいっていたのだ。私と妻と生まれて間もない息子とがその借家に住んで一年ぐらいすると、父は栃木県住宅供給公社の建売り分譲住宅を買うよう私に熱心にすすめたのであった。

「一人前の男が、家ぐらい持っていなくてどうするんだ」

これが父のいい分である。私は自分の家を持ちたいとは別に思わなかった。家を持ったらずっとそこに住まなければならない可能性が強く、へたに家など持って生き方を決定されてたまるかと思っていた。父は申し込み書を持ってきて、二十年ローンで払えばいいし、一ヵ月分の支払いは家賃より安いということを力説した。頭金としてまとまった金が必要だが、それは貸してくれる。父が気迫を持ってすすめるので、それじゃ申し込んだらと私は突き放した感じでいった。競争率は高そうで、当たる確率は低いと思ったのである。案の定補欠当選ということで、私は安堵した。ところが当選者は頭金がそろえられなかったのか棄権してしまい、権利が私のところにまわってきたのだった。私にとっては災難のようなものであった。父はますます熱心にすすめ、男なら妻子のために家を持つべきだ、自分のためではなく、あくまで妻子のためだと持論を展開した。さまよえる長男の私を、父は家を持たせることによって定住させたかったのであろう。力んで生きていた私にとって、それは文学を捨てることを意味し、人生の平凡さの中に埋没することであるとも思えた。そんな強張った考えと同時に、ここを去る時にその家は売ってしまえばよいではないかと、功利な考え方もあったのである。

断腸の思いで、私は家を持つことにした。住んでみてわかったのだが、父が選んだその場所は児童公園に面していて、その公共の場所をまるで自分の庭のように使えるのであった。父は電気工事業をしていた。その家の工事を請け負ったのではなかったが、顔見知りの人が工事をしていたので、コンセントの金具を特別に埋めて工事をしてもらい、左官屋がその上に壁を塗って隠した。引き渡しを受けてから、壁を掘ってコンセントをつくったりした。父はよほど嬉しかったのだとしか考えられない。

ベニヤ板でつくった安普請のその家は、前もってまとめてローンを払い切って私のものになった。借りた頭金も父に返した。私は五年九ヵ月市役所に勤めたのだが、結局辞めた。この家には十一年間ほど暮らし、私の書斎も建て増しした。その後宇都宮を離れ、私たち一家の本拠は東京の妻の実家に移した。一歳だった息子は大学生になり、普段は札幌で下宿生活を送っている。この家もあっちこっち傷み、床がべこべこして少し傾いていた。白蟻に喰われた柱を発見し、あわてて替えたこともある。今回はいちいち挨拶する余裕はないにせよ、団地の隣り近所の顔ぶれもずいぶん変わったようである。この家にやってくるたび、時が流れていくことを実感する。そして今、この家に魂を宿している父が、この世を去ろうとしている。此岸から彼岸に渡ろうとしているのだ。

息子が車をぶつけた。

朝少し遅く起きると、私と息子と娘の三人でパンと牛乳の簡単な食事をとって、父の病院にでかけるのであった。病院の近くにある駐車場は、将来ビルを建設する予定の空地であった。免許をとって間もない息子が練習のために運転した。駐車場の端の空いた場所にバックで入れる時、前輪が大きく右に振れ、車のフロントの右側面をトタンの看板にぶつけた。大きな音がしたのだが、勢いもついていなかったので、看板はわずかにへこんだだけだった。車のほうは、よくよく見ればわずかに傷がある。父が病気を直して乗るつもりで買っておいた一リッターカーで、実際にはほとんど乗らなかったから、傷はむしろ名誉の負傷にも見えた。

駐車場の管理人に看板を見せると、むしろ車の傷のほうを心配された。看板のほうはすでに何人もにぶつけられているようであった。私と息子と娘にしても、こんな車の傷など、これから彼岸に向かって最後の歩みをはじめようとしている父の現実にくらべれば、どうということもないと思えた。

車に鍵をかけ、歩いて病院に向かった。冷たい風の中に埃が含まれていて、それが細かな鋭い針のようにも感じられた。病院の建物にはいるといつもの薬品のにおいと独特の雰囲気に包まれ、私たちは自然と無口になっていた。エレベーターに乗り、廊下を歩き、父の病室までは考えなくてもいけるようになっていた。

母はベッドの父の顔の上に屈まるようにして、喉に絡まる痰を吸引していた。透明プラスチックの管を喉の奥にいれられた父は、うまく呼吸ができず、口を開けたまま喉を上げ、もがくような表情をした。赤黒い血のまじった痰は、ガラス壜の水の中に吸い取られると、まるで一つの命を持ったもののように泳いだ。そこがどこか理解できず、迷ったふうでもある。

父は胸全体を使って忙しそうに呼吸していた。全力を使わなければ、呼吸ができないようである。

父は残った力をできるだけ早く使い切り、向こう側にいこうとして焦っているかのようにも見えた。私と息子と娘とはしばらくの間後ろに立ち、母と父とを見ていた。一方は看病し、一方はされ、昔からずっとそうであったように二人は親密であると見えた。

「きたよ」

私は静かに声をかける。振り返った母の目は充血していて、疲れてもいるのだが、泣いていたようでもあった。疲労困憊した悲しそうな顔に、それでも母は微笑を浮かべた。沈黙が気まずいので、私は話した。

「親父が庭の真中に植えていった梅の木、ずいぶん大きくなっていたよ。蕾がいっぱいついていたから、もうすぐ花が咲くよ。実もなるだろう。春が楽しみだよ」

夜に帰り、庭も見ないままで、私はでてきていた。梅の木は大きくなっているはずなのである。私がどうでもいいことをいったからなのか、母は父のほうに顔を戻したまま動かなくなった。

「どうなの、親父の様子」

最初からこういえばよかったのだと思いながら私はいう。母は緩慢な動作で振り向いた。横顔が疲れ切っていた。

「痰を自分でよかすことができないの。そばについていないと、痰が詰まって、お父ちゃん死んじゃうよ」

「うん」

私は返事をしたつもりだったが、声は私の喉の奥で響いて消えたようだった。

「私がきた時、息してなかったんだよ。吸引器で吸ってやったら、大きな痰がでて、それで息をしはじめたよ」

母は泣きそうになっていう。病院か看護婦かを怒っているようだったが、徹夜でそばについていなかった自分自身を責めているかのようでもあった。私は気遅れをしながらも、言葉を跡切れさせないようにする。

「何時にきたの」

「八時頃」

もう四時間も前であった。それからしばらくの間、沈黙が横たわった。あまりにも静かなので私が振り向くと、息子と娘とは背筋を伸ばし身体を硬くしてならんで椅子にかけていた。

窓がない部屋であった。治療の最終段階にはいってしまった患者のための治療室らしく、ドアひとつ開くと医局である。父の身体はあちらこちらケーブルにつながれ、心電図のモニター画面の中で光る緑の点が心臓の鼓動とともに波形をつくりながら横に流れていった。この波形の動きが、父が生きている証拠なのである。ケーブルは壁の穴を通って医局にもつながっている。

時折父が痰を喉につまらせ、苦しそうな声をだす。母は吸引器のスイッチをいれ、透明プラスチック管を躊躇することなく父の喉の奥に突きさしていく。ぶっと空気の流れの止まる音がし、赤黒い金魚に似た痰が罎の水の中に吸い出されてくる。父はすでに点滴の針が引き抜かれ、小便も管で導かれるようになり、大便などはほどんどでなくなっていた。父は目をつぶってベッドに横たわったままで、激しく膨らんでは縮む胸だけで生きているかのようであった。

夕方近くになって弟がやってきた。建築事務所をやっている弟は、同じ市内に住んでいたから、母も何かと頼りにしてきたのである。弟がきたのを見はからったのか、主治医が病室にはいってきた。

「お話しがあります」

主治医が深刻そうな表情をするので、いいたいことは察しがついた。医者の指示にしたがい、母と弟と私はドアの向こうの医局にいった。そこは心電図やらさまざまの医療器機があり、内部は蛍光灯がともったビュアーに胸部レントゲン・フィルムをとめて診断をしている人がいた。三対一で向かい合った主治医は、立ったままで話した。

「心臓の機能が低下しています」

そのことは心電図の波形が低くなだらかになっているのでわかっており、私たち三人は同時にうなずいた。

「肺炎も併発していましてね。内臓全体に影響をおよぼしています。それでですね……」

主治医がここで声を切ったために、私たち三人は息を詰めて次の言葉を待った。主治医が何をいおうとしているのか、もちろん私たちにはわかっていた。

「これまでのやり方の治療では、今夜あたり覚悟してもらわねばなりません。悪くなっても、これ以上よくなるということは、まずないでしょう」

主治医は治療の方法を問うている。父が助かる見込みがないのは、誰にでもわかる。この一瞬迷ったならば、迷いはますます深くなると、私は思った。母に見られ、弟に見られて、私はいった。

「自然にしてやってください」

さまよってきたといえど、私は長男なのである。長男ということがどこまで意味があるのかわからないのだが、最終決定をしなければならないのは私なのだった。私の中で立ち上がりかけたものが、その場にうずくまり、頭を抱える。

「それでいいだろう」

私は母を見て、弟を見て、念を押す。二人は下を向いたままで頷いたと私には見えた。

「今夜は徹夜だな」

私は自分自身に向かっていう。誰も話しかけてこないので、もう一度私は私自身に向かって語りかけた。

「今夜は俺がずっと起きているからさ。親父のそばにいるよ。いろいろ迷惑かけどおしだったから、せめて最後の晩ぐらいいっしょにいるよ。もちろん、何かあったらすぐ電話をするから」

こういっている私は、自分が妙に張り切っていると感じていた。役者でいえば、やっと出番がきたということである。


深いしじまなのだったが、時折遠くで悲鳴のような声がして、泣き声がつづくことがあった。看護婦が走り、サンダルの底で激しく床を打つ音が、すでに静かな病院を騒然とした気配にさせた。そんな中でも、規則的な鼾の音が聞こえていた。

私は椅子をだし、瀕死の床にいる老いた父を見ていた。父の表情は相変わらず苦しそうであった。私は父の口にプラスチック管をいれ、喉の穴を探り、なお勇気をふるって奥にさしていく。父の表情がいっそう苦しそうになるのが、私自身の傷みとして感じられる。長い時間がたったと思われた頃、じゅっと音がして、痰の金魚が水の中で泳ぐ。

人生の最後にあたって、父がこんなに苦しまなければならないのが、私にはどうしても理不尽だと思えたのである。苦しまなければならない何を、父がしたというのだろうか。

無言で、私は苦しむ父を見ているよりほかになかった。世の流れで無理矢理戦場に連れていかれた父は、事の流れによって敗残兵となった。辛酸の果てに復員してきた父は、その時、国破れて山河ありと思ったことだろう。国は破れたが、故郷まで破れたわけではない。故郷には麗しい山河があり、その山河の一つとして若い女房もいるのだ。父たちの復員とは、肥沃で麗しい山河に、正直で、愚直で、実直で、勤勉な働きものが帰ってきたということなのだ。この国は父のような無数の働きものによってつくり直され、その上に私たちがいるのではないのかと、私はくり返し思うのであった。

父は相変わらず苦しい息をつづけていたのだが、その息も弱くなった。心電図のモニター画面の中の緑の点が、横に流れていく。その波形の振幅が弱くて、ほとんど直線になっていた。今、父は彼岸に旅立とうとしているのだなと、私は思った。静かな気持ちで、私はいることができた。

その時突然医局と通じるドアが乱暴に開き、医者と看護婦が駆け込んできた。白くて大きな鳥が二羽あわただしく跳び込んできたかのように私には感じられた。

医者はサンダルを脱いでベッドに上がり、父をまたいで心臓マッサージをはじめた。心臓をつかんだ右手の上に左手を重ね、そこに上体の体重をかけた。医者が力をいれるたびベッドが軋み、父は横ざまに身体をほうり出されるかのように見えたのだ。私はどうすることもできず、ただ腰を浮かせた。その時に看護婦はどうしていたのだったか。カンフル剤の注射をしていたのかどうか、私に記憶はない。

消えかけた線をもう一度引き直すようにして、モニター画面の中の緑色に光る点にはエネルギーが戻り、再び波形を描いて流れはじめたのだった。だがこれはかりそめの動きだということが私にもわかった。

「お別れをする人に、電話をかけてください。全員揃うまで、なんとかしてもたせておきますから」

ベッドから降りた医者は、上気した顔の汗を白衣の袖で拭いながらいった。肩で息をついているので、言葉は跡切れた。

「はい」

無用な言葉は禁物とばかり緊迫した空気が流れていたので、私はこれだけいって廊下にでていった。廊下は昼間にくらべれば照明が落としてあり、まっすぐつづいていた。遠近法どおり先にいくにしたがってすぼまっている。私は狭い廊下の果てに向かって歩いているのだが、私のいるところはいつも同じ幅であった。

看護婦詰所では、看護婦が一人机で書きものをしている。これが彼女の日常なのだなと思いながら、私は公衆電話の前に立った。あらかじめ用意しておいた新しいテレフォンカードを、電話器にいれる。受話器はすぐにとられた。弟は待機していたのだ。

「すぐきてくれ」

私は感情を押さえている。

「わかった」

弟の返事の声がして、私は受話器を置く。ピーッ、ピーッという音とともにテレフォンカードがでてくるのが、もどかしかった。テレフォンカードを指で押し戻してやる。電話口にすぐにでたのは息子だった。息子と娘は母のところに泊っていた。

「みんなですぐにきてくれ」

「わかった」

息子の声がして電話が切られ、私は静寂の中に立っていた。いつまでも受話器を握って立っている自分に気づき、音を立てないように戻した。弟が車で母の家に寄り、三人を拾って病院に駆けつける手はずになっていた。その先はわからない。昔からつづいてきた煩雑な手続きが待っているのだろうが、流れのままに乗っていくつもりである。

病室に戻ると、主治医はまた父の上に乗って心臓マッサージをしていた。汗で光った赤い横顔を私のほうに向け、体重をかけ終った一瞬の隙に声をだした。

「連絡つきましたか」

「こちらに向かってます」

なんとかしてもたせておきますとはこのことだったかと思いながら、私は返事をした。私は病室のどこにいたらいいのかわからず、その場に立ったままでいた。モニター画面は医者が見やすい角度に向けられている。緑の光の点がまた波形をつくりはじめ、動きが安定するのを見はからって、主治医は父の上から降りてきた。サンダルをはきそこなって少しよろめいた主治医の顔を、近づいた看護婦がガーゼで拭いた。

主治医と看護婦はドアの向こうに消えていき、父と私とが病室に残された。父は苦しそうに息をついて眠っている。全体重をかけて胸を押されたのだから、肋骨が折れてしまったかもしれない。だがそのことはもはやたいした問題ではないのであった。母と息子と娘とを乗せた弟の車は、今頃どこを走っているのだろうか。父が喉に痰を絡ませたので、私は透明プラスチックの管を父の喉に向かってさしていく。その時、すさまじい勢いでドアが開き、医者と看護婦とが駆け込んできた。医者は再び父の上にまたがり、全身を使って心臓マッサージをはじめた。まるで柔道かプロレスの術でもかけているようで、もういいといいたかったが、私はいえない。主治医が体重をかけて押すたび、父の頭と手足とがとれてしまいそうに震えるのだった。モニター画面の光の点が動きだすのを確かめ、主治医は父の上から降りた。

その時、弟を先頭にして、母と息子と娘とがはいってきた。全員がたった今恐いものを見てきたとでもいうように、赤い顔と赤い目をしていた。

「お父ちゃん」

母が叫んだ。はいってきた全員は父しか見ず、父を取り囲んだのだった。

私は主治医に目礼をした。合図をして返す主治医の目が、微かに安堵しているようにも感じられた。ガーゼでは間に合わず、主治医はタオルで自分の顔の汗を拭いていた。モニター画面の緑の光の波形が、どんどん低くなっていく。やっと許されて、父は彼岸に旅立とうとしている。苦しい息も弱まっていき、父も安堵しているようにも見えた。私はそう思いたかったのである。そこまでがなんとも苦しかったのだから……。

臨終の声

犬や猫を飼いたがらない人がその理由としてよくあげることに、死別が悲しいからだという。もっともなことである。人生で最も深い悲しみを、できることなら避けて生きていきたいと願うのは、当然のことだ。

私たち家族が宇都宮郊外の建売り住宅団地に暮らしている時に、一匹の野良犬がやってきた。スピッツの血がはいった雑種犬で、白い若々しい身体に、真赤な首輪をつけていた。尻尾を振りながら、我が家の狭い庭にはいってきたのである。誰かに捨てられたはずなのだが、自分の身に何が起こったのか自身でまだはっきりと理解していない様子であった。

私は駆け出しの小説家で、妻と二人の子供と暮らしていた。長男は小学三年生で、長女は三歳である。それまで勤めていた市役所を退職し、ペン一本の生活をはじめたばかりであった。どこか放浪癖があって昔から旅をくりかえしてきた私は、その当時も遠くにでかけることが多く、家を空けがちであった。そのために妻は番犬を飼いたがっていた。しかし犬を飼うということは一生の付き合いになり、大変なことである。私はこの後どんな暮らしになるかわからず、犬を飼って生活を縛られるのが嫌だった。私の気持ちを知っている妻は、正面からは犬を飼いたいとはいいださず、隠れて残りものなどを与えていたようだ。

すでに我が家では猫を飼っていた。誰が捨てたのか母子猫が身のまわりに姿を見せるようになり、放っておけない妻は私に隠れて餌をやりはじめていた。ところが母猫が不意に姿を隠してしまい、子猫だけが残された。子猫は妻によってチビと名がつけられ、ベランダの下に靴のはいっていたボール紙の箱を置くと、その中で眠るようになった。それからしばらくして、近所の子が別の子猫を抱いてきて、おばちゃんの家の猫が産んだ子じゃないかといった。チビは雄猫だったのだが、同じ茶虎のその子猫をミーコと名づけて飼うことにした。すると間もなく、チビは車に轢かれて死んでしまった。チビは我が家の庭に埋められた第一号になったのである。野良犬ポチが姿を見せるようになったのはその頃であった。

小さな旅行から私が帰ってくると、野良犬は庭に居ついて離れないようになっていた。子供たちと妻とは、私に何かをいいたそうであった。いいださないのは、私が駄目だというのを恐れていたからに違いない。家を空けがちな私に、犬を飼っちゃ駄目だなどということができるだろうか。その翌日、遅く目覚めた私は、妻がつくった朝食兼昼食をとっていた。食べ散らした鰺の開きの骨と皮とを、私は庭に投げた。すると野良犬が一瞬でそれを食べた。

「あっ、お父さん、餌をやった」

勝ち誇ったようにして妻がいった。

「あっ、お父さん、餌をやった」

子供たちもそれぞれに口真似をする。妻と子供たちは私に罠を仕掛けたつもりになっていたのだ。生涯の伴侶にするのも荷が重いのだが、私としても番犬を飼うのは悪いことではない。

「飼えばいいじゃないか」

私がいうと、子供たちも妻も両手を上げてその場で跳びはねた。それからこの三人であれやこれやと名前を考え、まとまらず、結局最も平凡なポチとした。私はホームセンターにいき、犬小屋セットと首輪と鎖とを買ってきた。それから庭の中で放し飼いができるよう、工務店に頼んで庭を金網で囲ってもらった。捨てられる前には別の名前があったろうに、ポチと呼ぶとその犬はしきりに尾を振った。

若くて元気のいい犬だった。散歩に連れていくと、力強くぐんぐんロープを引いて先にいく。郊外の団地は一歩外にでるとそこいら中に草地があり、ポチは草の中に鼻先を突き入れ、草を食べた。雑木林の中に放してやると、全力疾走で遠ざかっていき、しばらくすると風のように戻ってきて、おとなしくロープにつながれるのだった。家にいる昼間は犬小屋の横の地面に鉄棒を打ち込み、鎖につないでおいた。誰かがくるとスピッツ特有のしつこい吠え方をする。番犬としては、まことに頼もしい存在であった。

夜つないでおくと、一晩中でも吠え騒いでいるので、金網の内側に放しておいた。ところが深夜になると、こっそり外にでかけていたのである。金網の下に穴を掘り、ひそかに脱出口をつくっていたのだ。そのことがわかったのは、近所の雌犬が孕み、ポチに似たスピッツの血のまじっている五匹の子を産んだからだ。顔見知りのその人のところに、妻は謝罪にいった。生まれた子犬のうち二匹は団地の人に引き取られたが、三匹は処分するしかなかったのである。

ポチはやさしい性質をしていた。猫のミーコと犬小屋でいっしょに寝た。犬でありながら、ミーコの世話をよくみたといってよい。だがポチも身体の奥から湧き上がってくる嵐の吹きすさびには、抗することができなかったのである。私は金網の下に穴を掘れないようコンクリートブロックをならべた。それとポチには気の毒であったが、去勢をすることにした。電話をすると、獣医が引き取りにきてくれたのだった。その日のうちに戻ってきたポチは自分の身に何が起こったのかわからない様子だったが、心なしかげっそりとしていた。

「歯を見るとわかるんですよ。推定年齢は二歳ぐらいでしょう」

鎖につながれたポチの頭を掌で撫ぜながら、中年の獣医は明るくいった。ポチは吠えもせず犬小屋にはいり、身体を小さく丸めて顎を床につけた。

娘が六歳になり、小学校に入学する直前の春、私たち一家は東京に引越すことになった。妻の実家が都心にあり、母親が一人暮らしだったので、同居することにしたのである。問題は犬のポチと猫のミーコである。犬は主人につき、猫は家につくという。環境がまったく変わることになり、どのような反応が起こるか心配であった。

しかし、最大の問題は私にあった。引越しをしなければならない学校の春休み期間中、私は仕事でレバノンにいく約束をしていたのだ。戦下のレバノンでルポルタージュをするためである。激戦がつづき、日本大使館も新聞社も通信社も引き払っているベイルートにはいり、そこで何が起こっているのかを報告する。危険などまったくないと家族にはいっていたが、ベイルートはグリーンラインと美しい名で呼ばれる廃墟の最前線で東西に分けられていた。水道施設や発電所や港や空港がそれぞれの側にあり、市民は最前線を幾種類かの民兵組織が発行する幾種類かの通行パスを持って交通し、かろうじて一つの都市の機能を保っているという危うい均衡の上にあった。お互いの砲撃合戦はたえずしていた。もちろん危険でないはずはない。

家族の一番の問題は引越しの時に私がいないということである。宇都宮で建築設計事務所をしている弟が、車を運転して家族と犬猫を東京に連れてきてくれることになった。レバノンの戦場で三度ほど危い目に遇った私が、建て増しした東京の家に戻ってくると、玄関前には私がつくった犬小屋があり、そこに気の弱そうな顔をしたポチがいた。ポチは私に対してどのような態度をとってよいかわからないというように、二度三度吠えてから、下を向いた。

東京の家は近くに首都高速道路が走り、排気ガスのために空気が澱んでいる。ポチは長生きできないのではないかと私は思った。家につくはずのミーコは昔からこのあたりに住んでいたかのように自由自在で、隣りのマンションに出入りし、外泊してくるようになった。近所の人からは幾種類もの名前で呼ばれていたようである。たまに家に帰ってきては、餌を食べてまた出ていく。

ポチの散歩は、義母と妻と子供たちと私と手の空いているものがすることになった。どうしても義母のする回数が多くなる。糞をとるための新聞紙をいれたビニール袋を持ち、首輪の鎖を散歩用のロープに付け換えると、相変わらずポチはぐいぐいと引っぱっていく。散歩コースはポチ自身が選ぶといった具合であった。家を出ると、すぐ坂を下る。するとミーコがどこからともなく現われ、ロープにつながれたポチを嘲笑うように近づき、速度を緩めず隣家の植込みの中にはいってはまたでてきて、散歩についてくるといった具合であった。ふと気づくとミーコは姿を隠していて、帰ってくるとまた現われる。ミーコは隣りのマンションのある家族の部屋に、主に住みつくようになっていた。妻が次から次と猫を拾ってくるのが、気にいらなかったのだ。

ポチはどこにも隠れない。いつも玄関前で番をしているか、散歩をしているかであった。散歩の時、ポチは道端の草などに懸命に鼻をすりつけ、あっちこっちに少しずつ小便をしてマーキングをしていく。そのあたりは都市の再開発が急激におこなわれているところで、古い家がいつの間にか撤去されて更地になっている。たちまちそこには夏草が繁り、私が子供の頃にはそのへんにいくらでもあった原っぱが出現したりする。草の種は空から飛んでくるのか、何十年も地中でひたすらに機会を待っていたのか、その生命力には驚くばかりだ。ポチは甦った小さな自然に私を案内してくれた。人工空間である大都市東京も、所詮は自然に包囲されているのだと、強く私は認識する。

マンション建設用地なのか、バラ線に囲まれた少し広い草地があると、私はポチを中に放してやった。ポチは草の中を駆けまわる。全力疾走で遠ざかっていき、また戻ってくる。姿が見えなくても、ざわざわと草が動くのでどこにいるのかわかった。ポチは運動をし、草を食べ、マーキングをし、それは忙しいのであった。故郷の宇都宮郊外の団地を思い出しているのかもしれなかった。長い時間がたったのでそろそろ帰ろうと思い、私は名を呼ぶのだが、ポチは無視する。やっと近づいてきたところを、私は首輪をつかむ。そこで建築工事がはじまり原っぱが破壊されても、また別のところに原っぱは出現するといった具合であった。

犬の時間は人間の時間よりも激流となって流れ去っていく。生まれて一年で人間でいえば十五歳になり、あとは一年で人間に換算すると四歳ずつ年をとっていくと俗にいわれている。我が家にきて十五年ほどたった時、ポチの左の腿が大きく腫れ上がり、身体を傾けなければ歩けなくなった。近所の犬猫病院に連れていくと、癌だといわれ、即切除手術をした。ポチの推定年齢は、人間に換算しておよそ七十二歳であった。

その頃から、外につないでおくのがなんとなく哀れな様子になり、三畳間ほどの玄関で飼うようになった。客がきても、勝手口からはいってもらうのである。玄関と家族が団欒する居間との間には、ガラス戸の仕切りが一枚あるだけだった。居間に誰かの気配があると、ポチは自分の存在を示そうとしているかのように吠え騒ぎ、鼻を鳴らした。戸を少し開いてやると、鼻先を突き出して部屋の中を見回し、くうんくうんと鼻声を出す。何匹もいるようになった猫が、戸の隙間から自由に出入りする。ミーコは相変わらず隣りのマンションに入りびたっている。この数年で何匹もの野良猫がやってきては子を産み、死んだり姿を消したりしていた。

居間に誰もいなくなると、ポチは居間の端にある台所まではいってきて、猫の餌を食べた。その姿を見つけてこらっと叱ると、ポチはその場にすべって転んだ。コルク材の床ですべりやすかったにせよ、ポチの脚は踏んばりがきかなくなっていたのである。また悪いことをしているという意識があり、あわててしまったのであろう。ポチはまだまだ健啖《けんたん》家であった。

ポチが我が家にきて十六年の歳月が流れていた。我が家の様子もすっかり変わった。小学三年生だった長男は北海道で大学院生になり、長女は東京で美大生になっていた。私もなんとか小説を書いて暮らしている。ポチは散歩をいやがり、たとえ連れ出しても途中で自分から戻ってきてしまう。玄関で古い座布団の上に寝ていることが多くなった。ポチの推定年齢は十八歳で、人間に換算すると八十四歳になる。全体的に肉が落ちて小柄になり、髭もなくなり、身体の毛は白くなり艶がなくなった。見るからに老犬になっていたのだ。白内障が進行しているのか、瞳も白く濁ってきた。

その頃、右の腿が腫れ上がり、よぼよぼした歩みになお足を引きずるようになった。妻がバスタオルに包んで抱き、私が車を運転して、近所の犬猫病院に連れていった。

「おーっ、ポチちゃん、ポチちゃん、何処が悪いの」

猫もたくさんいるので顔馴染みになった老獣医は、ポチの顔に頬ずりしそうにしていった。それから患部を診て、癌だといった。切除手術をすることはできるのだが、ポチは歩けなくなってしまうかもしれない。すでに老犬であるから癌の進行は緩慢であり、このまま手を触れないでおいたほうがポチには幸福であるかもしれない。老獣医のアドバイスを受け、妻と私とはまたポチを抱いて家に連れ帰ったのである。

ポチは寝ていることが多かった。食事時になると、よっこいしょといった感じで起き上がり、専用の食器に顔をいれて食べた。それから二、三歩離れた自分の寝床に帰る途中、腰がへたって動けなくなり、鼻声で助けを求めることがあった。そんな時には妻がバスタオルでポチの身体を包み、両腕を回して胸深くに抱きとめ、持ち上げた。いつも地面に踏んばっていたポチは身体が浮き上がると不安になるのか、咄嗟に妻の手を嚙んだ。妻はそれでも手を離さなかった。私も何度か手を嚙まれ、そのたびポチを投げ捨ててしまう。何故投げるのかと妻に叱られるのだが、嚙まれればそのように反応する。妻にいわせれば、歯がない口で嚙まれても痛くはないということである。まったくそのとおりだが、嚙まれた瞬間驚いて条件反射してしまうのだ。

歯がないにもかかわらず、ポチは若い頃と同じようになんでも食べた。一日一度の食事は義母がつくった。御飯を湯で煮て、豚肉と煮干しとキャベツをいれ、味噌で味をつける。毎日同じ食事であった。ポチはまず最初に豚肉や煮干しなど好きなものを食べてしまい、あとは時間をかけ、最後は御飯も一粒残らず食べた。元気がなくなると、妻が牛肉を生のまま与えた。これは一口で食べてしまう。身体は弱っても、ポチが健啖家であることだけは変わりがないのだった。

ポチは玄関にひろげた古い座椅子の上で、寝ていることが多くなった。ずっと前のことだが私が長い旅行から帰ってくると、いつも私が坐る座椅子の上にポチがいたことがあった。私が追い払うまで、ポチはそこにいた。家族とすれば、私よりも頼りがいがあったのだろう。その座椅子もすっかり古びて、完全にポチのものになったのである。若い時分にはいつも耳を立ててすぐ跳び起きてくるので、いつ眠るのだろうと不思議なくらいであったのだが、老年になったポチは四六時中とろとろと眠りの中を漂っていた。

妻は時間を決めてポチを抱き上げ、庭の隅に連れていき、子供にするように脚を開かせて小便をさせた。ポチもだそうと努力し、少量の黄色い尿をちょぼちょぼとした。それから丸い乾いた糞をたった一つ落とす。同じことを私がしようものなら、たちまち歯のない口で嚙まれるのである。義母もポチの世話をよくしたのだが、妻のようにはできなかった。

ポチの身体は薄くなり、見るからに軽そうになった。毛も脱ければ生えなくなり、持ち上げるとピンクの地肌が見えるようになった。持って小便をさせるのだが、ポチにはつらそうだった。妻は紙おむつを買ってきて、横たわるポチの下半身にあてた。天気のよい日など、妻は小便のにおいのするポチを浴室で洗い、ドライヤーで乾かした。妻は介護の練習問題をしているように、私には見えたものだ。将来ポチの位置に横たわるのは、もちろん私である。


時は轟音を立てて流れ去っていく。その音は聞こえないのだが、過ぎ去ってみると耳の奥に甦ってくるのである。あの頃、妻も私も一生懸命であった。

ミーコは相変わらず隣りのマンションにいりびたっていた。ことに可愛がってくれる女性がいて、主にそこにいたのだが、いろんな人の話からいろんな部屋にいっていることがわかっていた。銀座のクラブに勤めている女性が、ミーコを探しに我が家にくることもあった。たまに見かけるミーコは老猫になり、妻や私を一瞥すると、わざと無視するように顔をそむけて遠ざかっていく。他の野良猫を家にいれたのが、よほど腹に据えかねたのだと見える。確かに犬はポチよりほかにいない。地面の上にしかいることのできない野良犬は、都会では生きられない。捨てられた犬がいたら、誰かが保健所に通報し、たちまち捕獲されて薬殺されてしまうのである。野良猫の世界は近所に最近まであったものの、都市再開発によりマンションばかりになると、消滅してしまった。

田舎から連れてきたとはいえ、ポチは最後の野良犬かもしれなかった。輝かしいその最後の種族は、食物をとることを拒絶するようになった。それまでは妻が生の牛肉を鼻先に持っていってやると一口で食べ、氷の欠片を口にいれてやると溶けた水を啜ったものである。だがすでに鼻先を遠ざけ、迷惑そうに白内障の目をつぶるのだった。

義母は二階に暮らしていた。三月の隙間風が吹いてきたが、私と妻とは玄関と居間の間のガラス戸を開け放ち、眠るポチを見ていた。ポチが食を拒否してから一週間が経っていた。その時に三匹いた猫が、ポチのまわりに坐ったり寝そべったり歩きまわったり、身体が自由に動くことを誇示していた。ポチから首輪をはずしてやった。

「今夜あたりね」

妻が静かにいった。ここまで親身になるかと感心するほど懸命に世話をした妻の予測は、たいてい当たるのである。私はウィスキーと水と氷とを用意し、水割りウィスキーをつくった。グラスの中に浮かんでいる氷を見ていると、過ぎ去ってしまったことが生ま生ましく甦ってくる。ポチが我が家にやってきてから、早や十八年がたっていた。ポチは推定年齢二十歳、人間の年齢に換算すると九十二歳である。

十八年とは、人生にとっても短い時間ではない。子供たちはまだ大学に籍を置いていたが、それぞれの道を歩きだそうとしていた。この家に取り残されているのは、二階の義母はともかく、妻や私のほうに違いなかった。しかも、十八年間ともに暮らしてきたポチが、今、私たちの前から去っていこうとしている。

「君はよく世話をしたよ」

私は妻の献身的ともいってよい世話について、一言いっておかなければ気がすまなかった。

「放っておけないもの」

「君が死んだら、お母さーんっていって、ポチが三途の川の渡し場まで迎えにくるよ。もう安心だな」

「何が安心なの」

「道に迷わないよ」

「そうかしら」

こんな会話をしながら、ウィスキーを飲んだ。ポチは腹をふくらませて弱々しく息をしていた。絶対にポチは今晩中に死ぬと妻は断言したのだが、午前二時になったので、私たちは眠ることにした。私は深夜に原稿を書くことが多いので書斎に、妻は自分の部屋に、別々に眠る。

明け方、妻は夢か現なのか判然とはしないのだが、ポチの悲鳴か猫の声かを聞いた。それがポチの臨終の時だと、妻は信じている。私はなんの声も聞かず、熟睡していた。朝見ると、ポチは冷たくなり、身体を硬直させていた。

ポチは庭に埋め、その上に椿を植えた。

海の巡礼

誰かから切迫した口調で留守番電話がはいっていたのだが、録音がうまくされていず、用件が私には伝わらなかった。何か火急の報せだという切迫した雰囲気はその早口から伝わってきたのだが、電話の声の主が誰なのかわからず、こちらから連絡するということはできない。

不安な気分がそれなりにつづき、日常の暮らしの雑事の中にまぎれた頃、留守番電話に録音した人から電話がはいった。宇都宮市内で画廊を経営する人からだった。

「丑久保さんが亡くなりました。事情はまだよくわからないんですけど」

画廊主は悲しそうに、それ以上に当惑した感じでいった。

「う、し、く、ぼ、さん……」

私と同年の彫刻家の名前を私は唇にのぼらせる。五十歳代半ばで、普通では死ぬような年齢ではないのである。私と同じことを考えているのか、一歳年上の画廊主も沈黙していた。

「どういうことですか」

予想外のことだったので、私は心の中のことを率直に外にだす。

「だから、丑久保さんが死んだんですよ。病院で死んだって、奥さんからさっき連絡があったんです。詳しいことはわかりません。死んだんです」

怒っているのとは違ったが、画廊主は苛立たしそうな声を電話にいれてきた。

「わかりました。ありがとうございます」

「どうも葬式は身内だけですませるそうです。お別れ会のようなものを、あとでやることになると思います」

画廊主も、そして私も、落着いてきていた。

「わかりました」

「はい、それじゃ」

「ありがとう」

普段しょっ中会っているというわけではなかったが、人生のある時間をともにした人が、また一人去っていった。


丑久保さんは東京生まれで、私が知った時には、宇都宮の大谷石採石場のそばに住んでいた。石屋のその素封家は大資産家で、芸術に理解があり、彫刻家の丑久保さんのパトロンを当時はしていた。丑久保さんを経営する会社の社員にし、給料を払い社宅に住まわせ、生活のすべての面倒を見ていた。その素封家は私と親戚だった。もちろん私は大資産家ではないが、気持ちの通じるところがあり、素封家を通して丑久保さんとも知り合った。

「今度すごい彫刻家がうちにくるよ」

素封家はいつか嬉しそうに私にいった。その家では、明治時代から革命家や芸術家の庇護をひそかにしている家風であった。奥座敷にいくと、孫文や田中正造の書がさりげなくかかっており、身を隠すためのものなのか大谷石で頑丈な隠れ座敷もつくってある。留学中の芸術家の何人もに援助の仕送りをしていて、世話になった画家や彫刻家が持ってきた作品が収蔵庫にたくさんあった。チベットのタンカ(曼荼羅)のコレクションも質が高く、いつかタンカ・ミュージアムをつくりたいという話を、私は何度も聞いていた。その素封家も、死んだ。自殺だったという噂がある。事業に行き詰まったからという噂が流れ、私にはよくわからないのではあるが、深い詮索はしない。人が生きて死んでいったという事実だけを受けとめるのである。

素封家の屋敷の横には、巨大な石切場があった。まず十メートル四方ほどの空間で縦へ縦へと掘り進み、巨大な横壁に穴をあけて鉄棒をさし込み、そこに斜めに板を渡す。下に降りるにも、つづら折の板を踏んでいくのである。はじめ十メートル四方だった縦穴は、しだいに掘り広げられて一辺が五十メートルほどになり、深さは百メートルにもなっていた。器材や石材はウィンチで巻き取るワイヤーロープで上下させるが、人間はつづら折の濡れた板を一歩また一歩と踏んでいかなければならない。下にいくほど同じ気温の空気がたまっているので、冬なら暖かく、夏なら涼しかった。上のほうは手掘りの几帳面な手鑿《てのみ》の跡がつき、光の角度によってはさざ波を思わせて美しかった。下にいくと機械掘りになるので、回転鋸の跡は規則的で大胆になり、それはそれで美しいのであった。石切場の空洞全体が壮大な彫刻といえる。

良質な石を求め柱だけを残して奥へ奥へと掘り進んでいったので、空洞は複雑に入り組んでいた。坑道をいくと、部屋になる。高さが三十メートルも五十メートルもあるそれ自体がビルディングほどの石切場跡が、螺旋状になり、左右に伸び、時には垂直に下降し、迷路をなして巨大な宇宙を形成していた。ここからさほど遠くはない地底に水が溜まっているらしいのだが、どの位置なのか正確にはわからない。水滴の音が周囲の壁に反響するので、方向もますますわからないのだ。電燈を消すと、そこは暗黒の宇宙になった。だがどんなに闇が広くて深かろうが、自分はここにいる。肉体は闇に溶けて見えなくなっていても、意識はここにあり、無限の宇宙をそこここと迷っている。

地底で着想を得たのかどうか私にはわからないが、丑久保さんは視覚と触覚の混乱をテーマに彫刻作品をつくりはじめた。見た目には柔らかくて軽そうだが、触ると冷たくて重い。たとえば黒御影石でつくった蒲団のようなものである。大理石でつくった水滴のようなものだ。ふっくらと柔らかそうな曲線をなしてふくらんでいる座蒲団と、竿に干してある敷き蒲団を、大理石をていねいに磨き上げて制作した。竿はステンレスにした。いくら蒲団のかたちをしていても、石でできているということはすぐにわかる。

次は木を素材にした。丑久保さんの作品を見ていると、木という素材自体には、石にくらべて強い自己主張がないように私には思えた。木には生命力があるからなのか、どのようなものへも自己をくらます潜在力がある。石でつくったと同じ蒲団を木で彫ると、いかにも柔らかな感触が内側から滲みでてきた。洗濯物として干されている半乾きのシャツ、何かをつかもうとしているかのように床に無造作に投げ捨てられているジャンパー、絞られた雑巾、こうもり傘、踏まれた帽子、畳んであるズボン、身のまわりを見渡せば彫刻の材料はいくらでもあった。

いろいろなものをこしらえていく過程で、丑久保さんは木でのボール制作をはじめた。空気が満々とはいってよく弾むものではなく、空気が抜けてへこんでいるサッカーボールだ。へこんでボールがない部分に、不思議な柔らかさが感じられた。バスケットボールよりまだ大きなものもあれば、ハンドボールよりも小さなものもある。空気が三分の二は抜けてほとんどぺちゃんこのものも、摘んだかのようにほんの少しへこんでいるものもあった。アトリエで実際にボールを見ながら彫ったのだろうが、空気を抜いただけで起こる変化に同じものがないことがおもしろい。材料も、樫《かし》、檜《ひのき》、朴《ほお》と試し、欅《けやき》に行き着いた。

山を材木で覆い、水の流れを表現するように組んだりならべたりして、丑久保さんは山全体を彫刻作品に仕上げたこともあった。丑久保さんの個展の会場は素封家の屋敷の裏山である。私も見にいった。丑久保さんの作品はとても売り買いするようなものではなかった。文化庁の基金で一年間ニューヨークなどに留学もしてきて、丑久保さんはスケールの大きな作家になっていった。作品をつくってそれを売り、小さく生活するようなことはしない。生きていくためには、最初は理解者のパトロンが必要であった。

素封家が亡くなるずっと前、丑久保さんは結婚し、素封家の山から離れて家を建てた。これから私が語ろうとするのは、まだ素封家の裏山に丑久保さんが住んでいた頃の話である。

時折世間を驚かすような作品を発表しつつ、丑久保さんはこつこつと欅のボールをつくりつづけた。中にはコレクターに買われ、各地に散っていったボールもある。この世のどこかに存在するボールが、卵のように夢を紡ぎだすのを丑久保さんは感じはじめていた。木のボールの内部には熱があり、孵化してくる。こうして形になってきた夢とは、このボールで地球を彫刻するということだ。

まず地上のどこにでもいいから、百八つのボールを置く。百八とは、「1・0・∞」である。始源の「1」と、無の「0」、それに無限大の「∞」であると人には説明した。題して「1・0・∞のボール」である。尋ねられるから説明しているので、行為にこそ意味があるのだ。百八つはもちろん仏教でいう、人の持つ煩悩でもある。また「1・0・∞のボール」を別に制作し、これは海に置く。

陸のピースと海のピースとが、想念の中で輝き合う。これはイメージの彫刻作品なのである。人の手に渡り、ギャラリーに飾られ、アトリエの棚に無造作に置かれ、陸のピースはそれぞれの力で運動をしつづける。動いていくのも、一個一個のピースがエネルギーを内包しているからである。海に置いたピースも、海からエネルギーをもらって運動をやめない。海自体がエネルギーそのものなのだから、一刻も静止していることはないだろう。海のピースは海の法則に従順でなければならない。

丑久保さんは地球を彫刻しようとしたのである。私は丑久保さんの夢とも現実ともつかないプランを熱に浮かされたように語るのを聞いた。丑久保さんは図書館で調べてきたのか、黒潮について真剣に話してくれたのだ。

「房総半島沖まできた黒潮は、銚子沖で二つに分かれるんだよ。一つは黒潮本流で、南北に小幅な揺れを刻みつつ太平洋の奥深くにはいり、東へ東へと流れつづけてアメリカ大陸にぶつかる。もう一つは千島列島を北上してベーリング海にはいるよ。でもこの流れも親潮寒流に北から押されて、太平洋北部をアメリカ大陸に向かっていくことになる。これを北太平洋海流と呼ぶ。アメリカ大陸にぶつかると、今度は南下をはじめてカリフォルニア海流といわれる。これは北赤道海流に合流して、熱帯の海を西へ西へと流れてくる。これが台湾南部にきて、黒潮の源流になるというわけだよ。同じ地球の水がぐるぐる回っているんだな」

丑久保さんは図解をしながら説明してくれた。その口調に熱と夢とが籠っていた。それからまたこんなふうにもいった。

「海流とは海の中を流れていく川なんだな。黒潮は幅三十キロ、厚さ七百メートル、時速八キロだ。かなりの激流だよ。透明な瑠璃色《るりいろ》の大河が太平洋を流れていると考えればいいんだ。海流ははじまれば終り、終ればはじまる。ということは、つまりだ、永遠に循環していることになる。黒潮本流に百八のピースを置けば、永遠に回りつづけるというわけだよ。このボールは木でできているから、やがて海草が生えるだろう。わかめが繁って毛坊主《けぼうず》のようになったとしても、地球を回りつづけていることに変わりはないよ。永遠の循環をつづけるエネルギーの枯れることのない作品だ。たとえぼくが死んでも、地球が生きて活動をしているかぎり、海の『1・0・∞のボール』は不滅の生命を持ちつづける。そのためにはまず黒潮本流までいき、波の上に百八つのピースを置いてこなければならないというわけだ」

欅を削り、紙ヤスリで磨き、塗装をしてまた磨き、長い年月丹精込めて仕上げた百八つの作品を、要するに海に流そうということである。雄大で、遠大で、蕩尽のようでもある丑久保さんのプランに、私は協力することにした。当時私はテレビ番組の旅のコーナーのレポーターをやっていた。私を担当するディレクターにこの計画を話し、ぜひともやるべきだと私は力説した。漁船のチャーター代をテレビ局にだしてもらい、ついでに記録もしてもらおうという都合のいい計画だった。誰も見ていないところで、「1・0・∞のボール」を流しても、その行為は他人の目に触れることもなく、自己満足に堕してしまう。番組にして放送すれば、丑久保さんの作品は多くの人の心に残り、多くの人の想念の中で「1・0・∞のボール」は永遠の循環をつづけるであろう。

その日は雨模様で、出漁を見あわせた漁船が数多く銚子港の岸壁に繋留されていた。チャーターした漁船の船頭も小一時間波を眺め、ようやく出港を決断したのであった。漁船は港を出ると空に立ち上がっていくような具合に反り返り、次の瞬間にはのめり込むように波に突っ込んでいった。丑久保さんと私とテレビのスタッフは、合羽を着て甲板にしゃがんでいた。舳先が砕いた波がしぶきとなって空に舞い上がり、雨にまじりざざっと音を立てて降ってきた。甲板が傾き、甲板にならべてある欅のボールの何個かがその場で転がった。

暗灰色の空に向かって船は昇っていき、一瞬止まってから、空中に投げだされるかのようにふわあっと落ちた。海の底にまで吸い込まれていくかのようだった。この運動を休むこともなくくり返す。そこにうねりがまじり、横揺れもした。見えるのは空と海ばかりなのだが、どちらも同じ暗灰色で、海のほうがわずかに濃い色をしていた。海に慣れない丑久保さんは、海に向かって胃の中のものを吐いた。それまでなんとか耐えていた私も、堪えきれなくなって吐いた。口の中が酸っぱくなり、目に涙がたまっていた。涙の膜越しに、私は後方に跳びのいていく波を見ていた。波が船底にぶつかる鈍い音が何度もした。欅のボールが暴れて転がるのだが、そのままにしておくより仕方がない。

エンジンの音が急速に弱まり、立ち上がってくる大波に囲まれていた。エンジンはこっこっと鳴っている。波の森の中にいるようであった。

「このあたりでよかっぺ。黒潮の本流だ」

船頭がガラス張りの操舵室の横から顔を突き出し、大声でいった。

「黒潮本流に間違いないですか」

船酔いのため蒼白の顔に緊張の色を浮かべ、丑久保さんはいう。丑久保さんは水滴だらけになっている眼鏡をとり、指の腹で拭っていた。

「黒潮だぞお。ほうっておくと、船がどんどん流されていく」

船頭はエンジンを止めてみせた。あおられるようにして船が横ざまに運ばれていくのがわかった。再び船頭はエンジンをかけ、舵を切り、潮に逆らって船を静止させた。カメラマンがカメラを肩に担ぎ、音声マンがハンドマイクを構える。私は四つんばいになって欅のボールを一個抱え上げ、膝で歩いていって、丑久保さんに渡した。ボールを受け取った一瞬、丑久保さんは祈るような目をした。丑久保さんは船縁《ふなべり》の手摺《てす》りの上から身を乗り出し、ちょうど盛り上がって近づいてきた波に向かって、空気の抜けた形の「1・0・∞のボール」の百八個のうちの一個を、手から放した。まっすぐに落下したボールは自身の重量のために沈み、銀色の泡に包まれ、驚いたように勢いよく浮かんだ。水面から跳ね上がった時、あわてて息をついたかのようにも見えた。海のピースとなった欅のボールは、波の上を歩いていくかのような姿でゆっくり遠ざかる。

私は丑久保さんに二個目のボールを渡した。多少は明るい色をしていたボールは、濡れてやや黒ずんでいた。知っているのに、重く感じられた。気持ちに余裕ができたのか、丑久保さんは受け取ったボールに頬ずりし、唇を押しあて、盛り上がってきた波の上にそっと置いた。波は抱き取るように海のピースを浮かべ、運んでいく。二度と帰らない旅をはじめた海のピースだ。最初のピースを追って波の上を歩いていく。最初のピースは波の頂にあり、二番目のピースは斜面にあった。波は瑠璃色ではなく、濃い藍色だ。私は三番目のピースを渡し、それを受け取った丑久保さんは無言で波の上に置く。なにしろ百八個あるので、感傷にひたっている隙はない。私は甲板に転がっているピースを両手で摑んでは、丑久保さんに渡す。丑久保さんは祈るような顔をしたまま波の上に置きつづける。空と海との間を、海のピースは列をつくって遠ざかっていく。茶色い巡礼たちの姿は、よく見渡すことができた。波の動きの具合で、列を乱すことなく遠ざかっていく巡礼の行方が、思いがけず遠くまで見えた。

黙々と作業をつづけ、甲板に残っているピースは数えるほどになっていた。最後の一個を波に置き、遠ざかって見えなくなるまで、丑久保さんと私は船縁に立って見送った。太平洋の巡礼たちが行ってしまうと、あとは茫々として果てしのない暗い海原である。

画廊主からの電話を置いてから、私はこれだけのことを一瞬のうちに考えた。時間の長さがわからなくなり、その一瞬と生涯の時間とが同じようにも感じられる。しばらくの間忘れていた百八個の海のピースのことが、不意に思い出された。「1・0・∞のボール」と題した百八個の海のピースは、今も太平洋の巡礼をつづけているのだろうか。あるピースは漁師の網にかかり、あるピースは北極の氷の中に閉じ込められる。あるピースはアラスカやカルフォルニアの海岸に漂着する。あるピースは長いホンダワラをつけて苦行僧のような風貌になり、流れ流れつづけて、回遊魚の産卵場所になっている。百八通りの生き方があり、脱落するピースもあるのだろうが、丑久保さんや私にとっては今も百八つの巡礼が波の上で永遠の旅をつづけているのである。

あるいは丑久保さんも、その巡礼の仲間になったのだ。

一日遅れで郵送されてきた故郷の新聞に、確かに丑久保さんの死亡記事が載っていた。

宇都宮在住の彫刻家
丑久保健一氏が死去

宇都宮市在住の彫刻家、丑久保健一（うしくぼ・けんいち）氏が二十三日、膵臓（すいぞう）がんのため、済生会宇都宮病院で死去した。五十五歳。東京都出身。二十四日に密葬を行った。十月下旬から十一月上旬に県内で有志によるお別れ会を開催予定。

一九四七年二月、東京都江東区生まれ。東京造形美術学校彫刻科を卒業後、宇都宮市大谷町に移住。第一回北関東美術展大賞、第二回彫刻の森美術館大賞展優秀賞などを受賞した。

木彫の作家として活躍。百八個のケヤキの球体を太平洋に浮かべたり、宇都宮美術館屋外で千五百本の木材を使い「魚」をつくるなどスケールの大きな作品にも取り組んだ。昨夏、黒磯市板室で生木を用いて野外制作した「こ・だ・ま」が遺作となった。

妻久子さんによると、三月の手術後入退院をくり返しながらも亡くなる直前まで制作意欲を見せていたという。

〔下野新聞　二〇〇二年九月二十六日（木曜日）〕

雪

家を出る時、郵便受けから朝刊をとった。インクのにおいのする新聞をリュックにほうり込み、近くの駅に急ぐ。私が都心のこの街に越してきて二十年になろうとする。妻の実家に、私は暮らしているのである。この街もどんどん変わっていく。ビール工場の跡地に巨大なオフィスビルとデパートと映画館とレストラン街と高層住宅団地の複合的な空間ができて、磁気が渦巻くかのように、大勢の人が集まるようになった。それとともに近所で小さな商売をしていた店、豆腐屋や古本屋や魚屋や瀬戸物屋などが消え、そこになお圧力をかけるようにマンションがどんどん建っていく。新しいビルが出来上がってから、景観がすっかり変わってしまったことに気づく。そして、かつてそこにどんな建物があったのかさえ思い出せないのであった。街は生きて動いている。時は高速度で流れていき、景色は激しく変わっているのだから、自分だけが昔のままでいるなどというわけにはいかないのである。

いつもの駅から、いつものように電車に乗った。運よく座席にかけられて新聞紙をひろげると、他の記事を読むついでに何気なく人の死亡欄に視線をすべらせた。そこに友人の名を見つけた。私は濡れた指で電気に触れたような嫌な衝撃を覚えた。

1月15日、内臓不全で死去、54歳。葬儀は本人の希望により行わない。喪主は母×子さん。連絡先は岩手県××町×××。

彼は小説家の仲間で、私からすればここ数年消息不明になっていて、時折どうしているのかと考えた。作品が発表されていないので、調子はよくなさそうではあったものの、連絡もないので生きているのか死んでいるのかわからなかった。連絡がないということは、どこかで生きているということであろうとは思っていた。

新聞の短い文章を何度読み返したところで、現実が何も変わることはない。言葉と言葉の間にある闇が、なお暗く濃くなっていくばかりである。私は東京駅で降り、新幹線に乗り換えた。私はこれから奈良に旅をする。美しい古仏や古建築を見にいくのである。のどかな物見遊山ではなくて、緊張を強いられる仕事の旅であった。

「やあ」

私の家の勝手口から顔を出した彼は、人のよさと気の弱さをまぜたような表情と声をつくる。妻や子供たちは出かけ、その時私は一人で自分のための朝昼兼用の食事の支度をしていた。私は魚を焼いていたガスコンロの火を消していう。

「どうしたんだ、不意に」

「うん、近くの病院まできたから」

「そうか。飯食ってくか」

「迷惑じゃなかったら」

「それじゃ上がれ」

会話が終らないうちに、彼は食堂のテーブルについているのだった。人恋しい気分をそのまま表情に現わし、心の底まで覗かせてしまうことがあった。私とすればそこで立ち止まらず、やりかけていたことを先に進めるしかない。味噌汁に水と味噌をいれて倍に増やし、フライパンをガス台にかけて目玉焼きを二個つくった。小量しか炊かなかった御飯を茶碗にきっちり二つに分けた。昨夜の残りものの野菜の煮つけを二つの鉢に盛り、できたものすべてをテーブルにならべて私は問うてみる。

「どっちがいい」

遠慮がちに彼は鰺の塩焼きを指さす。

「なるべく油物をとらないようにと、医者にいわれてるんだ」

「どこか悪いんか」

ゆうべスーパーで買ってきて、朝食べようと予定していた鰺の塩焼きを彼の前に押しやり、私は目玉焼きを引き寄せる。彼が来客用の塗箸を持って食べはじめたので、私も箸と口とを動かす。自分が食べようとしていたものを食べられたからといって、私は別に不機嫌になったわけではない。そんな心の狭いことではなく、私のほうでは彼の窮状を察するのである。

かつて彼は故郷の岩手に住んでいたことがあり、私は妻とまだ小さな私の子供を車に乗せ、彼の家に訪ねていったことがある。私は東北地方一周の家族旅行の計画を立て、途中彼のところに寄る計画を立てたのである。当時の私の一家としては大旅行であった。

彼とは盛岡で待ち合わせて、わんこ蕎麦を御馳走になった。それから田舎の町で洋品店を営む彼の生家にいった。彼は二度目の細君が癌の闘病生活をしていて、細君の苦闘を見守りながら、弟夫婦が切り盛りする洋品店の生家に居候していた。まだ両親が健在であったから、それほど居心地は悪そうには見えなかった。彼の居室というのではない廊下の壁に、新刊本ができた時書店に貼るための彼の顔写真入りのポスターが貼ってあった。

その夜は近くの温泉地にとった宿に彼を呼び、一間きりしかないのに子供たちを早く寝かせ、私は彼と酒を飲んだ。彼は田舎暮らしの孤独のことなどを語りながら、私の娘を養女にくれないかと急に真顔でいったりした。彼には子供がなかった。もちろん私は即座に断った。可愛いがってやるんだがなあと、彼はくどいほどくり返した。夜遅く彼はタクシーを呼んで帰っていった。

洋品店では、弟の細君が二人の子供に勉強を教えている光景が印象的であった。後にそのことが話題にでると、東京から頭のよさそうな子が二人きたので、細君は競争心を燃やしたのだそうである。彼と私は大笑いをした。その後、彼の言によれば彼が弟夫婦の間に口やかましくちょっかいをだし、夫婦仲を悪くさせ、離婚に追い込んだということだ。弟はやる気をなくし、洋品店を畳んで盛岡にでた。私には原因の詳細はわからないのだが、彼自身も離婚し、親子の仲も悪くなり、彼は再び一人で上京してきたのである。一見すると穏やかそうな人物なのに、深いところで破壊衝動があるようである。その情動は人には理解しがたい。

話していると楽しい男である。かつて彼が直木賞の候補に上がり、選考をやる料亭で、最初の細君が芸者としてその席にはべっていたそうだ。最初の細君は彼の作品の形勢がどんどん悪くなっていくのを、笑顔で徳利を持ちながら歯嚙みして聞いていたのである。実際には芸者というのではないかもしれないが、確かに彼はそういった。第一の細君と別れた理由を私は知らない。彼はいつもまわりの人間に少しでもよくなってもらいたいと願っている様子なのだが、彼にとってよいということで、本人にもまわりにもよいことではないことが多い。自分本位といえばそうなのだが、身のまわりの人間に対し愛情が深すぎる自分本位ということである。まわりでは彼の愛情を理解できず、受けとめきれずに、人間関係がぎくしゃくしてしまう。そばにいないほうが無事といえば無事なのだが、肉親ならそうもいかず、とことん付き合ってかえって取り返しがつかなくなる。離婚の原因はそのあたりにあるのかもしれない。

東京で一人暮らしをはじめた彼は、人の目につくような仕事もいつしかしなくなっていたので、窮乏していた。それで私は少々の金を貸した。貸すというのは名目で、つまり返してもらおうとは思わない金である。

再起を期すため、彼はロサンゼルスで暮らすことを決意した。ロサンゼルスは犯罪が多いところ

新刊

映画研究ユーザーズガイド
――21世紀の「映画」とは何か

北野圭介著

映画研究の最前線

視覚文化のドラスティックなうねりのなか、世界で、日本で、めまぐるしく進展する研究の最新成果をとらえ、使えるツールとしての提示を試みる。

購入はこちら

四六判並製230頁　定価2640円

カントと二一世紀の平和論

日本カント協会 編

平和論としてのカント哲学

カント生誕から三百年、二一世紀の世界を見据え、カントの永遠平和論を論じつつ平和を考える。カント哲学全体を平和論として読み解く可能性をも切り拓く意欲的論文集。

購入はこちら

四六判上製276頁　定価4180円

戦争映画の誕生
――帝国日本の映像文化史

大月功雄著

映画はいかにして戦争のリアルに迫るのか

柴田常吉、村田実、岩崎昶、板垣鷹穂、亀井文夫、円谷英二、今村太平など映画監督と批評家を中心に、文学や写真とも異なる映画という新技術をもって、彼らがいかにして戦争を表現しようとしたのか、詳細な資料調査をもとに丹念に描き出した力作。

購入はこちら

A5判上製280頁　定価7150円

新刊

マルクス哲学入門
――動乱の時代の批判的社会哲学

ミヒャエル・クヴァンテ著
桐原隆弘／後藤弘志／硲智樹訳

重鎮による本格的入門書

マルクスの思想を「善き生」への一貫した哲学的倫理構想として読む。複雑なマルクス主義論争をくぐり抜け、社会への批判性と革命性を保持しつつマルクスの著作の深部に到達する画期的読解。

購入はこちら

四六判並製240頁　定価3080円

顔を失った兵士たち
――第一次世界大戦中のある形成外科医の闘い

リンジー・フィッツハリス著
西川美樹訳　北村陽子解説

戦闘で顔が壊れた兵士たち

手足を失った兵士は英雄となったが、顔を失った兵士は、醜い外見に寛容でなかった社会にとって怪物となった。塹壕の殺戮からの長くつらい回復過程と形成外科の創生期に奮闘した医師の実話。

購入はこちら

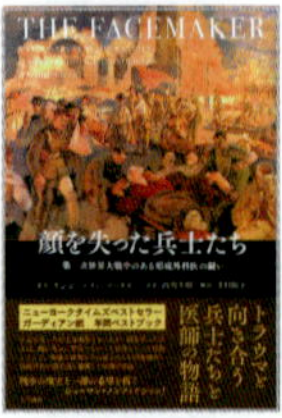

お土産の文化人類学
――地域性と真正性をめぐって

鈴木美香子著

身近な謎に丹念な調査で挑む

「東京ばな奈」は、なぜ東京土産の定番になれたのか？　そして、なぜ菓子土産は日本中にあふれかえるようになったのか？　調査点数1073点、身近な謎に丹念な調査で挑む画期的研究。

購入はこちら

で、小説の素材には事欠かないと彼はいっていたが、人の目も面倒で窮屈になってしまった日本を離れたかったのだろう。私にしろ小説を書くためにはどんなことでもしようという気構えがあり、彼の決断を支持した。私以外の友人も、同じような気持ちであったろう。

彼はしばらくの間私の前から姿を消したが、電話は時々かかってきた。ロサンゼルスで大地震があり、高速道路が崩れたり火事が起こったりまわりはパニック状態になったが、彼は小説家らしく冷静にまわりを観察していた。そうして私はエッセイの素材をもらったりもした。離れていると、まことにいい友なのであった。

しかし、なんだか心配でもあり、彼がしきりに誘ってくれることもあって、私はロサンゼルスにいくことにした。彼が養女に欲しいといった娘は、中学生になっていた。私は娘にアメリカを見せてやりたいこともあり、いっしょに連れていった。

ロサンゼルス空港の税関を通り抜けると、人込みの中にも彼の姿はなかった。私と娘はその場で待つことにした。彼が迎えにきてくれて、ホテルも予約しておいてくれることになっていたので、私は待っていなければならない。待ちながら、彼への訪問をやめ、自由な観光客になろうかと何度も思った。ホテル予約の窓口がたくさんならんでいて、その日の宿は選り取り見取りであった。私は短気を起こすなと自分自身にいい聞かせ、娘とともに税関の出口前のベンチに静かに坐っていた。

我慢の限界を過ぎた二時間後に、彼はやってきた。視点がどことなく定まらず、心なしか足元がふらふらしている。

「道に迷った上に、駐車場がわからなくて」

彼はこういいはしたものの、二時間遅刻したことをたいして気にしていないようだった。私としても安堵のほうが先に立ち、彼を責める気持ちは失せた。

駐車場から車を出す時、巻貝の内部のような螺旋のスロープを降りる。ハンドルを大きく切らなければならないのだが、彼はすべての動作が緩慢なので、車の先がコンクリートの壁にぶつかりそうになる。危い、危いと私は大声を上げ、ようやく彼はブレーキを踏む。ぼーっとした表情で、確かに彼は運転席でハンドルを握ってはいるものの、心はここにないようであった。

片側三車線の大きな道路を走っている時、ふらふらして行く手が定まらず、車線をまたいではまた戻ってくる。ブレーキが遅いので、信号で止まっている車に追突した。太った中年男が険しい表情で前の車から降りてきて、ぶつかったところを点検する。弱く当たっただけなので傷もなく、男は親指をしゃくって、いけと合図をする。かげんがわからずペダルを踏み込むので、急発進と急ブレーキになり、車体が揺れる。走りだしても揺れはやまず、しゃっくりをするようにノッキングする。さすがに私はおかしいと思って問う。

「何か薬やってんのか」

「抗鬱剤飲んできた。せっかくきてくれるんだからうまくやらなくちゃならないと思ったら緊張してさ、いつもより多く飲んできた。軽い鬱病にかかってさ。大丈夫だよ、もう緊張はとれてきたから」

運転しながら彼が訴えるようにいうので、私は信用することにした。私は自動車運転免許証は持っているが、国際免許証はとってこなかったのだ。

「そうか」

私はこういって前を向いた。しばらくは交通量の少ない広いまっすぐな道であった。ロサンゼルスでは現代を突出して表現するような興味のある裁判がしょっ中あり、専門の雑誌が出版されているそうだ。それを素材にロサンゼルス犯罪報告のようなエッセイを書くつもりだという話を、彼は運転しながらした。とにもかくにも仕事をするのはよいことである。彼はこの大都会でしばし孤独な生活をして、立ち直りのきっかけをつかむかもしれない。語っていることも、運転も、どうやらまともであった。車はロサンゼルス中心部のダウンタウンに向かっているのではなく、郊外のサンタモニカのほうに走っていた。交通量も少なく、道幅も広く、彼も落ち着いてきたので、このままいけるだろうと私は安心する。

ごく平凡な交差点であった。左折するので角を大きく回る。外側はガソリンスタンドだ。充分に速度を落とし切らずコーナーにはいり、車は大きくはみ出して歩道に乗り上げ、ガソリンスタンドの端にあるゴミ箱を倒した。その傍らのベンチに腰かけていた老婦人が、おびえたように腰を浮かす。車は衝撃をものともせず歩道の段からもとの車道に降り、そのまま走りつづけた。もちろん車内は何度も激しく揺れた。

助手席にいた私は運転する彼の横顔を見て、後部座席の娘を見た。娘は腰を浮かせて不安そうに身を乗り出している。夢を見ているような気分であった。夢は夢でも、悪夢である。

「止めてくれ。運転替わろう」

冷静にと私は自分自身にいい聞かせて口に出す。外見からはうかがい知れぬ暗鬱なるものを、彼は抱え込んでいるようである。

「うん」

ワンテンポ遅れた眠そうな彼の声がする。それからもしばらく走り、レストランの駐車場にはいった。他に車のない駐車場で、車は曲がって止まった。降りると車は右の前部がへこみ、ヘッドライトのガラスがなくて髑髏の眼の穴のようになっていた。突っ込んだガソリンスタンドにどんな被害を与えたのかはわからないが、まるで逃げてきたような格好になった。追ってこないかと私は道路のほうを見た。灰色のアスファルト道路には、いつものように何台かの車が走っているばかりである。

「俺が運転するよ」

今度は強くいって私は彼からキイを受け取った。国際免許証を持っていないので、無免許運転になるのだろう。ヘッドライトが壊れたから、夜は当分走ることはできない。私にとっては危険なドライブであったが、彼に運転をまかせるよりはまだましだといえた。慣れない車で、日本とは走るところが右と左と逆であったが、とにかく私は運転をはじめた。それから三日間のうちに、私たちはユニバーサル・スタジオや、ハリウッドのチャイニーズ・シアターや、幾つものショッピングモールにいったのだった。

彼がとってくれたホテルはサンタモニカの海岸辺にあった。観光客が好みそうなリゾートの造りで、趣味のよい立派なホテルではあったのだが、部屋にはダブルベッドが一台はいっているだけであった。彼がせっかく私たち親子のことを考えてとってくれたのだからと、私と娘は大きなダブルベッドの端と端とに背中を向けあって眠った。

冬なのにサンタモニカは春のように柔らかな日射しに満ちていた。広いビーチに目をやると、必ず走っている人の一人か二人はいた。波打ち際を団体をつくって歩いている人たちもいた。海に向かって桟橋が架けられ、その上にファーストフードを売る店があり、いつも人が群れていた。夕方彼と別れると、なんだか重いものから解放されたような気分で、私は娘とそのあたりを散歩した。暗くなると車を走らせることができなくなるので、彼は明るいうちに自分のアパートに帰っていく。そして、朝食をとり終る頃に車で迎えにきてくれて、私と運転を替わるのであった。

彼のアパートの部屋にもいった。六畳二間を縦につなげたような細長い部屋で、アメリカではかなり狭い部類であったろう。床に直接蒲団が敷いてあり、目でざっと数えられるほどの本が積んであった。折り畳みに近い簡素な机と椅子があり、パソコンが置いてあった。彼はこの部屋で自炊をして一人暮らしをしているのだ。東京にいる時からすでにそうだったのだが、彼は内臓の病気を持っていて、脂肪分をとるのはその頃は絶対に禁じられていた。したがって菜食主義者に近い自炊生活を強いられていたのだ。

私は彼を励ますため海を渡ってきたのだったが、彼自身と部屋とを見て、内心で悲しみの感情をおさえることができなかった。孤独な外国の街でいったいどうするつもりなのだと、案じないわけにはいかなかったのである。

旅に出発しようとする矢先に彼の訃報に接した私は、葬儀の生花と香典とを送るよう妻に頼んだ。

妻も彼とは顔馴染みであった。あの時の娘は二十五歳で、すでに自立していた。

旅から帰ると、彼の妹から何度か電話がはいっていた。私はすぐ彼の家に電話をいれた。東北地方の山深い町である。雪に埋もれて物音も断えた小さな町の淋しい光景を、電話がつながる束の間に思い浮かべた。名を名のってから、私はいった。

「新聞で読んで、驚きました」

「兄が大変お世話になりました。よくお話しをしていたんですよ」

妹の声は当然沈んでいる。私は東北人らしい彼の彫りの深い男前の顔を思い浮かべ、会ったことのない妹の表情を類推する。

「アメリカから帰ってしばらく東京にいたことは知ってたんですけど、まったく連絡が途断えてしまって、どこにいるかわからなかったんですよ。田舎に帰ってたんですねえ」

「古い洋品店は閉めてコンビニはじめたんですけど、似たような店はほかにもいろいろあるし、町自体が死んだようなので、うまくいかなかったんです。兄は小説書きたいっていってましたけど、結局書けなくて」

「そうですか、書きたいっていってましたか」

「いつもいってました。私らにはよくわからない世界ですから」

妹の声を聞いている私の目の奥には、激しく降りつづく雪に閉じ込められた彼のコンビニエンス・ストアが浮かんでいた。店内に明かりはあふれんばかりに灯っているのに、人の出入りはない。

「商売ができるような男とは思えないなあ」

「父が亡くなった年、今から五年前に帰ってきて、兄のアイディアで栄養補助食品店はじめたんです。でも田舎は水もいいし、まわりの人は自分の健康には関心がないというか、お店はうまくいきませんでした。毎日家族会議をしてました。いくつか商売替えをして、今はパン中心のコンビニです。お金がなくて仕入れられないから、品物の種類がなくて、悪循環になってしまって。私や子供がお店にでて、兄は裏で仕入れやお金の計算してました。やさしい人なら子供たちもなつくんですけど、厳しくてこわい人でしたから。いうことをきかないと、はたくんです。子供も私もはたかれました。でも機嫌のいい時には、私に昔の話をよくしてくれたんですよ。書きかけの小説のゲラ刷りがあって、あと三百枚ぐらい書いたら完成だそうです。出版社からは五年間ぐらいは連絡なかったようですよ。結局書けませんでしたけど」

「新聞には内臓不全とありましたけど、ずっと病気を抱えてたんですね」

「兄はペンを持ったまま自殺しました。死因は凍死です」

コーナーを曲がり切れずガソリンスタンドのゴミ箱をとばした彼が運転する車と、車内に響き渡った嫌な衝撃を思い浮かべ、私は沈黙した。重苦しい沈黙の中に雪は降りしきる。私の耳元に妹の声が静かに響いてきた。

「兄は睡眠障害で、いつも睡眠薬をたくさん飲まないと眠れないんですよ。作家活動ができなくて、店のこと考えだすと、ことに眠れなくなるんですよ。夜の十時半頃、隣りの部屋にいた中学三年生の私の息子が、うっという声を聞いたっていうんです。次の朝見にいくと、テーブルに横向きであぐらをかいて、前屈みになっていました。右手にはフェルトペンを持っていました。窓は閉まってましたけど、死因は凍死です。十四日の夜はことに寒かったんです。遺書というんでしょうか、兄から手紙を預かってますから、送ります」

妹の話を聞いている間、雪はいよいよ激しく降り積もっていき、彼が晩年に心血を注いだコンビニを埋めていく。私はそのへんにいくらでもあるビルの一階の商品がぎっしりならんだコンビニのたたずまいを思い描くのだが、彼のコンビニがどのような姿をしているのか、本当はわからない。

後日、妹から手紙が送られてきた。少し大きな封筒には、妹からと母からの手紙と、他にもう一通表に私の名が大書きされ、裏に彼の署名がある封書があった。封筒の中には彼が愛用していたと思われる、隅に「神楽坂　山田製」と印刷された四百字詰原稿用紙が一枚はいっていた。そこにフェルトペンで見覚えのあるうまいとはいえない字体が大書きされていた。

「約束を守る

ことができなくて

すみません。

二〇〇一年十一月四日　××××」

どんな約束をしたのか、私にはよくわからなかった。彼は彼自身の小説を完成させることを私に約束したのかもしれないし、私が貸した金が返せないことを詫びているのかもしれなかった。金のことなら、私はなんとも思っていない。もうひとつ気になったのは、その日付けである。二年前の年が書いてある。単に間違ったのかもしれないし、この時すでに自死を決意していたのかもしれない。すべては推測しても仕方のないことである。

その表面は単純だが深い意味があるのかもしれない原稿用紙に、再び雪が降り積もってくるのであった。長いこと私は彼の字体を眺めていた。

芝居見物

電話はいつも何気なく取るものだ。夕方電話器をつかむと、悲痛な雰囲気の声が私の耳に飛び込んできた。だが何をいっているのか肝心なことがわからない。切迫した気分だけは伝わり、私も叫んでいた。

「どうしたんだ」

私の声が先方の耳にどのように届いているのかわからない。電話をしてきたのは故郷の友人の石川だ。石川はかつて私が勤めていた宇都宮市役所の同僚で、今は課長になっていた。他の仲間とともに私が帰郷するのをいつも待ってくれていて、帰れば必ず五組ほど家族ぐるみで集まって宴会をする。

その石川の悲鳴の中に砂がまぎれ込んだようにして、音声が跡切れそうになった。走る車の中からかけているらしい携帯電話の電波の状態はよくなかった。そもそも石川は動揺しているのか、また疲れきっているのか、口がよくまわらなかったのだ。雲が晴れるかのように一瞬電波がつながり、石川の悲鳴が私の耳に改めて突きささってくる。

「今日の昼、女房が死んだ。肝臓癌だ……」

投げつけるようにいうと、しばらくの間石川は啜り泣いた。私はそのまま家庭用の受話器を耳にあてている。電波の状態がいいのか悪いのか、私にはわからない。やがてそばにいた別の友人が代わり、落ち着いた声で通夜と告別式の日程や場所が知らされた。あわてて私はメモをとる。友人らは私の高校時代の同級生である。それからまたしばらく、啜り泣きと息の気配が伝わる。

「気を確かに。気をつけて」

私は誰が耳を当てているかわからない携帯電話に向かっていった。激しく進行していく事態に、私だけが取り残されているようにも感じた。

いつしか電話は切れていた。いつまた叫び声が響いてくるかわからないようにも思えたので、私はしばらくの間受話器を耳にあてていたのだった。騒然とした気配が、私の胸に残った。


私が市役所に勤めていたのは、もう三十年も前のことである。五年九カ月間勤務した後に辞めて、二十五年たつ。生まれた子が立派な成人になってなお余りある歳月である。辞表をだしてまったく別の道を歩みはじめ、今は東京に暮らしている私のことを、故郷の友人たちは忘れないでいてくれる。私が帰郷するのを、いつでも待っていてくれる。

最近は別の友人が郊外の山にトレーラーハウスの別荘をつくり、野遊びの楽しみが加わるようになった。春は山菜採り、秋はきのこ狩りをする。その別荘は梅林の中に建てられたので、梅花や実を楽しむことができる。梅林に接して竹林があり、五月の連休の頃には竹の子掘りができる。そんな野遊びと野外料理の先頭に立ったのが石川夫人の澄江さんであった。お互いの女房たちも、何度も顔を合わせているうちに、親しい友となっていた。

今年の正月に私が帰省した折には、山のトレーラーハウスでは寒いからと、街の居酒屋に集まって新年会をした。街で会うことにした本当の理由は、澄江さんの病状が進行していたからだ。強く誘ったというわけでもなかったのだが、澄江さんはどうしてもその会にだけはでるといい、病院をぬけだしてきた。

街の居酒屋で会うのにしては、まことに痛々しい姿であった。病気が進行しているという様子は隠しようもない。だがまわりではわざとらしく労《いたわ》ったりはせず、いつもの通り普通に楽しい時を過ごすようにつとめた。なんとなくぎこちない雰囲気になっていた。澄江さんはまわりの料理にはほとんど手をつけなかった。みんなの酒量はいつもより上がっていた。外に娘がひそかに迎えにきていて、澄江さんはかなり早目に店を出ていった。外で会うのはこれが最後かもしれないなと、私は内心で思ったりもした。その夜、他のメンバーも早く解散した。

東京に戻ってから、妻は石川夫人が病院で読むための漫画「サザエさん」と「いじわるばあさん」を送り、澄江さんよりお礼の電話をもらった。思いがけないほどに元気な声だったそうだ。

間もなく東京の私の家に快気祝いのタオルが送られてきた。私は内心では意外な気がしていたが、退院したことが喜ばしくないはずはない。妻も喜んでいた。それでも一抹の不安が消えたわけではない。

そして、時を置かぬこの訃報である。退院した澄江さんは最後の時を家で家族たちと過ごしたのだなと思うと、外部を拒んだ親密な家族の光景が浮かんでくる。澄江さんの子供は一女二男で、一番下の男の子が大学生である。子供たちも素直に育ち、私たち仲間のうちでは一番理想的な家族のはずだった。漬物の漬け方、野菜のつくり方をよく知っていて、ビールを飲みながら女房たちに教えて、一番の元気者であった。人生というのはわからないものである。つまるところ、どんな過酷な運命でも受け入れなければならないということだ。

今日の昼、女房が死んだ。

石川の悲鳴が胸の中に響き渡って消えない。私は自分の手帳を開き、澄江さんの通夜も告別式もすでに予定があって身動きがつかないことを知る。通夜の時には私が発起人となった先輩作家の七回忌が菩提寺であり、私が代表して挨拶をすることになっていた。先輩作家をたくさん集めておいて、私が顔をださないわけにはいかない。

告別式の日は、私が現在執筆中の作品でどうしてもある映画監督のインタビュー取材が必要で、私は彼が受けてくれるのをじっと待っていた。多忙な映画監督が指定してくれた日と、澄江さんの告別式とが時間までぴったりと重なってしまった。一、二時間ならインタビューをずらすことも可能かもしれないが、宇都宮なので必要なことをしてくるだけでどうしたって半日はかかる。

私はトレーラーハウスの持ち主の友人に電話をかけた。彼は市役所で次長になった。彼は自分の席にいた。私は通夜にも告別式にもいけないと告げると、彼はいった。

「それはしょうがないべ。みんなわかっているさ。市役所の現役の課長の女房が死んだんだから、淋しい葬式にはならなかんべ。心配すんな」

私はまさに故郷そのものと話しているような気がしたのであった。私は言葉を返す。

「生花を手配してくれねべか。請求書をこっちにまわして」

「わかった。電報は打ってくれるべ」

「もちろん」

私はここで一旦声を切り、間を置いてつづける。

「快気祝いもらって、元気になったと喜んでたんだけど、そうじゃなかったんだべか」

「もう最後だからって、医者が帰してくれたんだべな。本人はよくなったと思ってたかもしんねえけど。そう簡単に直る病気じゃないべな。あんまり可哀想なんで、家にはいかなかったんだ。そっとしておいたほうがよかんべと思って」

「うん。悪いな」

「なんも心配することねえって」

友人のこんな声を聞いて私は受話器を置いた。どんなに親しい友でも、遠く離れて暮らしていれば、生活の細部まではわからないものである。私はさっそく電報の文面を原稿用紙に書く。

「一生懸命に生きてきましたね。澄江さんの笑顔はいつまでも忘れません。どうか安らかにお休みください」

どうも平凡な電文だが、気持ちを率直に伝えるだけでよいと思った。電話局に電話をいれて電文を読み上げている短い間、私は清浄な気持ちになり、電話器を置いたとたんあわただしい日常生活に戻っていく。これから一人また一人と、私の身のまわりから親しい人が去っていく。遠くないうちに、やがて私の番がくる。その時に、私自身はどんな気持ちでいるのだろう。

故郷に帰ったのは、それから二週間後のことであった。市役所に勤めていた時に買った建売り住宅を、私は郊外の団地にそのまま残していた。子供たちにとっては生まれ故郷になるわけで、家族が東京に出る時にも、私は経済的にも我慢して家を残したのだ。いま子供たちはそれぞれの道を歩いていき、たまにその家を使うのは妻と私だけだ。

五月の連休がはじまった二日目の朝、トレーラーハウスの持ち主の友人が、酔ったら車が運転できないからと気を遣い、私と妻とをわざわざ迎えにきてくれた。石川家は私の家と市内を対角線で結んだ距離にあるため、郊外に開通したバイパスを通っていく。新しくできたそれらの道が、たまにしか帰らない私にはよくわからない。車で走るのは便利になるが、その分市の中心部が空洞化していく。街の真中を空っぽにしてまで、どうして車のことだけそんなに考えるのか。いつも同じ感想を持つのだが、市役所での友人の担当は別のことなので、私はつぶやくぐらいにとどめておく。

石川と子供たちは、もう出かける用意をして待っていた。あんなに何度も会ったのに、私も妻もその家にいくのははじめてだった。主婦がいないのはわかっているので、家にはいる時、私は神妙な気持ちになった。仮りのつくりの仏壇に私と妻とは香典を置いた。線香を立て、鐘をたたき、両掌を合わせて頭を下げた。

「通夜の席で、石川ちゃんはさ、澄江、いつまで寝てんだ、もう起きろって、起こすんだかんな。見てらんないべな」

トレーラーハウスに向かう車中で、友人が静かにいった。仏壇の前で憑きものが落ちたような顔をして立っていた石川のことを、私は思い出す。初夏の香りのする晴れたいい日であった。すべてはかろうじて均衡を保っているのだが、今にもがらがらと崩れ落ちるかもしれないと不安であった。つい二週間前に電話の中で発した石川の悲鳴が、私の耳の中で響きつづけている。

「今日の昼、女房が死んだ。肝臓癌だ……」

石川は自分自身に向かって叫んだのだろう。私は助手席に、妻は後部席に坐っていた。私は振り返り、後からついてくる灰色のワンボックスカーを見た。石川は成人した三人の子供を乗せて運転していた。まわりは田植えのすんだばかりの田んぼだった。水面に稲の苗が貼りつくように浮かんでいる。日光街道が渋滞しているので、友人は見当をつけて適当に走っている。そのためにずいぶん回り道をしている。石川は不安に思いながらついてきているなと、私には感じられた。

竹林と梅林との間にあるトレーラーハウスに着くや、ベランダで缶ビールを飲みはじめた。当分運転をしなくてよいので、みんな心おきなく飲むことができるのである。石川も二人の息子も、黙って缶ビールを飲んでいた。もう少しで正午になるという時刻であった。

迷っていると携帯電話に連絡がはいり、道順をていねいに教えてやっている友人の声が響いた。このあたりは里山の多い農村地帯で、農道が入り組み、一度聞いたくらいではわからない。いつもは私も自分で運転してくるのだが、道をやっと覚えた。私はまた新しい缶ビールをあける。石川も息子たちも何本目かの缶ビールを飲んでいる。女たちはトレーラーハウスの中でおしゃべりをしている。こうやって私たちは多くの時間を過ごしてきたのだった。

田んぼの間の細い道を黄色いバスが窮屈そうにやってくるのがわかった。田んぼの水面に黄色い色が写るので、あたりは一際明るくなったようにも見えた。空にはレース織りのような薄雲がかかっていたのだが、それもしだいになくなってくる。少し酔ったせいなのか、周囲はただただ明るい。黄色いバスがトレーラーハウスの前に横づけになり、反射板になってベランダを照らす。

「あそこの火の見櫓の下で一時間前から待ってたんだけどな」

作業ズボンをはいた初老の男が降りてきていい、友人が応えた。

「そうかい。悪かったね」

私たちは缶ビールや一升壜を持って、バスに乗り込んだ。トレーラーハウスの中にはみんなが持ち寄った御馳走がたくさんあったが、それは帰ってきてから改めて宴会を開いて食べるのだ。

バスは出発した。三十人乗りのバスで、私たちはゲストも加わって二十五人だった。紙コップを渡された私は、ビールから日本酒に切り換えることにした。朝食を食べてこなかったので酔う怖れがあった。酔ったらどこでも寝ていればよいのだ。バスは道幅ぎりぎりで、ゆっくりと走っていた。田んぼの水が、青空の色を写していた。田んぼこそが巨大な反射板で、あたりはそれは明るい。

適度に冗談もでたし、いつもの集まりとなんら変わりない。いやこうして芝居見物にいくこと自体が、変わっているといえばいえる。私が計画したのではなかったが、石川と子供たちを元気づけようという意図はよくわかっていた。このバスの中心の場所に坐っているのは、澄江さんだ。だが誰も澄江さんのことに触れようとはしない。頂のあたりにまだ雪を残した山が、遠くにならんで光っていた。外は春のいい日に違いない。

「ほら、このへんにヤクザの親分の家があったわよね」

「あの、大きな家じゃない」

バスの真中あたりに坐っている女たちの声が聞こえた。

「地下室に虎を飼っていたって噂よ」

「飼ってどうするのかしら。肉をたくさん食べるでしょうね」

地下室で檻の中の虎と向き合っている孤独な老人の姿を、私は思い浮かべてみた。虎は檻の中を歩き、向きを変えてまた歩く。なにしろ狭いので、いつも身体を回転させているような具合である。時折虎は肚に響く低い唸り声を上げる。その声が心地よくて、老人は薄笑いのような微笑をひろげる。男は虎と孤独を分け合っているのだ。

「豹《ひょう》じゃなかったかしら」

「あら、ライオンて聞いたわよ」

「どうしたのかしら。まだいるのかしら」

女たちの声を聞きながら、私は紙コップの縁を唇にあてる。日本酒は甘くて口の中に粘りついた。鬼怒川に架かった鉄橋を渡ると、川魚料理の料亭がならんでいた。私はこの料亭にはいったことはないが、中学生の頃に自転車でよく川遊びにきたものだ。崖の壁面に大きな観音菩薩が線刻してある、古い聖地である。バスの窓から観音菩薩は見えず、仄暗い杉木立ちの中にはいった。再びひろびろとした田んぼの道に放たれた。道はまっすぐで、バスは速度を上げた。やがて田んぼの畦にたくさんの旗が立てられているのが見えた。その中でひときわ大きな幟が幾本も立てられ、子を三匹したがえた黒と赤の夫婦《めおと》の鯉が青空の中を元気に泳いでいるところが、芝居茶屋かぶき村なのであった。

畳敷きのがらんとした芝居小屋には、舞台に向かって折り畳みのテーブルがならべられていた。私たちはバスを運転してきた男に案内されるまま、隅の席についた。旅芝居の一座が流れ着くようにやってきて、全員で建てた小屋なのだそうだ。もちろん一座は全員がここで寝起きをしている。

「農家の人たちが田植えに忙しくて、苦しい時期でございまして」

私たちをトレーラーハウスまで送迎してくれる男はこういいながら、酒かビールかジュースかと注文をとっていた。弁当に飲みものがついてくるのである。酒というと、冷たい銚子が運ばれてきた。

「役者は鬼怒川温泉あたりに呼ばれていくみたいだべ」

高校時代の同級生が、持ち込んだ一升壜から紙コップに酒をつぎながらいう。持ってきた日本酒のほうが上等だったのだ。彼は石川が私のところに電話をしてきた時、後で代わって通夜と告別式の日程と場所とを教えてくれた。苦しい時に石川のそばについていた様子だが、彼はそのことを一言もいわない。まるで何事も起こらなかったようなのである。私は傾けてくる一升壜の酒を紙コップに受けていう。

「こんな温泉街でもないところに、人が集まるんか。こんな田んぼの中に。しかも、一日二回公演だ」

二百五十人ははいる観客席だ。テーブルを片付ければ、もっとはいるだろう。渡されたパンフレットには、昼の部開演十二時、夜の部開演十八時三十分と書いてあった。

「毎日やってんかい」

弁当の箱を配りにきた運転手に、その友人が聞いた。

「きのうも、おとついも、ここでは幕を上げられなかったんだわ。公演はしてるべな。別のグループが旅回りしてっから」

こういって運転手は去っていく。蓋を開けると、鮭と卵焼きの弁当であった。トレーラーハウスに山のような御馳走が用意されているのはわかっていたが、私は弁当を食べた。見ると、石川もその子供たちも黙々と食べていた。観客席の隣りに厨房があり、そこで調理された弁当だ。

三人の女をしたがえた男がはいってきて、観客席に坐ったので、なんとなく私は安心した。田植え機のエンジンの音が、遠くで響いていた。私は潮が満ちてくるように、酔いがまわってくるのを感じていた。

正午きっかりに正面舞台に役者が現われ、芝居がはじまった。兄と妹で暮らしている貧しい漁師の娘が、網元の息子と結婚をすることになった。娘は自分で花嫁衣装を縫った。ところが網元はもっとよい縁談があったので、娘との縁組みを破談にしようとする。それに怒った兄は、網元を刺し殺してしまう。それだけの芝居である。

つづいて踊りが始まった。テープで音楽が流れ、それにあわせて役者たちが踊る。漁師の妹を演じた役者は、この春近くの中学校を卒業して一座にはいったのだそうだ。そのアナウンスが響いたとたん、二人が立ち上がって舞台に上がり、娘の帯に千円札をはさんできた。一人は石川で、もう一人は私だった。石川は自分の娘に一万円札を渡して帳場で千円札に換えてきてもらうように頼む。娘が戻ってくると、役者が代わるたび酔ってふらつく足で舞台に上がり、役者の懐中や帯の下に千円札をいれてきた。

みんなは役者よりも石川のほうを見ていた。石川は完全に役者たちを喰ってしまっていた。いつまでも舞台から降りないので、空気が変わったことに気づかず、石川は役者の懐に千円札をまたねじ込んでいた。

同級会

大学を卒業して二十三年目である。この二十有余年の間に何があったのか、またなかったのか、それによって今どんな生き方をしているかお互いに比べあうのが、同級会であろう。そんなものに顔をならべたいとは思わなかった。私たちの時代は政治的に引き裂かれ、次いで経済高度成長に翻弄され、バブル崩壊後の苛酷な五十代がある。この時代をそれぞれどのように生き抜いてきたのかということに興味はあるが、首をならべて現在の到達点を競うようなことはしたくなかった。幹事から電話で同級会の誘いがあった時、そんなことを思って、私は出席を断った。

「みんなお前に会いたがってるんだよ。日程もお前にあわせるから、でてこいよ」

幹事はこういった。彼は石油の世界大資本《メジャー》の会社にはいり、出世をして、日本の総責任者の地位にあった。先日珍しく電話があって話したいことがあるというので、近所のビアホールにでかけていった。どの会社も同じように激しいリストラを断行し、彼は心ならずもその責任者であるということだ。社内での書類はすべて英語で、日本人同士でも英語を話さなければならないのだそうだ。

アメリカに何度か留学し、彼は同級生たちの出世頭であった。ビアホールで会った時はガーデニングをしていた庭からそのままでてきたようなカジュアルな姿で、なんとなく覇気がなかった。

「どうしたんだ」

私としてもたまった原稿を懸命に書いている最中で、一分一秒が惜しい状況だったのである。電話口で彼が悩んでいる様子だったから、無理に時間をつくってきたのだ。

「お前はいいよな。組織にしばられるわけでもなく、いつでも自分のやりたいことをやって飯を食ってるんだろう」

いきなりこういわれれば、そうではないと私も腹を立てる。だが私自身の職業的な苦しみというのは、彼に説明しきれないものであると、気持ちを落ち着けた。

「組織がないから、いつでも失業の不安に脅えているよ。食えるかなあと見通しがつくのは、やっと半年ぐらい先までだよ」

私は嘘も誇張もなくいう。夏には早いビアホールには、客の姿は数えるほどである。大ジョッキでとってしまった冷たいビールが飲み切れず、腹にこたえた。彼は心の奥で何かを考えている浮かない様子だった。最近彼は夫人を亡くしたのである。

「会社辞めようと思うんだ」

「そうか」

ずっとフリーランスでやってきた私には、会社を辞めるという本当の意味がわかりそうでわからない。重大な決意なのだろうなということは察しがつくが、それがどうなのだという思いが一方にあった。私は質問を促されているような気がしていう。

「それで、どうするんだ」

一瞬いい澱んでから、彼はいった。

「役者になるんだ」

彼はこういい放ってから微笑をつくったのであった。

「どうして」

「みんなに見られて、演技をして、あんなにいいことはないよ」

彼が明るい顔でいうので、私は鼻白む思いであった。役者には深くて暗くて厳しい下積みの世界がある。私は役者や役者志望者を何人も知っている。それは数えることもできないほどに多数である。みんな野心と夢に満ちているのだが、ほとんどうまくいっていない。サラリーマンが嫌になったからといって簡単に成功できる世界では、あるはずはない。

「そんなの無理だよ」

「やっぱりむいてないかな」

「人前だって裸にならなくちゃならないのが役者だぞ」

「それはできる」

「それだけじゃないぞ。台詞がいえて、演技をしなくちゃいけない。見るのとやるのと大違いだということくらいわかるだろう」

その晩私がわかったのは、彼は自分の仕事について大きな悩みを持っているらしいということであった。もしかするとそれは、私たちの世代の壁というようなものであるかもしれなかった。私の娘が時折下北沢あたりの小劇団で舞台美術の仕事をしているので、時間がある時には彼と彼の娘さんとを小劇場に案内するのを頼んだりもした。それまで舞台演劇を満足に観たこともないのに役者になりたいといっていた彼が、芝居というものをどのように考えていたのか私は知らない。もしかすると映画かテレビドラマを想定していたのかもしれない。

役者は己れの肉体があればよくて、そのほかに元手というものはない。小説家も紙と鉛筆があればよいので、似たようなものだ。もし誰かがサラリーマンが嫌になったから小説家になってみたいと身を寄せてきたら、私はそんなに簡単なことではないといって追い返すであろう。

同級会への誘いの電話がはいったのは、彼が何度かの芝居見物をしてからおよそ三ヵ月後のことであった。日程をあわせるから、私に同級会に出てこいと誘うのだ。

「いかないよ、話も合わなくなっているから。二十年も会わなくて。俺のほうが違っているのは明らかなんだからさ」

私は固辞したのだが、どうしても出るようにと彼は一点張りであった。

吹いてくる風の中に小さな棘が含まれていた。桜の花の開く季節はすぐそこに迫っているのだが、冬の気力はまだ強い。タクシーに乗ってしまえば簡単なのに、私は高田馬場から地下鉄に乗り換えて早稲田で降りた。私が学生の頃は地下鉄は高価なので時間のない時にはバスに乗り、よほどでないかぎりは二十分ほどの道のりは歩いた。途中には古本屋がならび、帰路には駅までは書架をながめながらいくのでなかなか着かなかった。

地下鉄早稲田駅から、穴八幡の交差点にでる。ゆるい曲路になった商店街の坂道を下っていく。坂を下りきったところに、ライトアップされた大隈講堂の時計台が建っていた。

時計台前の広場を横切ると、大隈庭園である。大隈庭園はその名のとおり大学の創始者の邸宅の庭なのだが、ホテルなどができて、私たちが現役の頃にくらべればおよそ半分の敷地になってしまった。同級会の会場は、庭園の片隅にある藁葺き屋根の民家であった。どこからかそっくり移築してきたようなのである。こんな建物があることを、私ははじめて知ったのだ。

障子を開いて中にはいると、和服の女性が二人いた。私が同級会の名をいうと、土間を通りぬけて案内してくれた。ホテルの施設の一部になっているようだ。内側の障子を開けると大広間で、何十人もが座布団の上に坐ったり立ったりしていた。

「やあ」

私の顔を見るなり、何人もが同時に声を揃える。私も同じ声をだした。

「やあ」

見知った顔ばかりだといいたいところなのだが、そうでもない顔もあった。なにしろ二十三年ぶりに会う顔がほとんどなのである。平均的な容貌といえば、髪は真白かまるっきりないかで、たいてい腹が出て太っていた。腹が太いから、脚は短く見える。顔がなんとなく汗でてかっている。五十歳代半ばになれば、みんなこうなるのが普通ではあるにせよ、私は自分自身の姿は忘れることにした。

きた順番に坐っていった。私が座布団の上に身体を落ち着かせると、先にきていた男が笑顔を向けてきた。

「元気なようだな」

「まあなんとか。そちらは」

「まあなんとかだ」

まわりに人がいるにもかかわらず、私は澱んだ水の底に茫然として坐っているような気がしていた。両隣りの男から名刺をもらったので、私も自分の名刺を返した。今夜のために私は名刺はたくさん用意しておいた。名刺に印刷された名や肩書を読んでも、彼が現役の時にどのような学生だったのか、私は思い出せなかった。お互いに行き来があるものもいるようで、私の孤立感はいよいよ深い。

「お前にはノートをよく見せてやったよなあ。代返をしてやったのも、十度や二十度ではないぞ」

いつしか宴会ははじまっていて、私の前に坐った肩幅の広い男が二合徳利を持っていう。

「そうだなあ。感謝しなければいかんなあ」

私は自分の盃の酒を飲み干すと、唇の触れたところを指で拭い、返盃をした。私が注いだ酒を飲みながら、彼はいう。

「なんであんなに忙しかったんだろう」

「バイトだろう」

「デモにいくのも忙しかったろう」

「それもあったな」

軽く笑い合って、その場はなんとなくすんだ。私は学内ストライキを支持する側で、彼はストを先頭になって破った集団の活動家の一人であった。校内では顔を見合わせるたびに激しい論争をし合った仲だ。彼らの活動の結果卒業式は行われ、彼は無事に都市銀行に就職した。学内での活動が社内で評価されたのだろうか。ドイツの支店などに勤務し、日本経済の最先端を全力で走ってきた様子である。だがもらった名刺を見るとすでに銀行本体には在籍していず、系列の証券会社にいる。

「二十年は会ってねえな」

「そうだったか」

「ほら、虎の門病院で会ったろう」

彼にいわれ、私は思い出した。私は大学を一年留年して卒業はしたものの、定職につかずその日その日を気ままに送っていた。生活費が底をつけば、山谷の寄せ場に一週間なり十日間なり建築労働のうちでも下積みの日雇い仕事をする。贅沢をしなければ、その頃には妻もいたから、一ヵ月ぐらいは生活できた。妻も勤めていたのである。その頃、新聞の求人欄広告で東京虎の門病院放射線科の仕事を見つけた。外見は医者と似たような白衣を着て、患者を病棟から移送したり、手術後の器具の後片づけをしたり、さまざまな雑務をこなす看護助手であった。彼は放射線科の部長の姪と結婚することになり、部長のところに彼女とともに挨拶にきたのである。部長室の前で、薬品を積んだカートを押した私は彼と出会った。彼はまず鋭い声で私の名を呼んでから、いささか蔑みの口調をまぜてこういったのである。

「お前、こんなところで、何やってんだよ」

「働いてるんだ」

まっとうに働いているのだから、何もいわれる筋合いはないと、私は腹立たしく応えた。私には私の考え方があるのだから、銀行や商社や役所や建築会社にはいらなければならないということはない。むしろ決められたところを避けて通る人生があってもいいのだ。私は腹を立ててそのまま通り過ぎていった。「お前、こんなところで、何やってんだよ」と叫ぶ声が、それからしばらく私の背中で渦巻いていたが、そのうちに消えた。そして、また再び二十年ぶりで甦ってきたのだった。

私の前でにこにこ笑っている彼は、髪が相当薄くなって額が広く出ていた。国際的な経済活動の修羅場をくぐり抜けてきたはずだが、深いところで人生の諦観の境地に至ったような、好々爺風の善良な表情を終始とっている。

「有楽町駅前のビルにいるから、いつでも遊びにこいよ」

こういって彼は横に動いていった。私はたぶん彼のオフィスにいくことはないだろう。

「いろいろ悪かったな。ちょうど自分の人生について考えていた時期でさ。役者になるのはやめた。会社はいり直したんだ。小さい会社だけど、やりがいがあってな」

幹事をしている男が私の前にきていった。私たちは何度か杯をやり取りした。

「役者は役者でみんな人生を懸けて一生懸命にやってるんだから、急になろうったってそれは無理だよ。素人劇団なら紹介してやってもいいが」

いいながら、私は運ばれてくる料理に箸をつけた。料理についての印象はほとんどない。どれもこれも冷たい料理である。酒だけはふんだんにあった。私は同じ座布団に坐っているだけなのだが、向かい側に坐る人がベルトコンベアーに乗っているように横に動いていく。

「お前に頼みがあるんだ」

これもまた頭のはげた男が、いささか姑息な感じで顔を近づけてきて、声を低めた。私は耳をそばだてる。

「二年後の春、長男がこの大学を卒業する。本人は出版社志望なんだ。どこかいれてもらえないだろうか。お前の力でさ」

私は彼の名前も知らないのであった。私は顔を小さく横に振っていう。

「そんな力はないよ。それにコネがきくような時代でもないだろう」

「いや、どこにでもコネは有力だ。そういう社会なんだよ」

「そうだとしても、俺には力はない」

「だって、出版社の人間とはいつも付き合っているんだろう」

「担当編集者とは付き合っているけど、彼らだって人事のことに力はないだろう。大体俺はお前の息子を知らない」

ここまで話した時、ベルトコンベアーが横に動いたので助かった。私は酒を注がれるままに飲んだ。名前は失念して思い出せないのだが、学生時代の面影をはっきりと残す男が正面にきた。髪は染めているのかもしれないものの真黒で、学生時代と同じように粗末なセーターとジーンズを身に着けている。

「俺はな、この体形を維持することに命を懸けてるんだ」

そういわれてみれば、腹も出ているわけでもなく、瞳には青年の輝きを残している。彼の生家は横浜で洋品店をやっているということを思い出した。

「仕事はどうしてる」

「親父の仕事を継いだささ。個人経営の洋品店では、将来の展望は見出せないけどな。だからというわけではないが、俺は毎日ゴルフ場にいって、ゴルフ漬けの日々さ。おかげでこの体形が維持できている。不況のたまものといってもいいな。この生活を俺は楽しんでいるさ。誰にも文句はいわせないよ」

いつの間にか人が増え、藁葺き家の部屋は人でいっぱいになっていた。膳の上も皿や茶碗が散乱して誰のものかよくわからない。どのみち心が残るような料理ではなかった。

「よお、元気にしているみたいじゃないか」

刺すような陰険な目がすぐ前にあった。この目の光によって、私はたちまち二十三年前に引き戻される。人を疑うような、同時に深い悲しみをたたえたようなこの目で、昔のような皮肉に満ちた暗い気力を失わずに私を見ている。彼はこの目で疑い深そうに誰彼を見つつビラを配り、教室で休み時間に世界状況についてのアジテーションの演説をやり、授業をするため先生がやってきてもやめなかった。デモの時は先頭にいる彼の姿がいつも見られた。不屈の闘士とは彼のことだ。私も彼に誘われるまま何度か集会やデモに参加したのだが、しだいに別の党派のほうに傾いていった。その党派は彼の党派と鋭く対立し、抗争をくり返して、死者までだすようになった。そんな事情が重なって必然的に彼とは会わなくなっていた。

「俺はな、お前のことがずっと気になっていたよ。ものを書く生き方もあるんだってな。政治闘争しかやってこなかった俺には、考えられないことだが」

相手を睨みすえる迫力を失ったわけではないが、どこかに人を許そうとする余裕のある人なつこさも持つようになっていた。私は彼に見られることが、以前ほど嫌ではなくなっていた。

「俺はお前の噂を聞いたよ。十年以上も前のことだけど」

逡巡しながらも私は話しだした。おもしろい、先を聞かせろよと、彼は微笑によって私を促した。彼の髪は昔から手入れもされず、少し赤味がかった長髪である。顔中にある皺には歳月を感じさせたものの、太っているわけでもなく、全体に昔のままの雰囲気を残していた。そんな彼に親しみを覚えて私はつづけるのだった。

「うん、まず噂として聞いたのは、どこかの組合の専従になったということだ。それから、官憲の目を逃れて地下に潜ったって。それから聞いたのは、自殺したってことだ。リアリティはまったくないまま、もっともらしい話だけが伝わってきた」

私は話し終ったのだが、彼の目から視線をはずせなくなっていた。あらゆる人間の目の中でこんなにも悲しそうな目を、私はこれまで見たことがない。

「その事実に間違いはない」

時間を置いてから、彼はぽつりと言葉をこぼした。彼の言葉を誰かが聞かなかったかと私はまわりをそっと窺うのだが、誰も自分のことしか興味がなくて、彼のことを気にしている様子もなかった。私の心の中を察した様子で、彼はいう。

「心遣いは無用だよ。現役時代、俺がそばにいっても、みんな知らんぷりをしてきたからな。関わりあいになるのが嫌だから、誰も俺のことなんか見もしないよ。俺は見えない人間だった」

こういう時の彼の目は、昔からまったく変らず挑発的である。私は興奮しているわけでもなく、もちろん脅えているわけでもない。きわめて冷静なのである。彼と会うのもこれが最後だと思うと、尋ねてみたくなった。

「どうして死んだんだ」

私の言葉が終ると同時に、彼は鼻腔からふっと空気を抜くような笑い方をした。それから私だけを集中して見る目つきをしていった。

「この同級生を見ればわかるだろう。どこに俺の生きる場所がある。革命は失敗したんだからな。今夜はお前に会いにきただけさ。もう用事はすんだよ。ちょっとおしっこ」

こういうと同時に彼は立ち上がり、床の板を踏んで、座敷の奥の闇に消えていった。彼はよれよれのチェックのシャツに灰色のジャンパーを羽織り、膝の抜けたジーパンをはいていた。昔からまったく変わらない姿である。彼はもうこの場には戻ってこないことは、私がよく知っていた。彼が今までここにいたことを知っているかどうか、私はみんなに聞いてみたい気もしたが、やめておいた。知っていても知らないという連中がほとんどだからだ。ここにいるのは全員が死者なのである。

そう考えれば整合性がつく。

私自身も生きているのか死んでいるのかわからなくなり、席を立った。私もきっと死者の仲間なのだ。そうに違いない。

「どうした」

私が立ったことを不審に思ったのか、名も知らない隣りの男が問うてくる。

「いささか酔ったんで、夜風に吹かれてこようかと思って」

その男は途中から私の言葉を聞いてはいなかった。わんわんと響いてくる言葉の中に、停年と、役員という言葉が私の耳に止まった。ここにいるものはほとんどじきに停年なのだ。ただし役員になれば何年かは首がつながる。停年ということでいえば埒外の私にその話を向けても仕方がないにせよ、全体の話題の中心はそこにあるのが確実だった。私だって時がくるとその場をどいて後からくるものに席をあけ、自分はどこかにいかなければならないのだが、どこに自分の場所があるというのだろう。

私が近づいていくと、和服の女性が障子を開けてくれた。微かに風が流れてきて、松脂のにおいがした。月が照っていると見え黄金の色を含んだ暗い夜空に、松の木の影が映っていた。藁葺き家の中からは、談論風発の声が響きつづけていた。どうせ自分の場所はないのだから、このまま私は帰ることにした。先に出たあの男が大隈庭園の暗闇の中をまだ歩いているような気もしたが、ただ暗いばかりでよくわからなかった。

味の清六

駅から家に向かう途中、商店街の表通りを抜けると、暗い裏通りにはいる。この頃ではその通りにはブティックやショットバーやイタリア料理店がならび、若者たちがくるようになって、裏通りとはいえなくなった。だが十年前は明かりの足りない暗がりで、バス通りから一本横にはいっただけなのに、夜になるとめっきりと人通りがなくなった。

清六がそんな場所でいつ頃から商売をしていたのか、私は知らない。清六は人の名前であると同時に一杯呑屋の名前だ。家から十分くらいで、駅に向かう途中にあるので、私はしばしば前を通った。岩ガラスのはいったアルミサッシの戸が入口で、「味の清六」とだけ書いてある看板も相当古い。進んではいろうという気が起きるような店構えではない。まして私はしばしば前を素通りしているのだから、なおさらはいりにくいのである。

私は夜に気持ちを集中させて執筆をすることが多いので、どうしても寝る時刻は遅くなる。しかも神経が高ぶっているので、床にはいっても眠れないことがある。冬のある寒い夜のこと、午前〇時を過ぎて私は近所を散歩することにし、妻も付き合ってくれるといった。近所の人たちが熟睡している頃、防寒着にマフラーに毛糸の帽子を着けて夫婦して出かけようというのである。だがそのくらいの時間では、住宅街でも歩いている人はいくらでもいた。まだ電車の走っている時刻なのではある。

目的地も定めないまま駅のほうに向かっていき、街燈もない暗い裏通りにはいった。そこでたった一軒だけ看板に火を灯していたのが清六であった。芯から冷えた身体を、熱燗でも飲んで温めたかったので、私は思い切ってアルミサッシの戸を横に引いた。

「いらっしゃい」

いかにも待っていたというふうに、男の声が響いてきた。それがカウンターに立っていた清六との出会いであった。裏に二十人ははいれる座敷と、横に四人用の小座敷があり、六つの椅子がならんだカウンターの席があった。意外に広い店内に、客は私たちのほかにはいない。

「熱燗二本」

私がいうと、私よりほんの少し年上だと思える清六は、はいよっといって一升壜から徳利に酒を汲む。カウンターには大鉢が五つもならび、煮物、キンピラゴボウ、キンキの煮つけ、筍《たけのこ》と蕗《ふき》の炊き合わせ、肉ジャガなどがつくってあった。どれも見るからにうまそうなのである。「味の清六」と看板がでているのは、料理に自信があるからだと思えた。

「これはどうやって頼めばいいいんですか」

私は目の前の大鉢を指差していう。

「いってくれれば好きなだけとります」

これが清六の答えであった。妻は筍と蕗の炊き合わせが食べたいといった。冬のまっただ中にいると思っていたが、そういえば筍のでる季節はそこまできているのである。筍も蕗もビニールハウス栽培かもしれないが、季節のものであることに変わりはない。

「それじゃ、これとこれ」

私は妻のいったものと、里芋と人参とコンニャクと鶏肉の煮物を注文した。清六は二人にちょうどよい分量を散り蓮華で皿にとってくれた。筍を食べる。中国産の水煮の缶詰ではない。香りも歯応えもほどよい具合にある旬のものだ。蕗も春の山の香りがした。ちょうど熱燗が上がってきたので、妻と私はお互いの猪口につぎあって飲む。寒いところをやってきたので、五臓六腑に熱い酒がしみわたるとはこのことであった。

「こんな材料は、今頃なかなか手にはいらないでしょう」

私がカウンターに向かっていうと、待ってましたとばかり清六は得意そうにいう。

「毎朝築地の市場にいくからね。あそこにいけば、ないものはないよ」

「お酒でもビールでも、好きなものを飲んでください」

妻は酒場にはいるとこういうのが癖である。店の人に何か飲んでもらわないと、自分が飲む気がしないのだという。清六は笑顔をつくり、妻に向かって会釈する。

「それじゃビールもらおうかな。今日は客がこなくてさ、一人で五本は飲んじゃったよ。ぼくはビールしか飲まないから」

言い訳するかのようにして、清六はカウンターからでてきた。私たちのすぐ横のビールクーラーから壜の首をつかみ、土の中から大根でも抜くようにして持ち上げた。クーラーの水は汚水のようにも見えたが、ただ暗いだけなのであろう。清六は壜を雑巾とも布巾ともつかない汚れた布で拭き、妻の前に立てた。妻は濡れた壜をつかみ、清六が手に持った景品のコップにビールをつぐ。その日六本目のビールを、清六は実にうまそうに飲んだ。思わず私もビールを飲みたくなりそうなほどだった。

その筍と蕗を食べながら、私はその昔に築地市場のヤッチャ場で働いたことなどを思い出した。築地市場には一本の通りを挟んで、魚河岸とヤッチャ場がある。どちらで働いてもよいのだが、故郷で漁業よりも農業に近い暮らしをしてきた私は、ヤッチャ場で働くことにしたのだった。ヤッチャ場とは、つまり青果市場である。私の仕事は軽子《かるこ》といい、セリ落とされた荷や、仲買い人同士でやりとりする荷を、小車《こぐるま》に積んで運搬する。小車は大八車を小型にしたような二輪車で、車輪が絶妙の場所についているので、バランスよく荷を積むと後ろから押されているように軽く前進する。しかし、バランスが悪ければ、不必要なほどの力を使わなければ小車は動かない。

私は青果商の藍染め木綿の前掛けを締め、ゴム長靴をはいて、山積みされた荷の間に小車を引いていく。魚河岸に大根などを運んでいくと、そこではほぼ全員が持っている手鉤に小車の尻を引っ掛けられ、ひょいと横にずらされる。斜めになった小車はてこでも動かなくなる。そうなると笑い声に包まれながら、汗だくになり全力で引いて脱出してくるより仕方がない。

築地市場で働いた頃の私は、結婚したばかりで、東京都杉並区の荻窪と阿佐ヶ谷の間に小さな家を借りて妻と暮らしていた。妻はある団体に勤務していたので毎朝出勤していき、私は定職につかずなんとなく漫然と日々を過ごしていた。私は小説を書いていたのだが、世の中に受け入れられるところとはならず、外見は何もしていないと同じだった。そこである日、一念発起して築地市場で働くことにしたのだ。仕事は夜明け前からはじまるにせよ、正午前には終ってしまい、あとは自分のために時間が使える。

私は妻がまだ眠っている時に目覚まし時計の音でそっと床を脱けだし、身支度を整える。狭い部屋なので妻が目覚めている気配を感じながら、私は外にでるのである。暗くて人通りのない道を地下鉄駅に向かって早足でいく。一番電車に近い車内は空いているが、都心に近づくにつれ、竹編みの買物籠を持った男たちが目につきはじめる。銀座で乗り換えると、まわりは竹籠をさげた男ばかりといってよい。河岸に魚を仕入れにいく寿司屋や料理屋の親父たちだ。みんな無口で、築地駅に着くと一斉に電車から降り、同じ出口に向かっていく。

新大橋通りを築地本願寺を過ぎて交差点を渡ったあたりに、炊き出しの食堂がならんでいる。炊き立ての丼飯に、生の鱈子をのせ、豆腐の味噌汁とともにかき込む。寒い日には身体が温まるし、暑い日には汗がでて気持ちがよいのだった。ひっきりなしに出入りするトラックの間を通って市場にはいり、仲買い店のタイムカードを押すと、すぐに仕事がはじまるのであった。午前八時過ぎに温い牛乳のおやつがでて、それもまた楽しみなのであった。

築地市場のヤッチャ場には、私には見たこともない野菜がつぎつぎと入荷してきた。正月の初荷なのに、山椒の木の芽や、筍や、蕗や、きのこの類や、大根でも丸いのや細いのや長いのや小さいのや、菱の実や、どうやって食べるのか見当もつかないものがあった。外国からも運ばれてきたものもあるはずではあるが、私は日本列島の南北の長さを実感した。これを注文表どおりに小分けにして荷をつくる。私は店の人にしばしば荷の名をいってどれが現物なのかと確かめなければならなかった。新聞紙に包んだり、段ボール箱にいれたりしてできた荷を、別の仲買いの店に配達するのは私の仕事である。料亭などにはトラックで配達する。それは別の人の担当であった。

清六はたとえ朝まで飲んだとしても、市場には必ず仕入れにいくのだそうだ。竹籠をさげて地下鉄に乗っている男の群れの中に、清六は今朝もいるのだろう。ビールしか飲まないから深酔いはせず、地下鉄に乗ればたちまち醒めてしまうというのは、清六の弁だ。仲売り店の主人とは古い付き合いで、いちいち頼まなくてもその日の一番いい筍はとっておいてくれるのだそうである。市場はもちろん経済活動の場なのだが、底流には義理と人情の感覚が色濃くあるから、私には清六のいうことが納得できる。

清六の閉店時間は決まっていない。客しだいなのである。徹夜の客と自らもビールを飲んで付き合い、清六は店から直接築地市場にいくこともあるらしい。日曜日でも店は開いているし、料理はうまく、値段も高くはないので、妻と私は清六にしばしば顔を出すようになった。

大鉢の料理はいつもいっても同じということはなかった。毎日違うものをつくるということである。私たちは深夜にいくので、たいてい半分以上は残っていることを知っている。

ある晩、残った料理はどうするのかと、私は尋ねたことがある。清六は少しはにかんだ表情でこういう。

「別の店が全部引き取っていくんだよ。うちは味の清六だからさ」

何度かいっていると、清六の深夜の店は、自分の店の営業をすませた料理人が客になってくることが多いとわかった。店内におのずから聞こえてくる声によると、料理のつくり方を教え合っていることもある。清六は仕込みをする昼間からビールを飲んでいるのだそうだ。いくと妻は必ず清六にビールを一本ふるまう。他の客も清六がビールを好いていることを知っているので、飲みなよといっていた。

カウンターの大鉢の横にはガラスの冷蔵庫があり、鮪の刺身や鯵や鰯などがはいっていた。寿司屋ならきれいにならべるのだが、清六は新聞紙に包んだりビニール袋にいれたままで、刺身を注文すると冷蔵庫に手をいれてまるで魔法のように取り出してくる。その雑然とした冷蔵庫の隅には、いつも毛蟹が一匹か二匹いれてあった。安物ではなく、丸々と太って食べるところがたくさんある上物である。くると必ず毛蟹を注文する客があり、その人だけのためにいつも用意しているとのことだ。今注文したら出してくれるかと私が問うと、二匹のうち一匹だけならよいということだ。高価そうだし、深夜にこんなものを食べたら腹がふくれるので、私はガラス越しに眺めるだけにした。

妻と私の流儀は深夜にいって大鉢の料理を一種類か二種類とり、もう一品刺身などをつけて、熱燗か焼酎をほどよく飲んで帰るというものであった。まだ早い時間の待ち合わせなどにも使うようになり、清六とは会話を重ねて心が通じ合うようにもなった。

清六の出身は青森で、よく聞けば言葉に訛りがある。やがて清六の娘とうちの息子が近所の小学校の同級生だということがわかり、離婚した元の夫人が近所でスナックをやっていることもわかった。妻は近所の人たちとそのスナックにいったことがあるそうだ。その娘は陸上競技の中距離ランナーで、大学院に在籍していて、ビールばかり飲んでいる父親が心配なのか時折店に手伝いにきていた。終電車の前に帰ってしまうので、私たちは顔を合わせることも少なかったのである。

妻と私も清六でずいぶん酔ったことがある。青森から送られてきたという鱈の白子をザッパ汁にしてだされたりして、気分が盛り上がったのである。酔うと、妻は子供の頃からの唯一の特技だったといって、脚を上げる癖がある。爪先を伸ばして脚をまっすぐにし、道路を歩きながら私の頭の上まで脚を振り上げる。一人で勝手にやっている分には別にかまわないのだが、私にもやってみろと強要するのである。私は身体が硬いので相撲の四股《しこ》を踏んだような形になってしまい、それを見てまた笑う。

清六の店のある暗い裏道から家までの途中、坂があり、坂を登りきったところに交番があった。交差点のその交番では警官の姿をほとんど見たことがない。その夜、珍しく制服の警官が交番の前に立っていた。酔った私は警官にいった。

「この人、脚を頭の上まであげることができるんですよ。見てやってください」

いわれたとおり、妻は爪先までぴんと伸ばした脚を、右と左の頭の上まで跳ねあげてみせた。警官はおもしろくもなさそうな顔をし、無言で敬礼をした。

清六に通いだして、五年たったか八年たったか記憶は定かではない。ある夜妻と私とが清六にいくと、カウンターの中には年格好は似たようだが目つきの鋭い別の男が立っていた。カウンターは大鉢がならべてないので広く見えた。

「清六はね、身体壊して入院しちゃった。俺はね、店番頼まれているだけだから。清六はいつでてくるかわからないけど、その間はよろしく頼みますよ」

男は少し愛想笑いをしていった。留守番ということで、仕事に身がはいっていないことは明らかである。料理も予想のとおり清六にはおよばない。当然ながら主人によって店の雰囲気はまったく変わる。いなくなってみて、清六はあれはあれで魅力的だなあと思う。その男にも妻はビールを一本ふるまった。

もう清六は退院したかと思って顔をだすのだが、いるのは人の顔に鋭い目を向けてくるあの男であった。清六の消息を聞いても、自分は留守番だからというばかりである。いくら留守番でも店の経営の報告や相談にはいくだろうと思うのだが、そうでもなさそうなのである。料理は刺身か焼き魚ぐらいしかでない。常連の顔もほとんど見なくなり、あの暗い裏通りはブティックやショットバーやイタリア料理店がならび、近所の様子は変わりはじめていた。だが清六の店内ばかりは、時の流れに取り残されたように薄暗く淀んでいた。目は鋭いというより、疑い探そうなのである。

ある夜、妻と私はまたいないだろうなと思って顔を出すと、カウンターの中にすっかり痩せて目つきが険しくなった清六が立っていた。

「戻ってきちゃったよ。おちおち病院にもいらんねえや。店をいいようにされて、使い込みされてよ」

清六はこういってから強い目差しを足もとに落とした。顳顬《こめかみ》のところに皺が寄った。カウンターには大鉢がならび、前と変わらない料理がつくってあった。肉ジャガや、ヒジキの煮物、ドジョウインゲンの胡麻よごしなどである。筍と蕗の炊き合わせも、里芋や人参やコンニャクや鶏肉の煮物もあった。注文を妻にまかせると、最初にきた時のような筍と蕗の炊き合わせと、里芋や鶏肉の煮物を頼んだ。看板のこの大鉢料理がなければ、味の清六とはいえないのである。私は熱燗を二本頼んだ。妻は清六にビールをふるまうことはしなかった。

「腹の中に水が溜まって。気分が悪くなって、立っていらんなかったんだよ。ちょうど娘が手伝いにきていたから、救急車呼んでもらって病院にいったら、そのまま入院させられちゃった。一日にビールを五本以上は飲んでいたからさ。多い時には十本は飲んだもんな。それがいけなかったんだよ」

清六は自分の行状を深く反省したふうにしていうのだった。声も小さくなって掠れていた。よく見れば指先が細かく震えている。

「日に十本飲んだら、そりゃ毒だ」

私は大鉢から料理を盛りつける清六の白くなった震える指を見ていう。ビールを十本飲まなければならない理由もあるのだろう。客がこなければ飲まないではいられないだろうし、客がきたら勧められて飲む。

「腹から水を抜くのに時間がかかっちゃった。医者にはもっと病院にいろといわれたんだけど、店があるからそうもしてらんねえよ」

清六の声を聞きながら、私は割箸を割り、筍を挟んで口にいれた。噛んで、咄嗟に自分にいい聞かせたことは、表情を変えまいということだ。塩が強すぎて、だしはきいていず、要するにまずいのである。妻の横顔を瞬時に見て、私と同じことを思ったとわかった。清六の舌がおかしくなっているのは明らかだ。だがこのことをいえば、清六の存在を否定してしまうような気がした。

「ちゃんと退院してきたの」

私は遠まわしに尋ね、清六が答える。

「うん。店が心配だからでてきたけど、また病院に顔だしたら、即入院だろうな。店潰したら生活できなくなっちゃうし、どうしたらいいか悩みだな」

腹に水が溜まるとはどういうことなのか、私には理解できなかった。清六の病気が容易ではないことは、顔や全身の表情を見ればわかる。せいぜい私にできるのは、店に顔を出し、料理を注文してやることだ。味付けには関係ないだろうと、刺身を頼んだ。鮪の刺身にもどうも前のような鮮度がない。そういえばガラスの冷蔵庫の中に、毛蟹の姿は見えないのであった。

それからも妻と私は何度も清六に顔をだし、大鉢の料理を頼んだ。塩や醤油や砂糖は適当にほうり込んでいるとしか思えず、味はしょっぱい甘いがどちらかの方向に極端に傾いていた。目分量で味付けしているに違いない。病気のせいで清六の味覚は破壊されてしまったのだ。そのことを一番知っているのは清六本人であろう。病気前と同じ味は、その味覚が戻ってこないかぎりはだせないのである。

顔をだすと一人二人はいつもカウンターにならんでいた常連客も、見ない日が多くなった。五品ならんだ大鉢料理の背後のカウンター内で、清六が一人でぽつんといるのだ。妻と私が店にはいっていくと、清六は椅子から立ち上がって嬉しそうな顔を向けてくる。だが痩軀は回復することなく、料理の味も戻らない。私たちは二品は頼んだ。そして、まずいのを我慢して食べてくるというふうであった。

ある夜足を運ぶと、清六のアルミサッシのガラス戸には、本日休業と書かれた紙がセロテープで貼ってあった。試しに戸を引いてみたが、まったく動かない。店内も暗く、ガラスに耳を当てても風の音がするばかりで人のいる気配はない。何日か後にはセロテープの上の部分が剝がれ、本日休業の紙は上半分が倒れかかって読めなくなっていた。やがてその紙も剝がれて落ち、セロテープの跡だけが岩ガラスの面に残っていた。「味の清六」と書かれたプラスチックの看板は残っているのだが、それも歳月の流れ以上の速度で古びていくようである。

暗い裏通りに、フランス料理店とカラオケスナックができた。イタリア料理店ももう一軒できた。人通りは増えていったのだが、清六の店はそのまま埃にまみれてそこにある。清六自身の行方は、杳《よう》として知れない。

鬼子母神

陰徳《いんとく》という言葉があるのかどうか自信がなかったので、国語辞典をひいた。するとあったではないか。人に知られないように施す恩徳と書いてある。

小沢貞行さんは陰徳の人である。私が知床にいくよと友人の佐野博さんに電話をいれ、その予定どおりにすると、山小屋までの道がきれいに草刈りしてある。あらゆる生命力が旺盛になる夏は、放っておくと何処でもたちまち草が繁り、足を踏み入れられなくなる。冬は山小屋の入口まで除雪がしてある。除雪をしないと、腰まで雪に潜り、山小屋にはいるのは容易ではない。

またある時は、チェンソーで切った丸太が山小屋の脇に積んである。あとは薪割りで割れば薪ストーブの燃料ができるようになっている。山小屋はしばらく使わないでいると、内部は虫の死骸だらけになる。トイレなどで生まれた虫が、外にでられず、小屋の中で生涯を終えるのだ。ガラス戸と網戸の間の取り除きにくいところに干涸びた蠅や蛾の死骸が残っているので、誰かが掃除をしてくれたのだということがわかる。相手のことを考えた心遣いから、小沢さんの仕事だとわかるのだ。

薪割りまでしてしまうと、私の仕事がなくなる。そうすると私がわざわざ知床の山小屋にきた意味が、すっかりなくなってしまうのだ。虫の死骸の掃除は、ここで気持ちよく過ごしてほしいという、小沢さんの心の現われであった。

小沢さんがしてくれているのはわかっているのだが、実際に顔をあわせても、小沢さんからそのことをいわれるわけではない。私のほうからお礼をいうと、小沢さんは無言で笑うばかりである。

私の山小屋ばかりでなく、小沢さんはならびの佐野さんの小屋の心配もする。佐野さんは同じ斜里町に住んでいて、私とは条件が違うのだが、細々とした心遣いは本当にありがたいことであった。誰が誰のためにやるということがはっきりしているので、陰徳といういい方は正確ではないのかもしれないのだが、きっと小沢さんは私の知らないところでためになることをたくさんしているのだ。陰徳の人といういい方は間違っていないはずである。

謙虚な小沢さんのために、できることを何かしてあげたいと思っていた。ログハウスが何棟かならんだ中に、ことに小さな小屋があった。佐野さんが子供たちに丸太の組み方を教えるために使った小屋だ。組み立ててはばらしを何度かくり返した後、組み立てたまま誰も使わずに放置されていた。佐野さんがその小屋を使わないかと申し出ると、小沢さんは喜んで使わしてもらうという返事であった。

内部は六畳一間ほどの広さで、まさに小屋というのにふさわしい。孤独な開拓者が風雨を避けて住みそうな小屋であり、適当に古びていて風格があった。くり返しばらすため丸太には塗装がされていず、余分な手が加えられていない。外観はそのままに、小沢さんは内部の改造をはじめたのである。

まず底の浅い箱をトタンでつくり、中に砂をいれて小屋の真中に置き、囲炉裏とした。それから普段は壁に立てかけておいて、使う時に倒すベッドをつくった。内部は狭いので、いろいろと工夫して合理的にこしらえたのである。壁には棚をつくって鍋や食器を置き、一年に一度生え替わるために落ちる雄鹿の角を山で拾ってきて、壁に飾った。小沢さんはすでに十年以上も住んでいるような風格の小屋をつくり上げたのであった。

自分の山小屋にいると、私はよく小沢さんの小屋によばれた。小沢さんは囲炉裏に木炭をおこし、上に鉄の網を置いて、鹿の肉を焼いてくれた。小沢さんは酒を飲まないので茶を啜りながら、いろんな話をしてくれた。

小沢さんは斜里町役場に勤め、六十歳の停年をむかえた時には課長だった。いわゆる悠々自適の生活にはいってから、自分の持ち山の手入れをしたりして時間を送っていた。小沢さんはすでに相当な山持ちで、なおいいところが売りに出ると買っていた。私にももし山を買うなら世話をするといってくれた。私は所有権のない土地に建てた山小屋を、中古で買っただけで充分だ。山とか土地とかを過分に持ってしまうと、そこから苦労がはじまるものである。

ある禅僧の本を読んでいたら、寺にある掛け軸や古美術品は、強く所望する人があればあげてしまうと書いてあった。そんなに欲しいのなら、それを粗末にすることもなかろう。掛け軸をもらったとたん、保存をするというやっかいな義務や、盗まれないようにとの心配がはじまり、気の休まることがなくなる。どんな立派な掛け軸でも、お守りをしたい人にお守りさせておけばよいのだと、かの禅僧はいっていた。生涯独身で、坐禅修行に明け暮れた高名な僧である。

そこまで達観はとてもできないが、私も暮らしに必要な分だけで充分である。それでも一回だけ、私は小沢さんに誘われて売りに出ている山を見にいった。詳細は忘れてしまったが、十ヘクタールほどの広さで、唐松の植林がしてある。値段を聞くと、私にもずいぶん安いと感じられた。小沢さんはその山を買うかどうか迷っているということだが、もし私が買うのなら譲るという。その山の欠点は、公道から道がつづいていないということだ。他人の山か畑を通っていかなければ、自分所有の土地にはいることができないのである。

「あのあたりだけど」

小沢さんは他人の馬鈴薯畑越しに唐松の緑の森を指さし、なんとなく気のないいい方をした。私はまったく興味を持てなかったし、小沢さんも買わなかったはずである。いくら安くても、そこまでいけないのならしようがない。一秒間ぐらい夢を見て終った話だった。

小沢さんは唐松の炭を焼き、知床の炭として出荷もしていた。私がそのことを知ったのは、失敗した生焼けの炭を、薪ストーブ用にと小沢さんが大量にくれたからだ。その失敗した炭を引きとりに、私は小沢さんの運転するトラックに乗せてもらっていった。土で本格的な炭焼き窯がこしらえてあり、私の山小屋の脇によく置いてあるのと同じ唐松の間伐材の丸太が、それこそ山と積み上げてあった。

その小沢さんが病気で入院したことを私が知ったのは、佐野さんからの電話によってだった。小沢さんは役場に勤めていた時代に、胃癌にかかって胃の摘出手術をしているのだそうだ。山仕事でも草刈りでも手際よくこなしながら、小沢さんは時折病弱な感じを見せるのは、いわれてみればそのためかもしれなかった。最近また胃の調子が悪くて、近所の病院にいくと胃潰瘍と診断され、薬を飲んでいた。だがいっこうに調子の悪さから脱け出すことができない。そこで網走の病院にいくと、胃癌といわれ、そのまま入院したのだった。

秋も深まった頃、私は佐野さんの運転する車に乗せてもらい、網走の病院に小沢さんを見舞いにいった。北国の陰鬱な晩秋は、私はどうも苦手だ。枯れた葉が落ち切らず、枯枝にとまって風に震えている。雨も雪も降らないのではあるが、空に大きな川があるかのように灰色の雲が勢いよく流れていく。夏の空の蒸溜したような美しさを知っているだけに、冬に傾斜していく晩秋の危うさは、気鬱な息苦しさを感じさせるのだ。

病院に一歩はいると、影のない奇妙な明るさに満たされている。人工的に管理された空気の暖かさが、どうしても心地よい。山小屋とはまったく異質な人工空間で小沢さんと会うのは、考えてみればはじめてのことだった。

小沢さんは個室にいた。佐野さんと私が病室にはいっていくと、小沢さんは寝ていたベッドから上半身を起こした。夏の発病以来久しぶりに会う小沢さんは、驚くほどに痩せていた。癌に特有の痩せ方といってもよい感じだった。手術をした様子もないから、すでに手遅れだったのかもしれない。額から少し上まではげ上がっている小沢さんは、他の部分の髪を伸ばしていた。髪は真黒で艶がよい上に肩近くまで垂れるほどになり、浅黒い顔は頬が窪んでいたので精悍な風貌にも見え、修験道の行者のような雰囲気があった。要するに、まるで別人の雰囲気になっていたのだった。

「こんなところにじっとしていなくちゃならないのが、悔しくて」

小沢さんは本当に悔しそうな顔をしていう。その夏に、佐野さんと私や小沢さんが勧進元になり、山小屋の上のほうに知床毘沙門堂を建てていた。山小屋のある場所はそもそもが小集落のあった開拓地で、小学校があった。今は集落も小学校もなくなってしまった。またそこには神社が建てられていて、礼祭なども行われていたのだが、幾時代かがあって神社も消滅した。その神社を復活できないかと、私は相談を受けた。

私は東京の下町の住職である友人に相談した。それなら寺にしろというのが、住職の答えであった。その寺は毘沙門天を祀っているから、分神して知床毘沙門堂の本尊とし、そこは神仏習合の場所とする。そう決定してから、斜里川を浚渫してでてきたハルニレの沈木をもらいうけ、東京の仏師に毘沙門天を彫ってもらった。かの寺で入魂の経をあげてもらい、私がシーツにくるんで飛行機で運んだ。佐野さんや小沢さんや地元の多勢の人や私が、手造りで小さな堂を建てた。その夏、知床毘沙門堂の開堂式が賑やかに行われた。導師は東京下町のかの住職であった。小沢さんはまさに陰徳ぶりを発揮し、私など知らないところで大いに力を尽くしてくれたのに違いない。これからやるべきことができたなあと喜んでいう小沢さんの声を、私は笑顔とともに思い出すのだ。草の生えやすい山の中に建てた小堂の世話は、まさに小沢さんにはうってつけの役割なのかもしれない。神仏への奉仕ならば、陰徳というのにふさわしい。

病室にいなければならない悔しさは、小沢さんには人一倍のものであったのだろう。大晦日から元旦にかけて山中の知床毘沙門堂に初詣の人もあるはずだから、除雪して道をつくっておかなければならない。自分がその役目をすると、夏に小沢さんが嬉しそうにいっていたことを思い出す。

「悔しいなあ」

ベッドの上の小沢さんは、目に涙をためてくり返した。世間や他人に対してまったく悪いことをしていそうもない小沢さんが、こんなに悔しいめにあわなければならないことが、私も悔しくてならない。陰徳は何か報いられることを求めて積むのではないが、少しは救いのようなことがあってもよいのではないだろうかと思ってしまう。

「いくらなんでも、雪が溶ける頃には元気になるんじゃないの。冬籠りだと思って、養生すればいいよ」

私とすればこういうしかないのだが、外観から見ただけでも小沢さんの病気が進んでいることがわかった。地元の病院に胃潰瘍と誤診されて薬をもらい、長く無意味な時間を過ごさなければ、小沢さんは助かったかもしれないのである。だがそんなことを思ったところで、過ぎたことは返ってはこない。小沢さんを疲れさせるわけにはいかないので、私は引きあげることにしていう。

「またくるから」

「山小屋にはいれるように、草刈っておくからね」

「今度いつこられるかわからないけど、なるべく早くくるよ」

できるだけ軽く会話をして、私は病室からでたのだった。これが私と小沢さんの最後の会話である。

次に私が知床にいったのは、間に正月を置いた二ヵ月後であった。知床に流氷が接岸したというニュースがあった直後だった。

「小沢さんが亡くなった……」

佐野さんからこのように電話を受け、私は旅の支度をした。生老病死は人の世の常とはいいながら、他人に対して悪業をまったくしていないような小沢さんが、まるで選ばれたかのようにどうして六十六歳で死ななければならないのか。飛行機の急な予約をとるため何箇所かに電話をかけながら、私は答えのない問いを自分の中でくり返した。こんなことを何度か経ながら、いつか必ず私の番がくるのである。

東京の下町の住職は知床毘沙門天の導師となってくれ、知床にもきてくれて小沢さんとも顔馴染みになっている。一応私は寺に電話をいれた。すると住職は五日後に知床毘沙門堂にお参りし、小沢さんの闘病見舞いにいくことになっているということだった。縁が濃いなと思う。一度電話を置いたのだが、すぐにまたかかってきた。

「知床毘沙門天を彫った仏師が、小沢さんに鬼子母神《きしもじん》を彫るように頼まれていて、数日前彫り上がったと寺に持ってきたんだ。寺でお経を読誦して、入魂はすませておいた。俺が持っていくつもりだったんだけど、小沢さんの身体のあるうちに見せてやりたいから、持っていってくれないか」

私は住職にいわれ、浜松町駅のモノレールの改札口で待ち合わせた。住職は人込みの波の中から現われ、反対に向かう波とともに去っていった。私の手に紫色の風呂敷包みが残された。

鬼子母神はそもそも鬼神の妻で、五百人の子を産みつつ、他人の子をさらって食べていたという。そこに釈迦がやってきて、五百人の子のうち一人を隠した。すると鬼子母神は悲嘆にくれ、いなくなった子をあっちこっち探してまわった。そこで釈迦は説いた。自分の子なら五百人のうちの一人にさえお前にそんなにも悲しみがくるのに、お前に子を食べられた親の深い悲痛がわかるか。身につまされた鬼子母神は已れの悪業を自覚し、仏に帰依して、安産と幼児保護の神となった。鬼子母神は子宝の象徴である吉祥果《きちじようざくろ》を腕に抱えて持っている。機縁によって、人はどのようにでも変わることができる。陰徳の人小沢さんが、どんな思いで鬼子母神を発注したのか、私にはわからない。住職にすすめられたのか、何でもよいから仏の像をと仏師に注文したのか、今となっては詮索をする気もないのである。

女満別空港に降りると、いつも迎えにきてくれる佐野さんの顔があった。夜の風は凍ってはいたのだが、微かに春の気配も感じられた。海にいけば流氷にびっしりと覆われているし、このまま春になるなどということはない。何度かホワイトアウトと呼ばれる影も失せた真白な吹雪にみまわれているうち、少しずつ根雪が溶けていき、湿った黒いにおいやかな土が現われ、草が緑の芽をふくらませる。このとどまるところのない流れを、私は風の中に感じるのであった。

佐野さんの運転で走りだした夜道は、アイスバンであった。凍りついた道はブレーキを踏むと、制御がつかなくなる。そんな恐ろしい道なのに、佐野さんは夏道と変わらずにとばしていく。私は紫色の風呂敷包みを膝の上に置いていた。一泊しかしないので、今夜私は佐野さんの家に泊めてもらう。佐野家に着いてとにかく風呂敷を解くと、北海道ではオンコと呼ぶイチイの木の香りが立ち昇ってきた。小沢さんが材料を吟味して送ったのだろう。普通は恐ろしい鬼の形相をして吉祥果を抱いているのだが、小沢さんの鬼子母神は子を抱いた穏やかでふくよかな母親の姿をしていた。

しばらく鬼子母神を眺めてから、私は風呂敷に包み直した。佐野さんと私は礼服に着替えて、通夜の寺に向かった。夜の空は凍りついたまま晴れ渡っていて、たくさんの星が目に痛いほどに輝いていた。寺までの雪の道は、車でいったのだがどうにも寂しかった。大型の石油ストーブがごおごおと激しい音を立てている本堂には、黒い服を着た人がたくさん集まっていて、すでに住職の読経がはじまっていた。私は後方の空いている座蒲団の上に正座した。暖められた空気と冷気とが層をなして重なっているようで、座蒲団は凍りつくように冷たかった。

住職の読経中、私が焼香に立つ順番がきた。少し迷ってから、風呂敷包みを座蒲団の上に残して私は立ち上がった。腰を屈めて無言で前に進んでいく。棺のガラス窓の底に顔を沈めている小沢さんに合掌礼拝してから、焼香をした。小沢さんは目をつむり、何やら気難しい顔をしていた。

通夜の儀式が終ると、小沢夫人が参列者の最前列から本堂の隅までやってきて、私に三ッ指ついて頭を下げた。私は風呂敷の結び目を解き、事の顛末を話しながら、鬼子母神像を差し出した。ちょうど片方の掌に乗るほどの大きさで、彩色がしてあり、見慣れたせいか前より可愛くなっているようにも見えた。夫人は鬼子母神像をしみじみと見つめていった。

「お通夜の席に、遠くの人がおいでになってるんで不思議に思っていたんですよ。しかも風呂敷包みを大切そうに膝に置かれて。これでわけがわかりました」

私は小沢さんとお別れのためだけにやってきたのだが、特に加えていうこともしなかった。私は鬼子母神像を運んできたのか、鬼子母神に連れてこられたのか、よくわからなかった。どちらでもよいことである。その時、私は東京の住職の言葉を思い出した。小沢さんの身体のあるうちに鬼子母神像を見せてやりたいといったことである。

「小沢さんが注文した御像ですから、小沢さんに見てもらいましょう」

咄嗟に私はこういい、夫人が頷くのを待って立ち上がった。風呂敷から出した鬼子母神像をそのまま掌の上にのせていった。木像はすでにストーブの熱に暖まっていて、乾いた骨のように軽かった。私は棺の上に鬼子母神像を置きながら、迷っていた。小沢さんから見えるように置くと、胸の上で横向きになる。小沢さんは窓のガラスの向こうで、生真面目な顔でしっかりと目蓋を重ねている。何度か場所と向きを変えてみて、小沢さんの額の上で、鬼子母神が小沢さんの顔を見降ろすように置いた。これなら通夜の客にも鬼子母神と小沢さんの顔がよく見え、さほど違和感がないと思われたからだ。

私が合掌礼拝してその場から辞すと、入れ替わりに何人もが私のところにやってきた。その一人一人に、私は顚末を語らねばならなかった。

翌朝の葬儀がはじまっても、鬼子母神像は同じ場所に置かれていた。小沢さんも鬼子母神像も表情が柔和になったようにも思われたが、それは私がそのように感じたかったからなのであろう。石で棺の釘打ちをする儀式が行われようとする時、私は後ろの席からでていって鬼子母神像をつかみ上げ、風呂敷に包んだ。その像は後で夫人に渡した。

小沢さんが病いを得る前、自分で焼いた木炭で焼いて鹿肉を食べさせてくれて以来、私は小さなあの山小屋の扉が開かれるのを見たことがない。しっかりと錠がかけられ、頑丈なその錠も錆びている。鍵がどこにあるのか、わからなくなってしまったのかもしれない。横のガラス窓からのぞくと、壁には立派な鹿の角がかけてあり、ベッドは壁に立て掛けられている。部屋の真中にはトタンでつくられた囲炉裏が置いてあって、乾いた砂の真中に炭の燃えさしが少し白くなって固まりあっている。囲炉裏の横の竹籠には、黒い炭がたっぷりとはいっているのである。

その後私は自分の山小屋のまわりに、トラック何台分もの砂利をまいた。これでとりあえず草は生えない。本当は自然のままにしておきたいのだが、仕方のないところである。

十二歳

彼は私にとっては従弟にあたる。思い出そうとするのだが、何歳下だったのかはっきりしない。かなり年上の私のあとから、いつも尊敬の目差しとともについてきた。男の子にはそのような年頃がある。彼にとって、私は身近な目標であったのだ。私にしてもおもはゆいのであるが、彼に熱っぽい目で見られて悪い気はしないのであった。

彼の父親は私の母の従弟、つまり母にとって彼の父は自分の父親の妹の子である。彼の母親は私の母の実の妹だ。彼の両親は従兄同士で結婚したので、私としてもなんとなく血が濃い縁者なのである。

はじめて彼を見たのは、銅山のある足尾であった。彼にとっての曾祖父が、兵庫県朝来《あさご》郡生野《いくの》町にある生野銀山から、おそらく明治十年代かと思うのだが、足尾銅山に渡ってきた。曾祖父は生野銀山で坑夫の親分のもとに三年三月十日間働き、坑夫取立免状をもらって一人前の坑夫になった。坑鑿《のみ》や鏨《たがね》を使い、黒色火薬を自在に扱って、発破などをすることができる技術者だったのである。

夫には全国に友子《ともこ》同盟という組織があり、鉱山の入口にある友子同盟の詰所にいって仁義を切り、坑夫取立免状を見せる。

「手前《てまえ》生国と発しますところ、但馬《たじま》の国は朝来《あさご》の郡《こおり》、生野銀山と発しまする……」

こんな調子ではじまる仁義である。坑夫の所作には厳格な決まりがあり、仁義の文句は立て板に水と語らねばならず、腰を沈め右の掌を上に向けて、半身になる時には左足を必ず前に出す。利き足の右を前にすると、瞬発力が湧いて、相手にすればいつ攻撃に転じてくるかわからない。だから左足を前に出すという説がある。では左利きの人はどうなのか。この説明は怪しいということになるのかもしれないのだが、ともかく仁義を切る時には腰を沈めて左足を前に出す。

地下の暗黒世界で心細いカンテラの明かりを頼りに仕事をする坑夫は、いつ荒れ狂うかわからない強大な自然といつも向き合っているせいなのか、迷信深く、また信心深くもある。

もし坑夫をかたって鉱山にはいろうとし、嘘が見破られたとしたら、半殺しのめにあう。本物の坑夫と認められて鉱山にはいれば、親分と呼ばれる組頭の家に一宿一飯の恩義を受けることができる。組頭にも、採掘や支柱や水換えといろいろな専門分野があり、自分の得意分野の親分のところにいって仕事をすることができるのだ。もし落盤などの事故にあえば見舞金がもらえ、怪我を負って働けなくなったら鉱山のどこかに職場が用意されて面倒をみてもらえる。坑夫の夫が落盤や発破の事故で死んだとしたら、妻や子は鉱山のどこかに働き口をもらえ、路頭に迷うようなことはなくてすむ。鉱山町にいって閉鎖的な気分を味わうのは、坑夫たちがこの互助組織に守られ、まことに親密な共同性の中にいるからだ。もっともこの友子同盟はとっくの昔に崩壊し、会社や労働組合の互助会にとって替わられた。

私がはじめて彼に会ったのは、独特の雰囲気のある銅山の街の足尾であった。彼は生まれたばかりの赤ん坊で、私は小学校の高学年である。彼の家は組頭の家柄だったので、良質の材木がふんだんに使われていて、古いが頑丈であった。彼の祖母という人は、私の祖父の妹である。私の祖父は心がやさしいといえば聞こえがよいが、少々気の弱い人だったらしい。しかも生まれつきの障害者で、片目が見えなかった。古い伝承などを読むと、小さな溶鉱炉ともいうべきタタラの穴を覗き、熱風に吹かれて覗いた片目が見えなくなる事故が多発したと書かれている。片目の狼を神の眷属《けんぞく》とあがめる民俗の世界もあり、片目というのは聖なる世界にはいることのできる聖痕であった。だが祖父が生きたのは大正と昭和という近代の時代だったので、片目という属性には聖性はまったくなくて、組の坑夫たちを暴力で押さえつけられない弱者であるというハンディしか認められなかった。そこで私の祖父は足尾からいわば追われる形で宇都宮にでて、茶と海苔とを商う商店をはじめた。

一方、彼の祖母は男勝りの鉄火肌の性格だったそうで、養子をもらって足尾の組を継いだ。私の祖父は彼の祖母の兄で、私の母は彼の母の姉で、もちろん年も上なので、なんとなく私は彼の上に位置していた。

その時、まさに私は彼の上にいた。赤ん坊用の蒲団に横たわって眠る彼の上に、両腕をのばして額のほうからかぶさるようにし、じっと顔を眺めていた。弟もいたのだが年が近かったし、十歳以上も離れている生まれたばかりの赤ん坊をこんなにもしみじみと見るのは、はじめてだったのだ。透明で薄そうな皮膚には淡い銀色の産毛が立ち、肌の下には薄桃色のきれいな血が流れている気配があった。目蓋も指先に摘めば割れてしまう貝殻のようだった。すべてがあやうい壊れものでできていたのだが、胸が規則的に動いているので、生きて呼吸していることがわかった。こんなにも弱々しそうなものが生きていることが、不思議なことにも見えた。時々私は鼻を近づけてにおいを嗅いだりした。乳のにおいがした。まわりに誰もいないのを確かめ、彼の鼻の頭を素早くなめたりもした。もちろん乳の味がする。そんなことをされても、彼は目をつぶったまま笑っていた。機嫌よく生きているという感じなのであった。

「いつまで見てるの。あんまり見ると溶けちゃうよ」

いつの間にかそばにいた叔母の声がして、私はあわててその場をどいた。

その後、叔父と叔母は足尾を引き払って宇都宮にやってきた。組の若い衆を泊める蒲団がたくさんあったので、それを元手に飯場に向けての貸蒲団屋をはじめた。蒲団は工事現場ばかりでなく、旅の踊り子などが寝るのか市内のストリップ劇場などにも貸した。その蒲団を保管する倉庫と、修理をするための作業場は、私の家になったのである。倉庫といってもトタンでつくった簡単なもので、一般家庭の狭い庭に縁台をならべて作業場とした。蒲団の注文があると、叔父は筵で梱包して運送屋を通して発送した。戻ってくる蒲団は、運送屋が当然私の家に持ってくる。母は新開の住宅街で小さな食糧品店をやっていたのだが、庭のほうは空いていたのである。

私は中学生で、彼は就学前の幼児であった。市内の別の場所に住んでいる両親とともにバスで私の家に通ってきて、夕方縁台をはじめ蒲団や綿を蒲団小屋に片付けて帰っていく。足尾銅山が時代にあわず斜陽になり、いつ閉山になるかわからなくなって、銅山で生きてきた多くの人が新しい生き方を模索していた。真先に銅山から降りてきた叔父の一家は、苦労の真最中だったのである。

中学校から帰ってきた私が庭のほうにまわると、まだ幼い彼が跳びついてきた。私のももに両腕でしがみつき、私を動けないようにするのだ。彼をしがみつかせたまま私は何歩か歩いたりする。私は当然上から彼の顔を見降ろすことになる。両親が蒲団のことをしている間、つまり一日中、彼は一人遊びをしていたのだ。孤独を訴えるように、彼は全力で私の足を押そうとする。しかし、踏んばった私はびくともしないのであった。

一日中太陽の下にいたのか、彼の額は真赤に焼けていた。髪の中にも額にも汗が粒になって固まっていた。私が二本の親指で彼の両の眉をしごくと、まるで眉が泣いたとでもいうように汗が下に流れた。その汗が目にはいったのか、彼は頭をぶるっと振ると、両手を目に当てた。

「はじめは不思議なところにきたなと思ったよ。煙草を買いにいくと、ありがとうございますといって煙草をくれるんだから」

叔父は宇都宮に出てきたばかりの頃の同じ話を、何度もした。足尾では銅山の経営する共済組合があり、帳面買いで月に一度清算する。銅山で働いている人は使った分は給料から引かれるので、生活をするのに現金はいらなかった。組合には生活に必要なものはなんでもあった。煙草が必要ならば、組合の店にいって名前を告げてもらってくる。みんな顔見知りだから、もちろん改めて名前をいう必要はない。煙草を受け取る時には、もらうほうがありがとうございますとお礼をいうのである。

街の煙草屋では当然代金を払って品物をもらうのだが、叔父には品物をくれる人がお礼をいう理由が、しばらくわからなかったという。そんな気持ちで商売をするのだから、叔父と叔母のやる貸蒲団屋は相手には重宝な存在であった。旅館用や来客用の貸蒲団もシーツと枕つきのセットで揃え、たとえ一組セットを一日しか使わないというのでも配達した。そのために商売はうまくいき、住宅兼作業場兼倉庫兼事務所の家を建て、配達用のトラックを二台持ち、人も雇うようになっていた。

彼は近所の小学校に通うようになっていた。すべては順調に運んでいるようだったが、そううまくはいかない。そもそも病弱だった叔母が、足尾から宇都宮に引越してきただけでなく新しい事業を起こすという生活の激変を味わい、重労働もした結果、病いを得た。それも癌である。最初は子宮癌だったのだが、治療をつづけているうちに全身に転移してしまった。

叔母は東京巣鴨の癌研究所附属病院の入退院をくり返した。叔母が入院をする時、叔父とともに彼がやってくることもあった。彼は小学三年生か四年生であった。姉がいたのだが男の子は一人で、長男の自覚をまだ小さいながら促されていたのだろう。だが小学生の男の子が母親の病室にきたところで、できることはない。母親のそばに黙ってただいることが彼の役目なのである。東京にくるので他所行きの服を着せられた彼が、薬品のにおいのする六人部屋の母親のベッドの脇に気を張りつめてじっとしているのは、荷が重そうであった。

宇都宮で貸蒲団屋の社長をしている叔父は、そうそうは東京に出てくることはできない。そこで期待されたのは、東京で下宿生活をしている私であった。私は大学生になっていた。大学から下宿に帰る時、少し迂回してなるべく叔母の病室に顔を出すことにした。私にもできることはなかったが、顔を出すだけで喜んでもらえた。苺が食べたいとか、揚げ焼きそばが食べたいとかたまに叔母がいうことがあり、私はデパートに寄って少量買っていった。だがたいてい食べたいというのは叔母の気持ちだけで、皿に盛って見せてやればよかった。私が目の前で食べるのを見て、叔母は喜ぶのであった。

花が萎れていくように叔母の容態は確実に悪くなっていった。みんなが見ている前で叔母は最後の息をつき、そして、止めた。私の前で叔母は水の底に沈んでいくようにして静かになったのである。その場には高校生になった彼の姉がきていたが、小学生の彼の姿はなかった。母の死に目の前で接するにはまだ小さすぎると、彼の父親の判断だった。

その夜のうちに、叔母は車で宇都宮に運ばれることになった。車に同乗するのは彼の父親と姉で、私はとりあえず下宿に帰って、数時間でも眠り、身支度を整えて朝のうちに宇都宮に帰ることにしたのだ。

彼の父親と姉は眠っていないはずだったが、彼を含む残された三人家族は、通夜の席では少ししか取り乱さなかった。告別式でも、じっと耐えている姿が印象的であった。叔母の闘病生活は何年にもわたっていたので、その間に家族も精神的に鍛えられたのである。

貸蒲団屋は時代の波に乗り、大きく成長をつづけていた。工事はいたるところでなされていたし、林間学校などほんの短期間にたくさんの蒲団が必要になる時には貸蒲団を借りたほうが安上がりだと、旅館のほうでも気付いたのである。不意の来客の時でも、電話をかければその日のうちに客用の上等な蒲団セットが届けられた。従業員も増えていき、土地も買い足して建物も増築し、新聞広告などもうつようになって、市内でも貸蒲団屋は目立つ存在になってきた。

もちろんのことなのだが、それが儲かる商売となると、競争相手が生まれてくる。叔父は大量の蒲団を在庫として保つため、田舎のほうに土地を買って倉庫兼作業場をこしらえた。叔父は若くて元気な働きものであった。後添えをもらうことになり、まわりに祝福されて結婚式をした。大学生の私は普段は東京暮らしをしていたのだが、休みの時など貸蒲団屋でアルバイトをすることがあった。蒲団を配達するのにトラックの積み降ろしが結構難儀な仕事で、私はその作業のためトラックの助手をしたのだ。私がいくと、彼は助手の助手として、トラックの運転台に乗っていくことがあった。運転席と助手席の間に坐っていき、現場に着くと小さな身体で懸命に蒲団を運んだ。運ぶところは旅館や飯場の二階で、階段を登っていくと暑くて蒸れ、たちまち汗だくになった。彼が担いだ蒲団の上に、私はもう一枚を重ねてやる。すると蒲団がひとりでに動いていくような具合に階段を登っていき、蒲団をとってやると、真赤になった汗だらけの彼の顔がでてきた。昔から変わらないことは、私に向ける彼の目差しに尊敬の色がまじっていることであった。

彼にとっては新しいお母さんのもとでの夕食がすむと、住み込んでいる私は彼の部屋にいき、勉強をみてやった。彼の学力は普通だった。特に勉強が好きだというわけではなかったが、理解すべきことは理解していた。学校でもきっと目立たない子供だったはずである。彼の取り柄はいつもにこにこしていて、不機嫌な時がないということだ。それは父親から譲られた美質であった。

私は結婚をした。大学を卒業したのかどうか微妙な時機で、就職もしなかった。私は自分だけの夢を描いていたのだ。誰にもわかるような説明ができないので、ついつい故郷からは足が遠のいてしまっていた。私は自分が生きていくというだけで精一杯だったのである。妻はある財団法人に勤め、私は病院の看護助手として働きはじめていた。

ある日、私は父から電話を受けた。貸蒲団の事務所兼作業場兼倉庫になっていた叔父の家が全焼したというのである。自分にできることは何もないとわかっていながら、私は故郷にとんで帰った。彼のことが、心配だったのだ。

叔父の貸蒲団店は駅から歩いて二十分ほどのところにあった。叔父の家のあたりだけ、異様な雰囲気が漂っているのが遠くからわかった。消防車もパトカーも姿がないし、道路が濡れているわけでもないのだが、空気の中に焦げ臭いにおいがまじっていた。多人数ではないが、人が集まっていた。

前に立って、驚いた。二階建てだった大きな家の姿はなく、水溜まりの中にうず高い炭の山があるだけだった。炭はたっぷり水分を含んで、黒味を深くたたえていた。何もかもが黒一色の炭になっている。叔父はすべてを失ったことが明らかだった。

彼の姿が見えないことに、私は気づいていた。いつもなら私の姿を認めると跳んできたのである。尋ねると、火事で発生した煙を吸って入院しているという。出火の原因は、どうやら戻ってきた貸蒲団の中に煙草の吸いさしでもはさまっていたのではないかというのだが、そうと断定できる証拠があるわけではない。ともかく出火の場所は倉庫であった。倉庫と彼の寝ていた部屋とは、薄い壁一枚で隔てられているだけであった。貸蒲団は湿気を吸わないよう、皮も綿も化学繊維でできていることが多い。燃えると有毒ガスが発生する。

私が近所の病院に見舞いにいくと、彼は頭に包帯を巻いていかにも病人の風体だったのだが、いつもの笑顔を向けてくれた。小学六年生になった彼は、しばらく見ない間に幼さが抜けて少年らしくなっていた。

熱せられた有毒ガスを胸の奥に吸い込んだ彼は、外見以上に身体の中が傷んでいた。そう気づいたのは三日後のことであった。家族や親族ばかりでなく、医者も外見に惑わされていたのだ。

「肺が溶けているので、手のほどこしようがありません」

医者は叔父にこう説明し、私は叔父より同じ説明を受けたのである。彼はその晩から危篤になった。呼吸がたちまち困難になり、酸素吸入がおこなわれたのだが、それも困難になってきたのだ。狭い病室は医者と看護婦、それに彼にとっては父と義母と姉がはいればいっぱいなので、私は廊下に立っていた。深夜で、彼の病室以外は静まり返っていた。

その暗くて寒い廊下で、私は彼の十二年の生涯が静かに終っていったことを知った。なんだか悲しすぎた。私は病院の待合室で朝を迎え、まだ眠りから醒めていない街を歩いて、駅にいった。それから始発電車で東京に戻ったのであった。私は妻には夜のうちに簡単に電話をいれておいたのだが、実際に会って詳しく説明するのが苦しいのであった。どう考えても、十二歳の少年の死は理不尽としかいえなかった。

年の若いものの、しかも十二歳の死をどのように受け止めたらよいのかわからず、祖母の家でおこなわれた通夜は、そのあたりだけ急に空気が濃くなったかのように苦しかった。祖母は彼の母の母で、私にとっても母の母である。彼にとっては伯父にあたる夫婦がそこには暮らしていたのだが、叔父としても家が焼えてなくなってしまった以上、親戚に頭を下げて通夜と葬式の場所を借りなければならなかったのだ。

彼の遺体は祖母の家につくられた祭壇に置かれ、その前に彼の家族たちが打ちのめされて坐っていた。みんな喪服を着ていたが、どこからか借りてきたのに違いない。私には見慣れない一人の中年の男がやってきて、畳に両手をついて祭壇の彼と遺影に向かって頭を下げた。その時、叔父は膝で歩いて二歩三歩と男のほうに近づいていった。男も両腕をひろげて叔父を受けとめ、二人は押し合うような形で抱きあった。膝立ちをした相撲取りが組み合っているような姿だったが、よく見ると、叔父はその男につかまって泣いていたのだ。それもひととおりの悲しみの示し方ではない。その男も叔父の悲しみを全身で受けとめ、本当に悲しそうなので、知らなければどちらが当事者なのかわからなかった。後で聞くと、男は叔父が常連客として通う寿司屋の主人ということだ。

翌日、菩提寺で行われた告別式に、私の妻も東京からやってきた。悲しいお葬式ねと妻がぽつりといったことが、私の耳に残っている。その頃に妻は懐妊し、私の人生も大きく変わることになる。やがて長男が生まれた。

もちろんのことであるが、私の息子は彼の生まれ変わりだというつもりはない。

砂の上のキリン

日溜まりの中をいく路面電車を、私はよく思い出す。もちろん一両編成の電車の中には私が乗っている。私は大学生だった。

大学の裏手に「早稲田車庫前」という都電の駅があった。次々と廃線になっていく都電で「荒川土手」とを結ぶその路線が残ったのは、専用の路線が多く含まれていたからであろう。路面を走る電車は、同じ路面を共用する自動車に追われていったのだ。

近所の買い物客などが多いその電車に、私はよく乗った。鉄路の上を鉄輪が走っていく硬質で直接的な震動が、木製の床を通して靴の裏に響いてくる。窓から腕をのばせば家の軒に触れられそうなほど近いところを、街の隙間を縫うようにして、電車はがたごとと軋みながら走っていく。射し込んできた太陽の光が、床の上をすべっていく。その線路は人の家を裏側からのぞくような感覚があり、まさに生活と密着していたのだった。

やがて電車は森の中にはいっていく。鬱蒼とした樹木の間に、まるで多勢の人が集まっているかのように、黒ずんだ墓石が見えた。街の雑多な喧噪の中を出発して、ふと居眠りが醒めた時など、時空を超えてきたようにさえ感じるのだった。雑司ヶ谷墓地である。東京は死者の上に成り立っている。都市ばかりでなく、人が暮らすすべての土地の下には、死者が埋まっていた。電車は墓地の中の専用の線路を、軽快というのではなく車体を揺らせ、飾ることもなくむしろ素朴に運んでいった。

「鬼子母神前」を過ぎ、やがて電車は生者の暮らす街の中に戻っていき、「大塚駅前」で止まる。アスファルト道路に降りる時、いつも私は電車の床が路面にあまりに近いと感じるのだった。わずかに左右に傾きながら過ぎていく電車を見送り、私はいつも決まった道を歩きだす。

それは重い苦しい道であったのだ。たいてい私と同じ方向に向かっている人がいて、みんな似たような雰囲気をたたえていた。同じ思いを抱えているのに、声をかけあうことはない。

ベッドの上で私を認めるなり、叔母は視線をなごませていう。私はゆっくりと床を蹴っていく。

「あっ、きてくれたんだ」

「今日は具合がよさそうだね」

私もひとりでに顔に微笑をたたえている。私は手ぶらのことも、山手線の電車で池袋に降り、デパートの地下食品売場で叔母が喜びそうなものをほんの少し買っていくこともあった。叔母の食欲を刺激する白桃やグレープフルーツや苺など、学生の私には高価なものだ。私は叔父から、軍資金と称して小遣いを渡されていた。金額は充分にあって、欲しがるものは少々の無理をしても何とか手にいれるようにといわれていたのだ。叔母にしても学生の私にできないことをいうとは思えなかったのである。

その時にはすでに、叔母には何を食べたいということもなかった。病院には親切な付き添い婦の岡田さんがいたから、私はただ顔を出しさえすればよかったのだ。叔母は入退院をくり返していた。退院すると宇都宮の家に戻ってきたのだが、ある時は岡田さんが遊びにきた。岡田さんは付き添い婦の仕事をしにきたのではなく、叔母が招待したのであった。叔母の家は貸蒲団屋であったから、岡田さんは新しい浴衣を着て新しい客用の蒲団に寝て、まるで温泉旅館にでもいるような待遇であった。心地よさそうにしている小柄な岡田さんの姿を、私はよく覚えている。

叔母が家にいる時間は短かった。検査のたび癌が転移しているのが見つかり、身と心に深い傷を負って叔母は東京に戻ってくるのだった。東京には大学生の生活をしている甥の私がいる。私にはなんの力もなかったが、母の妹の叔母のところになるべく顔を出すようにしたのだ。癌研究所附属病院で当時最先端の癌治療を受けているはずの叔母だったが、病状はまったく好転せず、私は放射線治療の苦しみからそろそろ解き放ってやったほうがよいのではないかと内心では思っていたのだ。

いくら大学生だといっても、もちろん私はそう暇ではなかった。当時は学生による政治闘争が激しく行われ、国会やアメリカ大使館や羽田空港へのデモが毎週あった。学内で集会を開き、隊列を組んで往来にでると、待ち構えていた警官隊にたちまち両側から挟まれた。ジュラルミン楯の端で小突かれることもあったし、催涙ガスを頭からかけられることもあった。もちろん叔母の病室にいく時には、私はそんな日常生活をまったく見せないようにした。

そのかわりというわけではないのだが、私は家庭教師の話をよくした。高校受験をしようという中学三年生の男の子が私の生徒で、週に二回私はその家にいき、夕飯を御馳走になった。食事付きということが、契約の条件にはいっていたのだ。高校を卒業したばかりの姉がいて、下宿の近くの銀行に就職した。ある時彼女からの微妙なサインを感じ、私はなけなしの金を持って銀行に口座を開いたりしたものの、二人の仲になんら進展があるわけではなかった。私はその家にいき、銀行勤めから帰ってきた姉に給仕をされながら、窮屈な思いをして夕飯をとった。叔母に話すのは、その姉のことはのけて、少々出来の悪い私の生徒のことであった。

「明日はこられないね」

私の家庭教師の予定を知っている叔母は、私がそのアルバイトにいくと同等の回数、つまり週に二度ぐらいしか顔を出さないのに、よくこんなふうにいった。岡田さんはいるにしても、叔母にすれば異国ともいうべき東京にたった一人でいなければならないという不安にさいなまれていたのであろう。血がつながっている身内は、東京では私一人だけだったのだ。

「明日はこられないけど、明後日はくるよ。何か食べたいものある」

私は叔母の返事がわかっているのに、一応尋ねる。

「食べるのはもういいわ」

淋しそうな顔で叔母はいう。

「とにかく顔を出すよ」

「うん。待ってる」

「今日ぐらいの時間にくるよ」

「うん」

叔母とはとりたてて話すこともなく、こんな会話しかできなかった。昔の話はしつくしていたし、お互いに共有するような時代の話があるわけでもない。私は黙って叔母の傍らに腰かけ、窓の外にひろがる東京の街を眺めつづけていた。そして、街の灯が鮮かになる頃に病室をあとにするのだった。


叔父が高校生の娘の幸子を連れて病院にきた。叔母がいよいよいけなくなったのである。それまで叔父は毎週日曜日にきて日帰りしていったのだが、今回は何日かかるかわからないということで、少し大きな旅行鞄を持ってやってきた。病院に泊まって、様子を見るつもりであったらしい。ずっと経過を見守ってきた私から見れば、叔父は帰ってすぐ葬儀をしなければならなくなるはずであり、そのむねを電話で伝えてはおいた。

何もかも了解しているはずであったが、娘の幸子だけは別だった。幸子は母親の枕元に立ち、そこから動こうとはしなかった。叔母は六人部屋から、重病患者用の個室に移されていた。一般の病室からも離れていて、臨終の騒ぎがあっても、他の患者には迷惑がかからなそうであった。

心電図のモニターの中で、緑色の線が波を打ちながら横に流れていく。その波だけが、叔母が生きている証しだ。モニターは医者のいる部屋にもつながっていて、叔母の状態は誰かが監視していたのである。

口を開いて苦しい息をしている叔母は、時々痰を喉の奥に絡ませた。息が詰まってひいーっと苦痛の声を上げると、幸子が叔母の喉の中に透明なビニール管をいれる。すると血痰がビニール管の中に吸い取られ、つながったガラス壜の中に落ちる。見舞いのものができるのはそのことだけで、しかも一つしかないその装置は幸子が放そうとはしない。

「ちょっとでようか」

すぐ横から叔父が私に耳打ちした。私は沈黙したまま頷き、廊下にでた。そのまま廊下を歩いていく叔父の背中を、私は追っていく。

「今夜越せるかな」

叔父が万感の思いを込めたふうにぽつりという。叔母の病気と叔父が長年闘ってきたことを知っている私は、口先だけの慰めはいえなかった。

「君には本当にお世話になったよ」

叔父の言葉に、私は顔を左右に振った。弱い動作だったので、私の気持ちが叔父に伝わったのかどうかわからなかった。叔父の期待よりも多い回数、私は叔母の病室に通ったかもしれない。そうではあっても、私は傍観者にすぎない。幸子のように流れる涙を拭かないということもできず、血痰を吸引してやることもしない。茫然としてそこにいるだけなのである。

「今晩か、せいぜい明日の朝だな」

こう叔父はいう。そのくらいだろうなと私も思うのだが、否定も肯定もしない。私のやるべきことは、無駄口をきかずにただ病室に通うことだ。

「夜中に一旦帰ればいいな。変わりなかったら、また朝こよう」

自分自身にいい聞かせるように、叔父はいう。どのようにしてその時を迎えるかという提案をされているように、私は感じた。あからさまに問われたとしても、私には答えようもないことだった。

「東京はくるたびに変わってるな。大塚では近すぎるな」

叔父は独り言のように自分自身に向かっていい聞かせると、私に問いもせず、やってきたタクシーに手を上げた。

「場末でいいから池袋」

タクシーに乗り込むや、後姿の運転手に向かって叔父はいった。私が叔母の病院の帰りに歩いてよく知っている道を、タクシーは走った。

「そこを左に曲がって、あの路地にはいってみようか。はいれなければ、そこで降りるから」

細々と指示を出した叔父は、降りる時運転手に代金を千円札で払い、釣りを受け取らなかった。会社が一日の仕事を終了させるには早いまだ明るい路地には、収集日でもなさそうなのに出されたゴミのビニール袋が目についた。暖簾をだしている店もならんでいて、ごく平凡なたたずまいの一杯飲み屋のガラス戸を叔父は勢いよく開いた。ベニヤ板と鉄パイプでつくった安物のテーブルと椅子がならんでいる狭い店内には、店番の年配の女が一人カウンターの中にいるだけだった。

「一杯飲ませてもらえますか」

叔父は戸から一番近いカウンターの席にかけながらいった。

「いらっしゃい。何を飲みますか」

足元の床を箒で掃いていた女がいう。

「最初はビールだな。今夜はとことん飲もう。それからうまいもの、適当にだしてください。高くてもいいですから」

叔父の声に反応して、女があいよと上機嫌な声をだした。私は料理を高くても適当にだしてくれなどという注文をしたことはなかったが、叔父が妙に肚《はら》をすわらせているようにも感じ、また店構えもたいしたことはなさそうなので、黙って叔父にまかせることにした。

「本当に世話になったな。まあ一杯飲んでくれ」

叔父は私の掌の中のコップにビールをつぎながらいった。

踊っていた白い泡がしずまり、コップの中がいつしか静かなぬるいビールの色になっていた。言葉もなく、叔父と私とは三本ほどビールを飲み、熱燗の日本酒にかえた。刺身や卵焼きやモツ煮込みの皿が重なりあうほど目の前にならんでいたが、箸をのばすのは私だけで、叔父はただひたすらに酒を飲むばかりであった。


いくら飲んでも酔わない酒であった。外にでるとすっかり暗くなっていた。いくらでもやってくるタクシーを拾い、癌研病院と叔父は運転手に告げた。ガンという言葉の響きが、なんだかとてつもなく恐ろしく感じられた。

病院は裏の通用口からしか出入りできなかった。制服を着た守衛に疑り深そうな目で見られながら、ノートに住所氏名を記した。

夜の病棟はひっそりとして、廊下を歩く人の姿もなかった。叔父と私がよそにいっている間に、想像もつかないような時間がたってしまったようにも感じた。酒臭いのがわかっていたので、できるだけ私は下を向いて息をするようにしていた。

叔母の病室は照明が落とされていた。叔父が先になりついで私が足音を殺してそっとはいっていくと、幸子がちょうど叔母の口に吸引器の先を突きいれているところであった。うっと叔母の息ばる弱々しい声が聞こえ、透明なビニール管の中を血痰が虫のように素速く走っていくのが見えた。心電図の緑色のゆるやかな波型が、モニターの中を動いていく。波型は小さくなったようにも感じられた。叔父と私は叔母と幸子から距離を置いて病室の入口に立ち、管の中を水が流れるような音を聞いていた。

「変わったことがあったか」

叔父が自分の口を掌でおさえていった。病室の隅に、椅子を一つ占領して叔父と幸子の旅行鞄が置いてあった。

「ずっとおんなじ」

幸子が顔を上げた拍子に、目にたまっていた涙が落下するのが見えた。

「そうか」

こういったまま、叔父はしばらく両腕をたれ下げてその場に立っていた。私も壁に背中を押しつけて立っている。背中からもたれていないと、上体が崩れてしまいそうだったのである。叔母が苦しそうにうっといい、幸子が喉に吸引器をいれる。叔母は静かになる。幸子は母親の枕元に立ったまま、父親や私を見ることはなくなった。

「ちょっとでるか」

こういって廊下にでた叔父のあとに、私は従った。こぼれんばかりに明かりの灯ったナースステーションには、白衣の人が何人かいた。医者や看護婦に気づかれないよう気を配る必要もないのではあるが、叔父と私はなかば隠れるようにして病棟をあとにした。ひっそりとした病棟全体が、深海の底に沈んでいるようにも感じられた。通用口から外に出た瞬間、思わず私は水中から顔を上げたかのようにうぷっと息をついた。

「さっきの店はどうも安すぎたな。今度はもっとましなところにいこう」

私の耳元で叔父がささやいた。私の前には街燈に照らされた黒い道があった。住宅街の病院のまわりは、すっかり寝静まっている様子だった。腕時計を見れば何時なのかすぐにわかるのだが、わかりたくなかった。


座敷の隅に三味線が飾ってあり、叔父が問うと、ママが弾くということであった。先程よりはましだったが高級とはいえない小料理屋のママは、芸者上がりということで、叔父は我が意を得たりとばかりに小唄をうなりだした。私は叔父がこのような粋な遊びをするとは露知らず、驚いたまま黙って酒盃を自分の口に運びつつ聞いているばかりだった。老境の域に達していると見えるママも機嫌よく盃を口に運び、三味線を鳴らしながら自分でも唄った。

私は自分が酔っているのをはっきり自覚していたが、今夜は特別なことがあるので、叔父のことをしっかり見届けようと思った。叔父は明らかに酔ってはいるものの、私と同様芯のところでは醒めているはずだった。このまま酔い潰れたらどうなるのだろうと不安を覚えながら、私はもう食べられないし飲めなくなっていた。

揺り起こされ、座蒲団を枕に小さな座敷に横になっていた私は、目覚めてから眠っていたことを知ったのだった。私は自分の不覚を恥じる気持ちになり、叔父に促されるまま外にでた。道路が遠近法のとおり先にいくにつれせばまりつつ律儀な具合でまっすぐにつづいていることが、不思議な感じがした。

叔父とは離れすぎないようにして、私は歩いた。何歩かいっては立ち止まって肩で息をついた。身体が重くて、深いぬかるみの中を歩いているようだ。ふと気がつくと、私は上のほうがやけに重い棒を持っていた。プラスチックの棒の上には旗がついていた。すぐ隣りにいる叔父も旗を持っていて、棒にもたれかかりながら歩いている。旗を広げて染めてある字を立ち止まって目を据えなんとか読むと、アイスクリームと大きく書いてある。病院のある方向はわかっていた。

途中の記憶はとびとびなのだったが、私の前には病院の建物があった。どの窓も完全に暗いというのではなく、かなり絞った照明が点いていた。中にはこぼれるばかりの明かりをたたえた部屋もある。ナースステーションに違いなかった。

「おい君、うちの母ちゃんの部屋はどれだろう」

叔父にいわれ、私は十数階建てのビルを見上げた。凍えた闇にひたされた山のような建物が目の前にあり、確かに見覚えはあるのだったが、どれが叔母のいる病室なのかはわからない。

「さあ、どれだろう。反対方向なんじゃないかなあ」

よくわからないにもかかわらず、私は答えた。たいてい私は叔母の病室に学校から下を向いてまっすぐにやってきて、ある時間を過ごすと、またまっすぐ下宿に帰っていった。建物に向かって立ち止まったり、振り返ったりしたことはない。エレベーター横の壁に掛かっていた館内の見取り図を、私は思い起こすようにつとめたりした。エレベーターは何階のボタンを押したのだったかも、頭に浮かんでこない。

すでに建物に向かって歩きだしていた叔父のあとを、私は追っていく。旗竿を杖にしてよろめき歩いている叔父は、明らかに目の前にある戦場から逃げのびようとしている脱走兵のようだった。私ももちろん同様の風体なのである。叔父は小公園にはいっていった。砂の上にコンクリート製のキリンと象とラクダが立っていた。住宅が近くにあったので、病院の建物は上の方しか見えない。

「ここから見えるか」

伸ばした右腕の先に旗竿を持った叔父が、立ったまま背筋を伸ばして私に問う。

「ほらそこの家の屋根の上のあたりですよ」

私は答えた。私には叔母の病室はどれなのかまったくわからなかったが、自信をもって断定したほうがよいとその時には思ったのだ。どこにいようと、叔母は叔父と私とを見ているはずだった。

「そうか。いよいよ最期だな。長い間御苦労さん」

暗いビルに向かって、叔父は腰を折って深ぶかと頭を下げた。背筋を伸ばしたまま、しばらくの間叔父はそうしていた。それから上体を立てると、叔父は大きくゆっくりと旗を振りはじめたのだった。

「母ちゃーん、頑張れーっ。苦しいだろうが、頑張れーっ。もうちょっとだからなーっ」

旗を振ったまま、叔父は息張った声をだした。私は自分の身体の中に、叔父の悲しみの力が確実に染みてくるのを感じていた。自分なりに叔母との歳月を思った私は、叔父と同じように病院のビルに向かって大きく旗を振りはじめた。旗のなびく震えるほどの感触が竿を握る私の掌の中にある。

「叔母さーん、よく頑張ったねーっ。フレッ、フレッ、叔母さん」

「フレッ、フレッ、母ちゃん」

叔父が私の声に唱和し、旗を振る勢いを強くした。ばさっばさっと空気が震える音がする。砂場のキリンが叔父と私とを見ていた。

「フレッ、フレッ、叔母さん」

「フレッ、フレッ、母ちゃん」

近くの家の雨戸が乱暴に開き、電燈のつけられた部屋が闇の中に浮かび上がった。同時に叔父と私とは叫ぶのをやめ、旗をそれぞれ植え込みに立て掛けると、その小公園からこそこそと出ていった。その姿も砂の上のキリンに見られていると思った。

チャンピオン

「死相がでているぞ」

私に向かってこういったのは、福島泰樹であった。普通の人なら冗談だろうと受け流せばすむことだが、彼が僧侶であるだけに私は立ち止まらないわけにはいかない。三十歳代の終わりの頃のことである。

「どうしたらいい」

そう問うた私は、ボクシングジムに通うようすすめられた。短絡した話のようにも感じるのだが、確かにボクシングジムには若々しい生命力があふれていた。そうして紹介されたのが、ボクシングジム会長バトルホーク風間であった。もちろん私はバトルホーク風間の名は知っていた。日本ライト級チャンピオンで、驚異的なテクニシャンとして有名であった。プエルトリコからきたWBA世界ジュニアライト級チャンピオンのサムエル・セラノと壮絶といってよい打ち合いをし、十三ラウンドKO負けをした。私はテレビ観戦であったが、あの試合は忘れられない。

ジムは中目黒にあった。モーターバイク店横の階段を登っていくと、部屋の真中に規格よりも小さなリングが部屋の空間にあわせてつくってある。私はその片隅でトレーニングをはじめた。私はボクシングのプロライセンスをとれる資格の年齢を過ぎていたから、練習のための練習をするしかない。あらかじめ引退している立場の私にも、あの伝説のボクサーがパンチの打ち方を真剣に教えてくれることが嬉しかった。

死相がでているといわれたのには、私なりの事情があった。私は仕事が忙しくて、根をつめて生きすぎていたのだ。テレビ局に誘われ、各国の大使館も通信社も撤退した戦時下のレバノンにはいったりしていた。疲れて顔色も悪く、死に急いでいると宗教家には思われていたのだ。私とすれば未知の世界に興味があり、仕事を次から次とこなしているだけだったが、そんな前のめりの生き方に対する忠告をもらったのだ。

昼間の原稿書きに疲れた頃、黄昏の力が湧いてくる。それまでなら盛り場の酒場にくり出し、ますます疲れて帰ってくるのが常であった。だが私の生活は変わった。トレーニングウェアとタオルとシューズのはいったスポーツバッグを抱え、夕食前に私は外に走り出していく。地下鉄駅まで軽いランニングをし、電車の中でも休まず足踏みなどをして、ジムまでまた走る。帰宅する人で歩道は混んでいて、なかなか自分の思ったとおりに走れないことが難点ではあった。途中、ロードワーク中の若いボクサーに挨拶をされたりした。

ジムのある雑居ビルは交差点に位置し、モーターバイク店の前の歩道が少し広くなっていた。そこで縄跳びをするボクサーの姿が必ずあった。ジムが狭いから、夕方は練習生が集まり過ぎて思う存分動けないのだ。私が黄昏の力を借りてジムにいくのも、若い練習生たちと同じように、その日やるべき仕事をすませてからである。

「ウォッス」

これが練習生同士の挨拶の言葉で、会長とも同じ挨拶をする。階段を軽く踏んでジムにはいった瞬間に私はウォッスと声を出し、そこにいるすべての人がウォッスと返してくる。たいていラジカセからロックミュージックがけたたましい音量で響き渡っていて、三分間たつとヤメッと会長の声が跳び、一分間後にハジメッとまた同じ声が響く。その時はまだゴングで時間を報せる装置がなかったので、会長が自分で声を吹き込んでテープをつくっていたのである。

私はトレーニングウェアに着替え、まずストレッチ体操をして身体をほぐす。ジムに向かおうと家で思った瞬間から身体の中を血液が走りはじめる気配があるのだが、リングに上がって身体を動かすと、血はなお勢いを増して流れる。すべては三分間やって、一分間休んでのリズムで進行していく。

はじめは足首に絡んでうまくできなかった縄跳びも、若いボクサーとくらべれば見劣りするものの、なんとかこなせるようになっていた。縄跳びは三分間が三度の時もあれば、五度の時もある。サンドバッグを打つ。サンドバッグは三種類ある。リズムを獲得するためスナップブローで打つと、ジム全体が忙しい騒音に包まれる。上手がやると心地よいリズムがジム全体に満ちるが、私のような下手がやるとけたたましくやかましい。上下をゴムバンドで吊ってあるゴムボールは、ストレートやフックを放って素速く身をかわさないと、思いがけない逆襲を受ける。反動で戻ってきたボールにKOされるのだ。相手の身体に見立てた大きなサンドバッグは中に砂が詰めてあり、正真正銘のサンドバッグである。腰をいれて打たないと、手首を傷める。このサンドバックもいつでも全身で反撃してくる。

ここまでくるとほとんど汗びっしょりである。もちろん本物のボクサーは汗をわずかにかいて身体を上気させているばかりだ。私は顎の先から汗をしたたらせ、肩で息をついている。このことが気持ちよいのであった。

リングに上がってシャドーボクシングをすることもあった。ジャブ、ジャブ、右ストレート、左フックを返し、ワンツーストレートと、イメージの中の私は自由自在である。ジャブを放った引き腕を早く戻さなければ、相手に反撃の機会を与える。調子づいて攻めかかってきた相手を、カウンターのワンツーストレートで沈める。

一時間半から二時間たっぷりと汗をかいた後、シャワーを浴びるのは気持ちがよかった。部屋の隅には移動させることのできる簡易なプラスチックのシャワールームが置いてあった。バスタオルで髪を拭いている私に、会長はいつも同じ声をかけてくる。

「お疲れ。さっ、一杯やりましょう」

ジムといっても普通のビルの一室で、湯沸し室が設置されていたのか少し奥まったところがあり、ちょうど机が一台置ける空間があった。そこに机を据えると、椅子を二、三個置く隙間ができた。会長は私たちが練習をしている最中から、机の上にコップを置いて焼酎を飲みはじめる。飲むものはいつも決まっていて、球磨焼酎の牛乳割りである。冷蔵庫にはいっているのはパックの牛乳と一升壜の焼酎だけだ。会長がいつも冷蔵庫を開くのは夜の八時半頃であった。

「こらっ、手先だけで打っても相手は倒れないぞ。腰をいれて打ち抜くんだ。リングに上がったからには、いくらシャドーでも集中力を切らすな」

リングに向かって激しい勢いで叫んだかと思うと、会長は柔和な顔をして私に牛乳の焼酎割りをつくってくれる。

「回って、回って、足を使って」

スパーリングがはじまり、会長は白いグラスを持ったまま大声を上げる。リングの上からはグローブが肉に当たる鈍い籠った音が響いてくる。

「先生」

会長は年長の私のことをこう呼んだ。私はジムの中では会長のほかに唯一飲酒をしてもよい人間であった。

「チャンピオン」

私からは会長のことをこう呼んだ。一度チャンピオンになった人は永遠にチャンピオンだという思いが、私にはあるからだ。ましてボクシングの本物の日本チャンピオンである。

「ハワイでトレーニングしている時、トレーナーがいつもぼくにいうんだなあ。キル・ヒム。殺せ。わかった？　殺すのよ。ぼくは本当に殺すつもりでパンチ打ってたよ。人間は死ぬ時には死ぬものですからね」

会長はふと厳しい表情をつくっていう。

「リングの上では、本当に殺すか殺されるかなんでしょうね」

私がいうと、会長は牛乳にしか思えない焼酎割りをがぶりと飲んで練習生たちに鋭い目を向ける。

「そういうことがわからないと、ボクサーにはなれない」

こうして私はボクシングのことや人生のことを語り合い、トレーニング以上のことをチャンピオンからもらったのであった。ジムには小説家にとっては最高の御馳走である物語が幾つも沸騰していた。


プロレスラー木村健吾がジムにトレーニングに通ってきた。プロレスファンなら注目のタイトルマッチのために、パンチの打ち方を習いにきていたのだ。名のあるプロレスラーの取材に新聞や雑誌の記者がいつも見えていた。場末のボクシングジムが、ほんの少し世間の注目を集めていたのだ。

「木村はスパーリング。相手は……」

会長はジムの中を見渡す。汗臭いジムに、私は居心地のよさを感じるようになっていた。会長が名差しをする相手を探していることは明らかだったので、それぞれのトレーニングをやめないものの、練習生たちは息を詰めるような気持ちで緊張して待機した。

「先生」

沈黙があり、ジム全体が傾くような感じがあった。大丈夫かという様子で練習生たちが私を見る。スパーリングといっても、木村健吾の場合はヘッドギアをつけて本当に殴り合うのではなく、パンチが当たる直前で止める。私に許されているスパーリングも同様だが、寸止めといっても止まらないことがある。お互いに動きまわっているので、顎やボディをグローブに向かってわざとぶつけるようなこともあった。油断はならないのである。

プロレスラーのパンチは強く、二階から振り降ろしてくるような具合であった。動きが遅いから本物のボクサーなら楽にかわせるものの、私はそうはいかない。顔の前に大きな拳が風圧とともにやってきて直前で止まる。そんな時はひやっとして、キル・ヒム、殺せ、殺すのよという疳高い声が、耳元で響き渡るのであった。

さかんにストロボがたかれた。もちろん私は一方的に殴られるわけではないが、プロレスラーが手かげんしてくれているのはよくわかった。ボクシングというのは、究極のコミュニケーションである。お互いの顔は腕をのばせば届く位置にあるのだ。グローブでガードをしているものの、グローブの陰から相手の目がよく見え、考えていることがありありと感じられる。相手はつまり自分なのだ。同じ気分のやり取りをしている。自分自身と殴り合っているのだといえる。

プロレスラーは私に対していたわりに満ちた対応をしてくれた。もちろん私も同様であった。お互いのことがわからない最初はともかく、キル・ヒム、殺せ、殺すのよという声は、たちまち響かなくなった。いやそんな声は最初からなかったのだ。もちろん私は試合をしていたわけではなかったのである。三ラウンドの寸止めスパーリングが終る頃には、私の息は上がっていたが、同時に彼の人生を懸けたタイトルマッチに彼の勝利を願ってやまない気持ちになっていた。

会長は私に汚いテクニックも教えてくれた。ロープを背にガードをきっちり固めている相手がいるとする。フックを打つようにして相手のガードを腕を引っ掛けてはずし、その隙間にパンチをぶち込むのだ。接近戦ではまことに有効な手であろう。現役時代のチャンピオンがその手を本当に使ったかどうかわからないが、試合をするわけでもない私には必要のないことであった。汚い手を使う寸止めスパーリングなど、まったく意味はないからである。

ジムの練習生がオーストラリアで世界戦をすることになり、私は会長とともにセコンドとしてついていったこともある。リング上の国旗の横で国歌を聞いた。だがその試合は相手に有利の判定のあった後の提訴試合だったにもかかわらず、相手のバッティングによって血だらけにされ、ＫＯ負けをした。あんな時こそ聞こえてくるのが、キル・ヒム、殺せ、殺すのよの声であろうと、私は感じたのだった。頭を相手にぶつけるのがバッティングだが、修羅場では頭は強力な第三のパンチなのである。

あれからほぼ十五年の歳月が流れた。十五年分年をとった私はジムワークが困難になり、バトルホーク風間ジムから離れていた。会長から何度か電話をもらったのだが、たとえ寸止めであってもスパーリングをやるのは心臓に負担がかかりすぎた。そこでせめてジムに練習用の大鏡を贈ったりした。

やがてジムは畳んだという風の便りが届き、会長が癌にかかったという噂が寄せられてきた。会長は福島泰樹の寺の檀家で、一年に一度は寺参りにくる。先日寺にきた会長はすっかり痩せ細り、病人の姿になっていて、もう長いことはないのではないかと福島はいう。明らかな死相がでていたのであろう。この機会を逃がすともう会えないかもしれないから、見舞いにいこうと福島に誘われた。死相がでてるぞと威された私は、今も元気に生きているのである。

その日、会長は細君と家にいるということであった。何度か電話をして訪ねあてた家は、葛飾区の綾瀬川の堤防に面したところにあった。よく晴れた日で、家の奥まで陽光が射し込んでいる。玄関の戸を開けて声をだすと上がってくださいと呼ばれたので、勝手に居間まではいっていくと、会長と細君とはテーブルの上でゲームに興じているかのように見えた。実際は色とりどりの錠剤の整理をしていたのである。

「今日は暖かくてなんとなく調子がいいもんで」

会長は静かに笑っていった。笑い方があまりに穏やかだった。私にすれば十五年ぶりで見る会長は、髪も髭も真白になって痩細り、完全に老人の風貌になっていた。私より三歳下なのに、十歳以上も上であるかのようであった。だがその外見を別にすれば、会長は私と昨日もジムで会って焼酎の牛乳割りを飲んだかのように、驚く様子もなく平静にしているのが昔のままだ。病院での苦しい放射線治療をやめ、家に戻って細君と最期の時を送っているのだ。

会長の癌が発見されたのは、二年前のことである。そもそも会長は大酒飲みなのだが、大好きな酒もまた食事も充分には喉を通らなくなってしまった。一時の体調不良だと思っていたが、病状は悪くなるばかりである。身体の中で癌が進行しているのかと漠然たる不安を持っていて、細君をはじめまわりの人に検診を受けるようにとすすめられたのだが、病院にいくつもりはなかった。たとえ癌だとしても、手術や抗癌剤で延命しようとは考えなかったのである。現役ボクサーの時、死を覚悟しなければリングに上がることはできなかった。そのことを恐いとも思わなかったのである。

人生というリングも同じことで、もしKOされるとしても、その運命を享受しないわけにはいかない。たとえ永遠のKOであってもである。

「キル・ヒム、殺せ。わかった？　殺すのよ」

リングを降りてからも、その後の人生を歩みながらも、会長はいつもこの声を聞いていたのだ。そんな覚悟の人生だったが、病院にいくことを了承したのは、もう完全に食事ができず、大好きな酒を一滴も飲めなくなっていたからだ。飲んでも飲まなくても死から逃れられないのなら、たっぷり飲んでから死んだほうがいい。そのためにはまず酒の飲める身体にしなければならない。

日当たりのよい居間で、驚くほどたくさんの種類がある薬の整理をすませた会長は、今日ほど調子のいいことはここしばらくなかったことだと細君と嬉しそうに言葉を交わし合ってから、二年前のだと私に食道の内視鏡写真を見せてくれた。大きな腫れ物がたくさんできていて、食物や酒はとても通りそうもない。医者の診断は、末期の食道癌で余命二カ月ということだった。いきなり二カ月しか生きないといわれ、ボクサーとしてのダンディズムは音を立てて崩れてしまった。ボクシングの日本チャンピオン戦でも、三カ月も四カ月も準備をして試合に臨む。それが二カ月後の永遠のKO敗けをいきなり宣告されたのだ。手術でも、放射線治療でも、抗癌剤でもなんでも受けると医者に頼み込んだ。可能なあらゆる検査を受け、あとはもう手術を受けるのみだというところまできた時、手術は中止になった。癌は食道ばかりでなく、隣りの大動脈まで浸潤していることが発見されたからだ。結局、放射線照射と抗癌剤を使用して治療することになった。

「せっかくだから、一杯やりましょうか」

会長がいい、福島がおおおといった。酒を飲むことを了承したというより、驚きの声を上げたのである。すかさず細君が私たちの前に湯呑茶碗を三個ならべ、一升壜を傾けて日本酒をついでくれた。

茶色く陰る一升壜の中で、酒の面がきらりと白く光って傾いた。一瞬、私は会長と見た光景を思い浮かべた。オーストラリアのシドニーでの世界タイトル戦は、ホーデン・パビリオンという一万五千人も収容できる大会場で行われたのだった。選手と会長と私とあと二人は物置小屋のような殺風景な控え室で待機していた。床に直接無造作に置いてあるテレビに、会場の前座の試合が生放送されていた。ドアを一つ開ければ熱戦が行われている会場だとわかっているのだが、その控え室はずっと離れた場所に置き去りにされているかのようだった。誰も知らない海の底に沈められた壜の中にいるかのように静かだ。ここはどこからも遠くにあり、試合会場が壁一枚向こうだなどということでなければよいのにと、私はその部屋だけにあるのに違いない深い沈黙の中で思っていた。選手はとうにバンデージを巻き、その上からそれぞれの会長のサインもすんでいた。テレビによって試合の進行を確認し、会長はゆっくりとグローブをはめた。

試合がはじまるむね、一人の男が告げにきた。私たちは黙って立ち上がった。会長がひろげて突き出した両の掌に向かって、選手が寸止めのかたちでワンツーストレートと返しのフックを打った。肩で一つ大きく息をついた選手のガウンの裾を私は軽く引っぱり、皺をのばした。

「よし、いくぞ」

会長の声がして、ウォッスと呼応したのは私だけである。選手の口の中にはマウスピースがはいっていたので、声はだせなかったからだ。先頭には会長が立ち、会長の両肩には選手がグローブをのせた。私は選手の肩に片手をのせ、もう一方の手には氷や水やタオルのはいったバケツを持った。私の肩にはまたうしろからつづくものが手をのせる。鉄の扉が開かれ、私たちは歩き出したのだった。地鳴りがしたかと思えるほどの大歓声の中を、私たちは一列になって進んでいく。前方にはライトに照らされた白いリングがあった。暗くて広い会場の中でそこだけ白く輝いているリングは、まるで死刑台のようだった。私たちの歩みのたび、死刑台は右に左にと傾く。死刑台に登っても生き残って帰ってくるのがチャンピオンである。

茶色い一升壜の中で不安定に傾く白い水面に、私は緊張感に満ちた悪夢のような、また希望のような、あのリングを思い浮かべたのだった。湯呑茶碗につがれた酒を、福島と私はためらいながらも飲んだ。だが会長は茶碗に唇を近づけ、においがきついのか微妙に顔をゆがめて、茶碗を遠ざけた。

それから二カ月後に、チャンピオンの訃報が届いた。

風間清＝元ボクシング日本ライト級チャンピオン。二〇〇四年十月三日午前八時三十二分、心不全のため東京都立足立区の病院で死去、五十四歳。東京都出身。葬儀・告別式は六日午前十時から東京都荒川区町屋一の二十三の四、町屋斎場でとりおこなう。

一九七四（昭和四十九）年にプロデビューし、「バトルホーク風間」のリングネームで活躍。七九年に日本ライト級王者になり、四度の防衛に成功した。プロの戦績は三十戦十八勝（七ＫＯ）八敗四分け。上野高校から専修大学にかけてのアマチュア戦績は、百二十三勝（一〇四ＫＯ）九敗である。

特攻崩れ

叔父の死亡の報せを受け、とりあえず私は母のところに向かった。叔父は八十歳になったばかり、母は八十二歳である。母は数年前に脳梗塞で倒れ、ヘルパーの力を借りながら宇都宮の家で一人暮らしをしている。週に一度母が治療のためのマッサージにいくのに、叔父が車に乗せて連れていってくれ、ついでに叔父自身もマッサージを受けてくる。叔父に会うのを母は楽しみにしていて、晩年になって二人は仲のよい姉と弟であった。

だが老齢になって叔父の運転は危うくなり、とうとう車には乗らないことに決めた。まわりの人がそうしたほうがよいと強くすすめたからだが、母は私にこういった。

「あの人は運転が自慢だったから、それを取り上げたら可哀相だよ。生きていけないよ」

昔から叔父は運転が得意で、車も上等なものに乗っていた。若い時には日光でパンの配達をし、年を取ってからは東京で個人タクシーの運転手をしていた。生きがいを奪われたら人間は生きていくことができないと、母はいったのである。だが実際、叔父の運転はここにきて急に頼りなく、母を乗せていくことを危険だと怒る親戚の人もいた。私は叔父の最近の運転がどのようなものか実際には見たことがないのだが、想像はつく。

叔父が運転をやめたのが十二月中頃、亡くなったのが二月の終わり頃である。母の予感が当たってしまったということだ。

私とすれば、最後に残った弟に死なれた母が、落胆しているのではないかと心配だったのである。母は脳梗塞以来、足が不自由になって、一人ではどこにもいけない。

叔父の訃報を受けた私は新幹線で宇都宮にいき、タクシーでまっすぐ母の住む家に向かった。タクシーの運転手に三十分後に迎えにきてくれるよう車中で頼んでいたのだが、玄関前に弟の車が止まっているのを見て、電話をかけたらきてくれるようにと変更した。

玄関には鍵はかかっていなかった。居間で母は弟と向かい合っていた。故郷の宇都宮で建築設計事務所を経営している弟が、叔父の死亡を私に連絡してくれたのである。通夜と告別式の時間と場所は書いてあったのだが、日がぬけていた。よほどあわてたのだろう。

「お通夜も告別式もいかなくていいかな」

母は弟とこの話をしていたらしく、すでにくり返した口調でいう。私はすぐに反応した。

「いいんじゃないの。足だって悪いんだし」

「正直……」

心の底にあることを話そうとする時の、母の口癖だった。この口調は、いつしか私にも移っている。母はいい淀むようにして息をつぎ、一瞬の間を置いてつづけた。

「八十過ぎると、死ぬのは恐くはないんだよ。だけどさ、なんだかがっかりしちゃって」

こう話す母が伝えようとする意味を、私はとりかねていた。母にとって自分の弟の死は、自分自身の死を連想させる。自分のことはさしおいても、悲しい。また親類や知人に歳下の肉親の死を同情されても、切ないことではないか。

母はこういったのに違いない。私は勝手に連想し、現実的には母のいれた茶を黙って啜るばかりである。もちろん母は好きにすればよい。昔からのしきたりにも、年下の人が死んだ場合には、親兄弟は葬式にでなくてもよいのである。意味があるからそうなっているのだろう。母にすれば血を分けた親も兄弟もすべて失ったということだ。

「それぞれの都合があるから仕方ないよ。俺もさ、明日と明後日は九州にいかなくちゃならない。だから今夜お別れにきたんだ」

私は母とは関係のない、私自身の都合をいいつのっていた。私は明朝の飛行機で福岡に飛ばなければならない。「百霊峰巡礼」という連載を雑誌でやっていて、英彦《ひこ》山に登る。前から決まっていた予定で、多勢の人が動くので、約束した以上私はよほどのことでもないかぎり自分の個人的都合をいいつのることはできないのである。通夜と告別式には妻が出席することになっていた。母を励ますという意味もあり、妻には帰りに母の家に寄ってもらわなければならない。

一つ一つ確実に決まりがついていくようである。死とはそういうものだろう。

若い頃の叔父は少々ヤクザっぽくて、子供の私から見ても格好のよい人であった。霞ケ浦の予科練にはいって飛行兵になり、特別攻撃隊の教官をしていた。叔父が飛行訓練をすると、若く未熟な飛行兵は鹿児島の知覧の航空隊にいき、そこから敵艦に体当たり攻撃をするため出撃していったそうだ。もちろん叔父自身も出撃して死ぬ覚悟であったのだが、実際そうする前に敗戦を迎えてしまったのだ。

死に場所を失った叔父は、世にいう特攻崩れであった。宇都宮は歩兵師団があり、アメリカ軍の空襲を受け、母などは両親や妹と命からがら逃げまどったのである。飛行服を着て白いマフラーを着けた叔父は、瓦礫の原になった宇都宮に颯爽と帰ってきた。宇都宮にも闇市ができ、キャバレーやダンスホールが軒をならべていった。私は叔父に自慢話として聞いただけだが、敗戦直後の世相は叔父にはぴったりと合ったということだ。叔父は端正な顔をしていて、生と死の境界をくぐり抜けてきた人特有の陰りがあり、女たちにはもてたことであろう。子供の私にはよくわからないことであるが、どうやら激しい賭けマージャンをしていたようだ。

私自身のはじめの叔父の記憶は、縁日である。私は叔父の肩の上にいた。隣りにいたのは叔父の妹、私にとっては叔母ではないかと思うものの、どうもはっきりしない。満州から復員してきた父は駅前でモーターの再生屋をやっていて、その作業場の片隅におが屑をたくさんいれて氷室をつくり、母は氷屋をやっていた。当時は冷蔵庫も氷をいれて冷やす式であったから、病院などでは必需品であった。食堂でもかき氷がよく売れたのである。父も母も忙しかったから、まだ独身だった叔父と叔母とが私を遊ばせてくれたのかもしれない。

夜の印象もあるが、おそらく後年につくり上げた私の心の中の情景であり、実際は昼間だったのだろう。私は股を広げて叔父の首をまたぎ、叔父の肩に坐っている。叔父が後ろから両手で押さえてくれているので、揺れながらも私は安定している。私は誰よりも高いところにいた。そして、私は母の系統のうちで、戦争が終ってからはじめて生まれた子供だったのだ。

「何が欲しい。なんでも買ってやるぞ」

叔父は上を向いていう。私のすぐ前に叔父の大きな顔がある。縁日の屋台のほうを、私は指さした。何が欲しいというのではなく、なんとなくそちらのほうに指を向けたのである。

「お面か。お面が欲しいんか」

叔父は私の指に導かれ、編上げの革靴を動かし大またで一つの屋台のほうにいった。私の前には色とりどりのセルロイドの面がならんでいた。私は三歳ぐらいで、特に何が欲しいというわけではない。

「これか」

叔父は一個ずつお面に指先で触れながらいう。桃太郎、金太郎、鬼、かぐや姫などである。

「これはどうだ」

叔父の声につられ、私は頷いていた。狐のお面なのだが、その頃の私にはなんなのかよくはわからなかったろう。叔父は私を地面に降ろし、代金を払って手にとったお面を、私にかぶせてくれた。かぶる時にぶつかったセルロイドの角が頬にちりっと痛かった。お面は軽いのではあったが、私の顔には大きかった。胸の上のところまであったのである。私は二歩三歩と前に進んだ。足元が見えないので、前のめり気味になった。

「うわあ、お面が歩いているみたい」

叔母が嬉しそうにいう。私には片方の目だけが見えた。炎に照らされた屋台の連らなりを眺めながら、私は遮二無二前進していく。私は自分ではない何者かになったような気分にもなるのであった。

「頼む。かんべんしてくれ。俺が悪かった。頼むよ」

叔父の声が頭の上で響く。後退りしてさがっていく叔父の姿が、お面の目の穴から望まれた。後退りながら笑っている叔父は、救いを求めるふうに私に向かって両腕を突き出してくる。狐のお面をかぶった私は、自分の弱さを自覚しないまま、がおーっがおーっと叫んでいる。温く湿った息がだすと同時に弾ね返されて戻ってきて、顔の表面に生あたたかくひろがった。


叔父は誰も自家用車など持っていない頃から、ニッサン・ローレルに乗っていた。運転がうまいので、高校生の頃の私はよく乗せてもらった。その頃は親戚の人たち同士は仲良くて、夏ともなれば茨城県の河原子海岸の一軒家を借り、家族全員が集まって泊まった。中心となっているのは、母と叔父と叔母で、祖父は亡くなっていたが祖母もまだ元気だった。

中年になっても痩軀の叔父は、特攻崩れのダンディさを失わず、実直なばかりの私の父などとは違う生き方をしているかのようであった。だが叔父の仕事は実直なパン屋であった。乗用車のほかにもう一台トラックを持ち、宇都宮の工場でできたパンを日光に配達していた。車を二台も持っている叔父は、何よりも車の運転が好きなのだった。

私が助手席に乗っている時、叔父はよく戦争中の話をしてくれた。

「海軍は軍艦が主だから、飛行機乗りを軽く見てるんだよ。軍艦乗りの連中を輸送する任務があると、偉そうに威張っているから、急降下してやるんだ。三遍もくり返したら、全員が吐いて、もうかんべんしてくれっていうんだ」

まるで昨日の出来事のように、叔父は話すのである。私は飛行服に身を固めた叔父の姿を思い浮かべる。機械の力を使うとはいっても大空を自由自在に飛びまわる感覚というのはどういうものか、私には想像がつかなかった。車を運転していても、叔父は時折は飛行機を操縦しているような気分になっていたのかもしれない。

叔父が逐電したのは、私が大学入学試験に合格したばかりの頃であった。私は自動車の運転免許をとるため、叔母の家に従弟の家庭教師を兼ねて泊まっていた時だから忘れない。叔父はマージャンで負けが込み、掛け金を払うことができなくなって、ついに逃走したということである。とにかく親戚中が大騒ぎになったのである。

もしかすると支払い要求が、祖母と同居しているその家に届き、祖母があわてて母と叔母に伝えたのかもしれないのだが、実際には子供扱いされていた私にはよくわからないことである。ただ叔父が愛車ニッサン・ローレルとともに消えてしまったのだ。

運転免許証をとったばかりの私は、蒲団屋をやっていた叔母の家の小型トラックを借りて、鬼怒川温泉あたりのホテルの駐車場を虱潰しに探しまわることを提案したのだが、誰も賛成してはくれなかった。私はとりたての免許証を持って車を運転したいだけなのだと、見破られたのだ。困ったねえと口ではいうのだが、誰も本気で心配しているふうではなかった。叔父が賭けマージャンをしていることを大人はみんな知っていて、叔父にしても不始末をしでかしたのは今度がはじめてではなかったようだった。叔父なら自分でなんとかするだろうという感覚である。

実際、叔父は十日ばかりして不意に帰ってきた。予定どおりだったのかもしれない。子供の私にはなんら説明もなく、叔父は当たり前のごとくパン配達の仕事に戻った。友人の家に隠れていたということだが、私には何がどうなったのか今もってわからない。ことさら詮索しないほうがよいという配慮が、子供ながらに働いたのであろう。

やがて叔父は東京にでてタクシーの運転手になった。その前にも胃をほとんど摘出したりして、それなりに波瀾の多い人生を送っていた。東京にいったのも、地方の街にいるのがあきたらなくなったのか、住むのが面倒になったかだからであろう。だが叔父は宇都宮を捨てたのではなく、家はそのままにして東京に通ったのだ。電車で通えない距離ではない。

私は東京で結婚生活を送っていたが、子供が生まれて生活のため職を求める必要が生じ、故郷の宇都宮に帰ることにした。宇都宮では市役所に勤めることになり、私の両親の家の近くに六畳と四畳半の小さな家作を借りた。私はその家から新しい職場の市役所まで、歩いて通うことにした。その前に、わずかな家財道具ではあっても東京から運ばなくてはならない。

「義兄《にい》さんにはいろいろ世話になったからなあ。何もできないから、お前たち一家の引越しの運転手をするよ」

レンタカーのトラックでの運搬を、叔父がかってでてくれた。義兄さんとは、私の父のことである。父は叔父の生死を分ける大手術の時には徹夜でそばについたり、またいうにいわれぬ後始末もしたのに違いない。叔父のその言葉には万感が籠っていて、私にはうかがい知ることはできない大人の世界であったのだ。その父への恩が、私に返ってきたのである。トラックの運転が私にもできないわけではなかったが、叔父にまかせたほうがもちろん安心だ。

叔父は普通車の幌つきトラックを借りて、私の家にきてくれた。私は叔父と二人で積み込みをした。結婚する時に妻が持ってきた箪笥や、二人で秋葉原に買いにいった冷蔵庫などがあったが、普通トラックの荷台にちんまりと納まるだけの量の荷物だった。幌つきトラックだから厳重な荷造りもいらず、荷台に載せればよいだけである。

妻と私とがはじめての所帯を持っていた家は、六畳間と台所付きの四畳半で、二階建ての大きなアパートに瘤のようにくっついている家だった。奥の壁はアパートと共有しているものの、一応は独立家屋であった。その小さな家の掃除をざっとしてから、大家に鍵を返し、叔父と私とは出発した。

まず都内の妻の実家に寄り、妻と子の身のまわりの荷物を積む。妻はようやく首の坐った子供を連れて、後から宇都宮にくることになっていた。その頃叔父は個人タクシーに乗っていて、都内の道はお手のものであった。私が都内の複雑きわまりない道を運転するとなったら、それだけで大仕事になったのである。

運送屋が集荷をするようにして、ばらしたベビーベッドや衣類のはいった段ボール箱などを荷台に載せ、妻の両親との挨拶などをしてから、叔父と私とは出発した。混雑した道を郊外へ郊外へと抜けていく。私一人が運転するなら必死になるところなのだが、私は何も考えずにすべて叔父にまかせている。妻子を連れて東京を去っていくのは心ならずものことであり、私にも感傷はあった。

「出撃が決まるとなあ、それまで威勢のいいことをいっていたやつほど黙るんだ。誰も手を触れることのできない世界に、一人はいるんだよ。でも一日ぐらいたつと、みんな笑って出撃していくんだ。教育というものは恐ろしいなあ」

もちろん叔父は特別攻撃隊のことを語っているのだった。その教育をした人物とは、叔父のことである。東京を去るというのは私にとっての転機であるが、自分のことでなくても人生の分岐点に立つと、叔父は若い頃に身を置いた航空隊のことを思い出すらしかった。

「正直……」といつもの口調で言葉を区切り、前をいく車に排気ガスをあびせかけられながら、叔父は話しつづけた。

「知覧の飛行場から、ぼくも出撃したことがあるんだよ。部下を送り出して、自分がいかないわけにはいかないだろう。だけど種子島まで着かないうちにエンジンが不調になって、それ以上飛びつづけることができず、ぎりぎりで知覧に引き返した」

私にははじめて聞く話であった。ようやくここまで話したという感じで、そこから先叔父は沈黙したのだ。私は叔父の原点を知ったような気がした。部下たちをたくさん死なせ、これで自分も死ねると解放されたのも束の間、出撃したばかりの飛行場に呼び戻されたということだ。だがこれはもちろん、戦争を知らない私が想像することである。叔父自身の心の中は、叔父自身でもわからなかったのかもしれない。

高速道路を走り、叔父と私とは宇都宮に着いた。これから妻と生まれたばかりの子と私とが住む家に荷物を運び入れるのを、父や母や弟も手伝ってくれた。叔父はレンタカーを返すため、そのまま東京に戻っていく。レンタカーの代金は、叔父がもってくれるということである。

三月であった。とりあえず荷物を運び込んだものの、襖も障子もはいっていない家の中は寒かった。母が買っておいてくれた石油をストーブにいれ、私はじきにやってくる妻の気持ちが萎えないようにと、せめて家の中を片付けはじめた。気温の上がらない曇り日で、夕方になるにつれますます冷えてきたのであった。

母は叔父の通夜にも告別式にもでないということで、私は弟とともに母の家を出た。その家は父と母とが少しずつ建て増しした家で、私と弟とが育った家なのだった。私が大学にはいっている時に建てたその家も、ずいぶん古ぼけてしまった。

さっきいってきたばかりだからという弟に、叔父の家の前まで車で送ってもらった。叔父の家は静まり返ってはいたが、奥に電燈が灯っていたので、人がいることはわかった。私が玄関のチャイムを押すと、間を置いてから、内側より戸が開かれた。

「あら」

私の顔を見るなり、叔母と従妹が同時に同じ声を上げた。前触れもなく私がくるのは、意外だったのだ。私はコートを脱ぎ、通されるまま奥の部屋にはいった。叔父には娘が二人いて、二人とも結婚し、長女の夫がそばにいた。次女が叔父の顔にかかっている布をとってくれた。

「お父ちゃん。きてくれたよ」

次女は父親が病気で臥っているだけかのようにして呼びかけ、娘とならんで枕元に坐っていた叔母がいった。

「家の中で転んで、鎖骨を折って。入院したら結核がでちゃって」

叔父の病気の経過を語ってくれた。結核菌が検出されたので国立病院に移り、六日目に肺炎で死んだのである。叔父は孫ができると、すっかり好々爺になっていた。つまりこれは晩年までまっとうした大往生ということなのだ。

叔父の顔はきれいに化粧され、髪を整えられて、考えごとをするかのように眠っていた。母にそっくりな顔だなと思い、私は指を伸ばしていき、叔父の額から髪を撫でた。掌に冷んやりとした感触が伝わった。その瞬間、どっと涙が流れてきて、もらい泣きをしてしまった。まわりにいた全員が泣いた。一泣きしたところで、長女がやってきた。

「お風呂にはいっていたもので」

こういう長女の湯上がりの顔も、叔父や母にそっくりだった。娘たちはここまで父親にぴったりと付き添ってきたのである。やっぱり大往生だなと、同様にそっくりな顔をしているに違いない私は思った。

砂糖キビ畑

与那国のおじーは私に向かって、南の親と思いなさいねーと何度も何度もいった。おじーは私が援農隊の一人として与那国島の砂糖キビ栽培農家に住み込んだ時、その家の主人であった。私は三十歳代の前半で、すでに小説家としての道を歩きだしていた。駆け出しといってもよい私は、くる日もくる日も机に向かって文字を書きつづける生活に、一抹の不安を持ちはじめていた。私は小説家としての生活をしたかったはずだった。そのため何年間も努力をし、同時に多くのものを捨ててもきた。月にいくことを夢に見ていた人類が、やっと着いてみると、そこは不毛の砂漠でしかなかったというようなことだ。小説家の日々の生活は、私にとっては月の砂漠にいるようなものだと感じられていたのだ。

私の望みは自分自身の中にあったのだから、与那国に対してことに強く求めていたものがあったわけではない。日本列島の最端に位置し、隣りは台湾という地形から、とにかくいけるところまでいってみようという思いだけだったのだ。私は与那国農協と援農隊事務局が示す日時にあわせ、当時暮らしていた宇都宮の家を出た。ざくざくと霜柱を踏んでいったのを覚えている。東京にでて那覇まで飛び、そこで一泊して公設市場で合羽とゴム長靴を買った。翌日石垣島を経由して飛行機で与那国島に降り立った。

教えられた名前と住所とを飛行場でいうと、その近所に住んでいるという人が車で乗せていってくれた。祖納の集落の中にある家は、玄関に鍵がかかっていなかった。おじーは畑にでていて、おばーはどこにいったかわからない。そのうち帰ってくるからといわれ、大きくはないのだが片付いていてがらんとしたその部屋に、私は一人で待っていることにした。今年の援農隊の人がやってきたから顔を見てこいとでも親にいわれたのか、子供たちが三人四人と連れ立って部屋にはいってきては、恐いものでも見たようにして駆け出していく。大人も庭からやってきては、畑で使いものになるかどうか値踏みでもするかのように私の顔を見にきた。私自身、本当に畑で働けるかどうか不安ではあった。家の中を子供が走りまわっていて、家族の境界がわかったのはそれから三日目のことだった。

「おじーの畑にいこうかねー」

その時は誰かわからなかったのだが、隣家の主婦がいってくれ、私は軽四輪トラックの助手席に乗った。集落のまわりは平地の田んぼなのだが、すぐ山道になった。起伏を幾度か越え、高台の畑におじーはいた。軽四輪トラックは戻ってしまったので、私は島ラッキョウ畑の草取りを無言でするおじーの横にしゃがみ、沈黙の中で草を抜いた。しばらくしてから、おじーはぽつりといった。

「おじさんを助けてくれよ」

私は助けることができるかどうかわからなかったのだが、声を出さずに頷いた。季節労働者とはいいながらはじめて砂糖キビ畑にきて、助けてもらうのは私のほうに違いないのだ。ともかくそれがおじーとの最初の静かな出会いだったのだ。その日私はおじーのバイクの後ろに乗せてもらって家に戻った。

おじーは家に帰るや、手を洗う前に縁側に坐って泡盛を飲みはじめる。おじーの生家で泡盛をつくっているため、いくらでも手にはいるのだ。するとおばーに怒られてしぶしぶ立ち上がり、シャワーを浴び着替えてくると、また同じ場所に坐って飲みはじめる。

「酒をおいしく飲めないような人生はつまらんなー」

おじーはガラスのグラスでちびちびと泡盛をなめながら、こんなふうにいう。要するに人をだしぬいたり小さな利に目が眩んで悪いことをすると、心にわだかまりが生じて酒がまずくなるというのだ。借金をしても、心から酒を楽しむことはできない。

おじーはそんな具合だから、人と顔を合わせれば長男坊がきたと私のことを紹介し、私は農協の製糖事業説明会にも長男としておじーの代理で出席しなければならなかった。その間おじーはもちろん家で泡盛を飲んでいる。会場の公民館の机には泡盛の甕が立ててあり、牛肉や蒲鉾などの料理がならべてあった。キビ原料は新鮮なもの一束あたり十五キロ内外とし、不良茎、枯死茎、野鼠被害茎の混入はかたく禁止するなどと、農協側の説明は標準語である。懇親会に移ったとたん方言が激しい勢いで飛び交い、私にはまったく理解できなくなった。私は紙コップに泡盛をつがれるまま、ただ飲んで帰ってくるのだ。おじーの長男坊だというのは周知のことであったから、もちろんていねいには遇せられた。

製糖事業がはじまると、おじーは凛乎たる身のこなしをした。午前七時半に起きるや、おじーと私は顔を洗っておばーのつくった朝御飯を食べ、野良着に着替える。砂糖キビ結束のための藁縄や、手斧や鎌、飲料水のポリタンク、竹の皮でつくった日よけの台湾笠、雨合羽などを二トントラックの荷台にほうり投げた。おじーはバイクで直接畑にいき、私はトラックを運転して手伝いの人を集めていく。手伝いの人はおじーの姉夫婦や親戚の人など、老人ばかり三人である。若い人はたいてい島を出てしまい、残っていても役場や農協に勤めていて、土曜日日曜日しか畑に出ることはできない。

午前八時に作業を開始する。島の中央部のやや高台になった一反歩の畑だった。畑は傾斜し海に向かって落ち込んでいるため、まるで砂糖キビの水平線のようだ。緑の葉の先に海があった。西の海の彼方は台湾なのだが、海に近いところにはいつも雲がでているので、島影が見えるのは年に数度である。おじーは飛び地にある小さな畑から仕事を片付けてしまおうとしていた。私はおじーに教えられたとおり列の先頭に立ち、砂糖キビの根元を手斧で切って後方にていねいにならべていく。おじーや手伝いの人たちは、私が倒した砂糖キビの皮を剝き葉を切り落とし、ある程度たまると藁縄で結束していく。私は後から追われるようにして、砂糖キビを倒しつづけていかなければならない。少しでも作業の手を緩めると追いつかれ、兄ちゃん遅いねーとすぐ背後でいわれる。おばーは家を整理してから、昼の弁当を持ってバイクで畑にやってくるのだ。

砂糖キビは十センチほどの長さに切った茎を土に埋め、一年半かけて育てる。育てるのは一人でもできるのだが、刈り取ったらすぐ製糖工場に運ばなければ糖度が下がる。三ヵ月ほどの製糖期間に一気に仕事を片付けるためには、人数が必要だ。その仕事をしに私は砂糖キビ畑にやってきたのだった。荷車に水牛をつけ、畑中に散らばっている砂糖キビの束を拾い集めるやり方も、私はおじーに習った。水牛を自由に操る自分の姿は、それまで想像もしていなかった。道路際の畑に砂糖キビを積み上げておくと、日に一度製糖工場からまわってきたトラックが運搬していった。

手斧が切れなくなると金剛石で研ぎ、黙々と作業をつづけていく。腰を屈めたまま手斧を力一杯振り上げ、振りおろす。砂糖キビの乾いた葉に剃刀のように頬をそがれる。枯れ葉が粉になって目にはいる。根元を切り離したのに、朝顔のつるが絡んでいるので倒れず、砂糖キビを抱えて腰に力をいれ、強引に引っぱり出す。砂糖キビは天を指してまっすぐ育っていくのだが、台風で倒れ、そこからまた起き上がっていく。最初に倒れたところまでが経費で、それから先が儲けだとは、おじーに教えてもらったことである。

晴れれば暑い。雲ひとつない空に、台湾のほうから点のような雲が吹き飛ばされてくる。雲の数はみるみる増えていき、天の光が遮られてくると、やがて雨が落ちてくる。一粒また一粒と雨粒が落ちるたび、葉がぱつっぱつっと鳴る。いつも手近に置いてある合羽をあわてて着て、作業をつづける。雨脚はみるみる強くなり、窪地にいる時はまわりから水が流れ込んで池の中で溺れるようになる。それでも作業をやめるわけではなく、水面に叩きつけるようにして手斧を振りつづける。雨は一瞬の涼気を呼びはするが、汗のため合羽の中は蒸れてくる。雨脚が通り過ぎていくや、合羽を脱ぎ捨て、また作業をつづけていく。

午後五時になると道具を片付ける。私は手伝いの人をトラックの助手席や荷台にのせ、それぞれの家に送っていく。先に家に着いているおじーは、野良着のままですでに縁台で泡盛を飲んでいる。砂糖キビ畑の仕事がはじまってからは、泡盛は少し水で割って徳利にいれて飲む。泥だらけの野良着のまま台所に上がり、とにかくまず最初に泡盛と水と徳利と盃とをとりにいくので、いつもおじーはおばーに怒られた。

「なにもいいんでねえか」

おじーは風呂にはいりなさいねーとおばーの声が響くたび、一人言ともつかない声を私に向けた。おじーは私の分の盃も用意していた。私もおじーと野良着のまま縁台に坐って一杯飲むのが、習慣になっていた。すぐ前には黄昏の茫漠とした砂糖キビ畑と水田とが拡がり、その前にはティンダハナタと呼ばれる隆起珊瑚礁の山があった。

「仕事が終って心から楽しい酒を飲めないようじゃ、つまらんさー。そうじゃないかねー」

おじーはこういって私に同意を求める。もちろん私に異存があるはずもない。

あれから二十五年ほどの歳月が流れたのである。このほど援農隊三十周年記念祝賀会が与那国島であるので、こないかと主催者の農協に誘われていた。考えてみれば、十年も与那国にはいっていなかった。南の親に対して、これはまことに親不孝といわなければならない。

与那国に出発する十日前、我が家の留守番電話に与那国のおじーが死亡したとのメッセージが、カメラマンの友人の声で録音されていた。友人は私が与那国への雑誌取材をする時いっしょにいき、与那国の世間と出会った。家庭内での関係がうまくいっていなかった息子を与那国の砂糖キビ畑にまずやり、おじーをはじめ多くの人の世話になって、そこに住みつくまでになったのである。息子はみんなに好かれ、与那国の女性と結婚して子をもうけ、今では商工会の青年部長をしている。私はすぐに与那国のおじーの家に電話をした。電話口にはおばーの妹の娘がでた。声で私はたちまちおばーにとってのその姪を思い出す。彼女は与那国空港に勤めていて、私もずいぶんと世話になったものである。

「おじーは石垣の病院で亡くなりましたよー。みんなして今こっちに向かってるんだけど、私もよくわからなくて」

おじーは認知症の気配は少々あったようだが、急死するような病気は持っていなかった。留守番の彼女も動転しているようで要領を得ず、私はとりあえず献花を頼んで電話を切った。そもそも私はおじーと会うのを最大の楽しみにしていた。おじーとおばーに会うために与那国行きを計画したといってもよい。事情がわからないと、どうも深刻かつ不安な気持ちは深くなる。その日私は雑誌の取材のために浜松までいかねばならず、新幹線の中で弔電の文を考えた。動転の気分はつづいていて、あれやこれやと思いは乱れ、うまく文面をまとめられない。よく思われるために書こうという気持ちは捨てた。

「島で力一杯生きた生涯でした。おじーのことは忘れません。安らかにお休みください」

新幹線の車中から携帯電話で弔電を打った。時は疾風のように流れ、いろんな大切なものが風に吹き千切られるごとく私のところから飛び散っていく。やがて私は裸で寒風にさらされているようなことになるのかもしれない。

東京から那覇にいけば、そこから与那国には直行便が飛んでいた。朝早く出発するとその日のうちに着くことができる。出発の日、私は一気に与那国まではいってしまいたかったのだが、ツアーの切符の関係でみんなといっしょに石垣に一泊しなければならないといわれた。私が離脱すると、最少限の人数で成立しているツアーなので全体の切符の値段が上がり、みんなに迷惑がかかるということだ。

石垣島に一泊して与那国島に着くと、迎えにきていた農協の人の車に乗せてもらって、私は真先におじーの家にいった。おじーは私のくるのを楽しみにしていたのを、みんな知っているのである。だから誰も私にここまで立ち入った話をしなかった。農協の人は私をおじーの家の前に降ろすと、黙って去っていった。

十年ぶりに、私はその家の前に立つ。コンクリートブロック塀も、家のたたずまいも、植込みも、何も変わっていない。材木を沖縄本島から運び、おじーが生涯に一度のことと気合いを込めて建てた家だった。感傷にふける暇もなく、私は開けっ放しの玄関の前に立ち、ごめんくださいと叫ぶ。すぐにおばーが前に立った。少し痩せたようではあったが、おばーも昔のままだ。私を見ておばーは軽く微笑をしたのだが、その微笑は揺れてたちまち消えた。その場に立ったままの私におばーはいう。

「どうしたのー。はいんなさいねー。おじーがさっきから待っていますよー」

私は靴を脱ぎ、その靴を揃えて爪先を外に向けてから上がった。普段は脱ぎっ放しで上がる。いつも私が寝ていた座敷に、祭壇がつくってあった。傍らにはラジカセが置いてあり、与那国民謡がかかっていた。

「おじーはねー、民謡が好きだったからねー。こうしていつもかけてるんですよー」

笑顔をつくっているおじーの写真を見る私に、おばーがいう。おじーは民謡が好きで、自分で三《さん》線《しん》も弾いたが、あまり上手とはいえなかった。そんなことを思い出しながら、私は線香を上げ、鉦を鳴らして合掌し礼拝した。幾つかの生花がならんでいる中に、私の上げた花もあった。枯れかってはいたのだが、生花がまだもつような時間しかおじーが亡くなってからたってはいないのだ。私は聞こえないように何度も溜息をついた。十年ぶりで南の親に会いにきたのに、おじーは待っていてくれなかったのだ。私の気持ちを察したのだろう、おばーが口を開く。

「何度も何度も話して、あんなに楽しみにしていたのにねー」

おばーは自分自身にいい聞かせるようにしていう。おばーは立ったまま心持ち身体を左右に揺すりながら話すので、足が地についていないようなふわふわした感じだった。おじーとおばーは仲のよい夫婦で、お互いに頼り切っているようなところがあったので、おばーの衝撃は見かけ以上に深いとも思われた。おばーはその場でますます身体を傾け揺らしている。

「死因はなんだったんですか」

「心臓が止まったから、心筋梗塞でしょー。石垣で焼いて、お骨になって帰ってきたんですよー。

おじーの魂《まぶい》は、まだこのへんでふらふらしてますよー。四十九日が過ぎるまでは、家のまわりにいますからねー」

おばーはいうのだが、どうも両足をしっかりと踏みしめているいつものおばーとは、様子が違うのである。おじーの魂《まぶい》といっしょに、おばーもふわふわとさまよっているような感じなのだ。私は確かに二十五年前に砂糖キビ刈りのため三カ月間住み込んだ家にきているにもかかわらず、夢の中にいるような気さえした。家の中のものが何ひとつ変わっていなかったからだ。おばーにも二十五年の歳月が振りかかったとも思えず、おじーの微笑をたたえた写真は髪がふさふさして若い。実際には髪が薄くなったおじーに私は何度も会っているのである。

「おじーはこのへんにいますかねー」

私はこういわなければいられない。

「いますよー。この部屋にいて、あなたが帰ってきてくれたことを喜んでいますよー」

おばーは少し元気な声でいう。そろそろ私は農協が準備した祝賀会の会場にいかなければならない。立って窓の外を見ると、野良仕事から帰っておじーとともに泡盛を飲みながら眺めたと同じ風景があった。砂糖キビ刈りは終ったばかりだったのだが、そこから見える隆起珊瑚礁の崖のティンダハナタはそのままだった。本当に何も変わっていないのである。

刈り取りのすんだ砂糖キビ畑があっちこっちにあり、季節が流れたのだという実感はある。だがこれは毎年くり返されていることなのだ。誰が決めたというわけでもないのに、人はその流れに従順でいなければならない。死ぬ時がくれば、黙ってこの世から去っていかなければならないのだ。四十九日間は生涯のおまけとして霊魂だけはこの世に残っていることが許されているので、おじーの魂はまだそのへんをうろうろしているにしてもだ。

援農隊三十周年記念祝賀会は多目的のホールでおこなわれた。島祭りの伝統の歌舞がくり出されて、それは盛大であった。援農隊でこの島にやってきて、男であれ女であれ結婚してこの島に残った人も多い。そのせいなのか集落や職場を単位として出されるそれぞれの出し物にも力がはいり、今年の援農隊参加者も招かれて、島の人たちとすれば渾身の接待という感じであった。御馳走には牛も一頭潰した。私は旧知の顔にたくさん会った。みんなに等しく振りかかった歳月を感じさせた。もちろん私も同様に老けているのである。私は今砂糖キビ畑に連れていかれたとしたら、あの苛酷な仕事にはとても耐えられないだろう。しかしながら、私が砂糖キビ畑で働いた時、おじーは今の私よりもずっと年上だったのだ。

あっちこっちに誘われたのだったが、私はまっすぐおじーの家に戻った。白い祭壇がつくってあり、まわりには枯れかけた生花が飾られ、与那国民謡が流れている。そのことにまったく変わりはない。もちろん数時間前に私はここに訪れたのだが、この家の中だけの変わらなさが二十八年前からつづいているようにさえ感じた。私は線香をあげ、鉦をたたき、型どおりに合掌する。私は身辺にざわめきのようなものを感じ、おじーの魂《まぶい》がそのへんをうろついているのを確かに感じたように思う。

酒をおいしく飲めないような人生はつまらんなーというおじーの声を胸の中に響かせながら、私は集まってきた旧知の人たちと泡盛を飲んだ。この席の中心にはいつもおじーがいたのだった。もちろん姿はないのだが、話題の中心はおじーであることは変わらなかった。おじーは旅の人の誰にでも分けへだてなく接し、みんなの南の親になっていたという話で盛り上がった。

「おじー、なんで死んだのーっ」

誰かが不意に大声を出した。おじーの魂《まぶい》はびくっとして立ち止まったようにも感じた。

「なんでおじーは勝手に死んだんだろうねー」

別の人がいう。おばーは酒盛りをしている時は肴を用意したりしてなんとなくまわりを歩いている感じなのだが、その時は何も持たず何をするわけでもなくふわふわ歩いていた。祭壇や台所の間を、いったりきたりしていたのだ。おばーは立ち止まり、蛍光灯に照らされた部屋の隅の虚空を見つめて、内に籠ったような静かな声でいう。

「本当におじーは死んだんだろうかねー」

おじーの魂《まぶい》は申し分けないとばかりに部屋の隅に縮こまる。そのあたりに向かって、私は声をかけなければ気がすまない。

「せめておじーの魂《まぶい》にでも謝らせてもらいます。親不孝ものですみませんでした。謝っても謝りきれませんけど」

私は頭を下げた。部屋の隅でがさがさと何かが動く気配があったようにも感じた。おじーはきっとそこにいた。

酒盛りは早目に切り上げ、私は祭壇の前に床をとった。いつも私が寝ていた場所だった。ガラス窓の向こうは闇だったが、その向こうにはおじーと野良着のまま泡盛を飲んだ縁台があり、その先には砂糖キビ畑と田んぼとが茫々とひろがっている。

おじーの壇のすぐ前にいて、私は夢のひとつも見るかとも思ったのだが、朝までぐっすりと眠った。あまりにも安らかな眠りであった。

なにしろおじーの四十九日忌もすんでいないのである。与那国のおばーが亡くなったという連絡をもらった時、咄嗟に私は自殺ではないかと案じた。仲のよい夫婦だったから、おじーがいっしょに連れていったか、おばーが進んででかけていったのではないかと考えてしまったのである。

しかしながら、死因の詮索は無用である。私はおばーが突然に死んだという事実を受けとめるしかない。しかも、死んだおじーの魂《まぶい》がそのへんをうろつきまわっている四十九日の内なのである。私への連絡は東京に住んでいる友人からの留守番電話だったから、さっそくその友人の携帯電話にかけるのだが、電源が切ってあるのでつながらない。自宅の電話番号は知らない。そこで私は与那国島に住んでいる、おじーとおばーの甥のノブさんの携帯電話にかけた。家はきっと混乱していると思えたからだ。

「なんかわからんさー。おばーはねー、朝起きたら死んでたわけさー。警察がきたり、大変でよー。どうも心筋梗塞ということらしいねー」

いつもの口調でノブさんは怒鳴るようにいう。ノブさんも不意の出来事に混乱していることが私にも伝わった。私はノブさんとおよそ十日後に会うことになっていた。私は元気に農業をする人を紹介する紀行を月刊雑誌に連載していて、砂糖キビをつくりながら牛飼いをしているノブさんのことを書かせてもらうことになっていた。そのためにはカメラマンと与那国島にいって取材をしなければならない。そんな前提があって、私はノブさんと話しているのだった。

「花輪をあげるのを頼んでいいですか。弔電は打っときます。全部、おじーの時と同じように」

おじーが死んだ時も、私は十日後に与那国島にいく予定を立てていた。おじーにはいささか認知症がきていて、まわりの情況がわかったりわからなかったりするのだが、とにかく私と会うのを楽しみにしているといわれていたので、私にも楽しみだった。今度も同じようなことが起こった。

間をずいぶんと空けつつ、ノブさんと私は会話をする。

「わかったさー」

「花輪の代金は送りますから」

「そいなもの、今度会った時でいいよー」

「いけなくてすみません」

「そんなことはいいさー。与那国は遠いからねー」

電話を置いてから、なんてことだと思うと、私には溜息がでた。それから連れ添って歩いているおじーとおばーの姿が浮かんだ。二人が歩いているのは、砂糖キビ畑の中の土の道である。私は援農隊に参加しておじーの砂糖キビ畑で働いたのだから、どうしても背景は砂糖キビ畑になる。いいにおいの風が吹いている。その風の中には、もちろん砂糖の香りが濃く染みているのだ。

おじーと私とは、くる日もくる日も砂糖キビ畑で働いたものだった。その中では一番若い私が手斧で砂糖キビの根元を刈っては、横に倒していく。後からおじーや手伝いの年寄りたちが、砂糖キビの茎を鎌で拾い上げては葉を落とし、皮を剝いでいく。砂糖キビ倒し役の私は、背後から追われるので、前へ前へと懸命に逃げていかなければならない。

「尻を切るぞー」

私のすぐ後ろでばさばさと音を立てながらおじーがいう。ふと振り返ると、私の背後の老人たちの列の中に、いつの間にかおばーがまじっている。私はトラックを運転して手伝いの老人たちを集めていき、おじーはバイクで直接畑に向かう。おばーは家の片付けをし、おじーと私と自分の三人分の弁当をつくってから、バイクで畑にやってくるのだった。

おじーと私とは、毎日夕方まで働いた。家に帰るとシャワーを浴び、庭に縁台をだして、暮れてゆく砂糖キビ畑を眺めながら泡盛を飲んだ。私にとっても、あれは人生でよい時間だったといえる。誰も苦しめず、自分自身に正直に生きれば、こうして水で割って飲む泡盛はうまいのだ。これがおじーの教えであった。

だが、その時、おじーとおばーには平穏な中にも苦しみがあったことを、私は知っていた。その前のことはわからないのだが、おじーとおばーは再婚であるらしかった。おばーには連れ子がいて、おじーはこよなく可愛がって育てたのだ。その娘が結婚式の招待状をいきなり送ってきた。そんな義理を欠いた結婚式にどうして出られるかと、おじーは激しく憤慨していた。

「親に挨拶をして許しをもらってから、結婚をすべきじゃないのかね」

「はあ」

「相手はどんな人間か知らんが、義理を欠いて、その男はいいかげんな男じゃないかね」

「はあ」

「挨拶のし方も知らん。その挨拶のし方を、君が教えてきてやったらどうかね」

「はあ」

おじーとの会話はこんなふうで継ぎ穂がなく、私はボールをただぶつけられる壁のような存在であった。横浜に住み、横浜で結婚式を挙げるという娘に、南の孤島に暮らすおじーはどうしてやることもできずに歯痒かったのだろう。ものいえぬ壁とはいえ、憤懣をぶつけることのできる私がそばにいて、おじーは少しは救われたはずである。

おじーの言葉をおばーがそ知らぬふうで聞いているということは、私にはわかっていた。おじーは私に向かって話すふりをしながら、実はおばーにもの申していたのだ。どのみち私は壁なのである。

泡盛を飲むと、おじーは夕飯もそこそこに眠ってしまう。するとおばーは横浜に電話をかける。私は襖越しにいるのではっきりと声が聞こえるわけではないのだが、おばーは娘と声を殺して相談をしているのだ。どうしたらおじーの怒りを鎮めることができるかということである。

朝になるとまた砂糖キビ畑にでていく。私はおじーと二人でいることが多かった。砂糖キビ畑では背筋を伸ばして毅然としてはいるが、心の底に持っている淋しさを隠そうともしないおじーが、私はいささか心配になってきた。そこで私は手斧を握りながら、おじーに向かって説教めいたことをいいつづけたのだ。

「一人で横浜にでて働いている娘さんには、娘さんの世界があるんですよ。若いものには若いものの考え方があるんだから、いつまでも意地を張っていると、娘さんはよそにいったまま帰ってこなくなっちゃうよ」

私はこんな主旨のことをくり返しいいながら、砂糖キビ刈りをつづけた。台湾のほうから、千切れたような雲が低く飛んでくる。晴れていた空はたちまち灰色の雲に覆われ、光が失われていく。やがて、ぽつりぽつりと葉が鳴る。雨粒が落ちてきたのである。刈り倒され太陽の熱に灼かれていた砂糖キビが、濡れて饐えた日向臭いにおいを立てる。おじーや私はいつもそばに置いておく雨合羽をあわてて着け、仕事をつづける。予想していたとおりに雨脚はたちまち激しくなり、起伏の多い砂糖キビ畑の窪地が水溜まりになる。水の中にある砂糖キビの根元に向かって、私は手斧を振りつづける。水飛沫がはねて顔にかかる。

乾くと砂糖キビの幹を包んでいる薄茶色の皮が、手斧を打ちつけるたび細かな粉になって飛び、目にはいり、皮膚にささる。濡れるとそれがなくなり、仕事は幾分楽にはなる。しかし合羽は空気を逃がさないので蒸れ、身体は汗に濡れてくる。合羽の内も外もびっしょりである。暑くて苦しくなってくるが、もちろん手は休めない。

やがて雲は流れ去り、陽が射してくる。砂糖キビ畑全体から蒸気が立ち、水の膜に包まれているかのように揺れる。落ち着くと、再び私はおじーに向かってものを申す。

「娘さんの結婚式に出てあげなよ。年寄りは一歩も二歩も引いて、若いものたちを祝福してあげなよ」

言葉遣いはもっとていねいなのだが、このような意味のことを私はしゃべりつづける。するとようやく、おじーからの返答があったのだった。

「結婚式にいけない理由があるんだ」

横浜港を見渡す郵便貯金会館の結婚式場に、おじーと私とは背広を着てネクタイを締め坐っていた。おじーは緊張しきって表情も硬いのだが、おばーはにこにこしていかにも楽しそうなのである。砂糖キビ畑で娘の結婚式にはでたほうがいいよと私がくどいほどくり返し説得すると、おじーはこう返事をしたのだった。

「色が黒いから恥ずかしいじゃないか」

咄嗟にこうはいったが、おじーの本心は別のところにあるなと私は感じていた。本当の親でもない自分が、まるで親のような顔をして結婚式場にいたら、晴れの舞台で花嫁衣装に身を包んだ娘が困るのではないか。おじーは娘の結婚を内心では認めていたものの、一度怒りを表面にだしてしまった以上、引っ込みがつかなくなってしまったのだ。私はこう受けとめて言葉を返したのである。

「毎日毎日砂糖キビ畑で太陽に焼かれながら働いているのだから、顔が黒くなるのは当たり前でしょう」

「君がいっしょにいってくれるのなら、おじさんは結婚式にいってもいいよ」

おじーはこういい、話の流れの勢いで私は返答しないわけにはいかない。

「いきますよ。もちろんです」

このようなところで話がまとまり、間もなく、与那国島にいる私のもとに結婚式の招待状が送られてきた。日程は砂糖キビ刈りが終ってから間もなくで、娘さんも当然ながら親のことを考えていたのである。

かくしておじーとおばーと私と、砂糖キビ畑からやってきた色の黒いもの同士が横浜に集まった。まわりの人にくらべれば、確かにおじーと私の顔は日焼けして黒かった。新婦の父と一般の客の私が中華料理の食卓で隣りあっているのはおかしいのだが、おじーの希望でそうなった。おじーの向こう側にいるおばーは、砂糖キビ畑では頭や顔を覆う帽子を気をつけてかぶっていたので、あまり日焼けしてはいなかった。私は新郎の友人の司会者に指名を受け、こんなにも日焼けしている理由についてのスピーチをした。もちろん新婦の結婚を父親が反対していたなどということは、話すわけにはいかない。新郎は新潟出身の美容師であった。娘の生活は、すでに与那国島とは遠く離れていたのである。

娘に子供ができてから、おじーとおばーが横浜に遊びにきたことがあった。その時は私が横浜中華街の料理屋におじーとおばーと娘一家を招待した。おじーはどこにいっても与那国の泡盛しか飲まず、娘の家に自分の飲む分を送ってきていた。中華料理屋でもその泡盛を飲んだ。私も妻と二人の子供を同席させた。その後私の長男は与那国のおじーの家に泊めてもらい、二度のシーズンを砂糖キビ畑で働かせてもらったのだ。

そんな思い出があり、おじーが亡くなってから与那国島にいった折に、私はおばーに四十九日の法要が終ったら横浜に遊びにくるよう誘ったのである。もちろんその時には私は前のようにおばーを中華街の料理屋に招待するつもりだった。

おばーの葬儀が終り、おじーの四十九日の法要もすんだ。おばーの魂《まぶい》は与那国島の家のあたりにたゆたっているはずである。それともおじーの魂《まぶい》といっしょに、どこか遠いところにいってしまったかもしれなかった。

私が与那国島にノブさんに会いにいく日が迫っていた頃、横浜の娘から電話がはいった。久しぶりのことだった。二人の子供もずいぶん大きくなったはずである。父親と母親の葬儀の礼をいってから、おばーの死因を問う私に娘はこんな話をしてくれた。

「父が死んでから、空港に勤める姪が毎晩母の隣りで寝てくれてたんです。前の晩寝るまでいつもとまったく変わりがなかったそうですけど、朝起きると死んでたんですって。父が死んで、もう生きたいとは思わなかったのかもしれませんね。誘われたからって、すぐ横浜にきたいっていってたんですよ。父の四十九日も終らないのにってみんなにいわれて、法要がすんだらすぐにくる予定にしてたんです」

ここまでいってから、娘は言葉に詰まった。何か思案しているふうであった。あの結婚式があってから、二十五年もの歳月がたっているのだ。おじーとおばーの孫たちも、立派な青年になっているはずである。一度いい澱んでから、娘はつづけた。

「あの、父の死因は、医療ミスだったんです。認知症は少しあったんですけど、命にかかわるような病気で石垣の病院にはいったんじゃないんです。それがあんなことになっちゃって。病院からもはっきりした説明はまだないんです」

娘の言葉は詰まり、私も先に言葉を継ぐことはできない。その隙間を埋めるようにして娘の言葉が響く。

「今さら父が戻ってくるわけではないですから、事を荒立てないようにするつもりですけど。一応知っていてもらおうと思いまして」

「わかりました」

何がわかったのか自分でもよくわからないままで、私はいう。精々私が理解していることは、父と母の死をそっと受けとめようとする娘のひそやかな気持ちである。理不尽な死を怒る権利は当然ではあるが、怒れば怒るほど親の死という大切な真実が自分の手から離れていく。娘はそんなふうに感じていたのだろうと私は勝手に理解して、受話器を置いた。

飛行機が与那国空港に降り立ち、ターミナルビルまで歩いている間に、私は立ち暗みのような感覚を持った。灼けたアスファルトを踏んで、足を一歩一歩と前進させていく。だが私が進んでいく方向には空から太陽の熱が激しく降り注ぎ、光はねっとりと練ったように濃い。湿度も高そうである。これからその中にはいっていくのだと思うと、身体の中に貯えてあるエネルギーが完全に吸われてしまいそうに案じられたのである。雑誌の取材のためにきたのであるから、私は編集者とカメラマンといっしょであった。滑走路の全体から陽炎が立っている。振り返ると機体は透明な陽炎に包まれ、その向こうに煮詰めたような青い光を集めた海もなお強い光の中に溶け出すふうに揺れていた。

昔よりも精悍さを増した風貌のノブさんが、ターミナルビルで待っていてくれた。私が与那国島へ援農隊できた頃は、ノブさんは島の郵便局に勤めながら、牛飼いをしていた。今は専業の牛飼いで、砂糖キビもつくっていた。島で農業だけでやっていけることを証明するため、郵便局は停年になる前に辞めたのである。輸送という離島のハンディを持っているので、牛は肥育をするのではなく、餌の量の少なくてすむ子取りをしていた。農地を捨てて島から出ていく人が多いので、砂糖キビ畑も牧場も使い切れないほどの土地が余っていた。閉鎖された島だから狭い土地を舐めるように耕しているということでは最早ない。

「さあ、いきましょう」

ノブさんは私たちを四輪駆動車の中に案内してくれながらいう。車が走りだすと、熱と光の光景がウィンドスクリーンの両側に流れだす。飛行場周辺には新しい建物ができているのだが、この光と熱とを含んだ空気は変わらない。飛行場の銀色の金網越しに、濃密な光の海がまた見えた。この光の中で生まれたり死んだりする人間は、陽炎の揺らめきと同じだと私には感じられた。やがて私も空気の中に溶けて姿をなくしていくだろう。

駐車場になっている広場の向こうに、昔から何も変わっていない、くすんだ製糖工場の建物が見えた。黒糖でできているような建物だ。横顔を見るとノブさんは怒っているようでもあるが、もちろんそうではない。おじーとおばーのことを私にどう説明しようかと、悩んでいるのかもしれない。

車は見慣れた集落の中にはいっていった。道路は昔とまったく同じなのだが、新しい建物がずいぶんできているので、全体の印象は違っている。農協の前に島にたった一台設置されている信号機の手前の、自動車修理工場を右に曲がる。すぐ左に折れて三軒目が、おじーとおばーの家なのだった。私は車を降り、玄関前に立った。何も変わりはない。私が最初にこの場所に立ったのは二十五年前なのだった。そんな時間を超えて、私はここにきているのだ。

鍵のかかっていないアルミサッシの玄関ドアを開けて、ノブさんはためらいもなく家の中にはいっていく。私も同じようにつづいた。三ヵ月前に私はここにきた。かつて私が寝た部屋には祭壇がつくってあった。そこに飾られていたのはおじーの笑顔の写真であったのだが、写真がおばーの顔に代えられた以外にはなんの変化もない。それと、おばーがいない。

「毎朝私が戸を開けにくるの。午前中はなるべくここで酒屋の仕事をしようと思って」

ノブさんの奥さんが、居間の座卓で泡盛の壜に貼るラベルを数えていた手を休めていった。ノブさんの家でどなんという銘柄の泡盛を製造しているので、おじーはいくら飲んでもまた持ってきてもらえたのである。

祭壇に香典を置き、線香を立て合掌礼拝してから、私は立って家の中を見回る。おじーの砂糖キビ畑で働いた援農隊参加者の写真が壁に貼ってあり、その中に私や私の息子がいた。私は若者の気配の残る三十代半ばの風体で、おじーも髪の毛がふさふさして農民らしい壮年の精悍さである。歳月は人の大切なものを容赦なく奪っていく。

「いなくなっちゃったなあ」

私はノブさんと奥さんに返事を期待するでもなくいった。二人とも無言で頷いただけだった。私もこの歳月まったく無事だとはいいがたいのではあるが、ここにこうして生きて存在しているのが不思議な気がした。

ガラス戸を私は引いた。夕方、砂糖キビ畑から帰るなり、おじーと私とが野良着のまま坐って泡盛を飲んだ縁台が、まったく当時のまま置かれていた。すぐ前には砂糖キビ畑が広がり、その先にティンダハナタが、強烈な日差しを浴び濃い光の満ちた青空に向かって溶解しているようにも見えた。

砂糖キビ畑の中に白い土の道があり、ティンダハナタに向かって曲がりながらつづいていた。砂糖キビは収穫が終ったばかりなので、白い道はなおよく見えた。その道を遠ざかっていくおじーとおばーの後姿が点景としてあるといいなと私は思うのだが、もちろん見えるわけではない。ただただ静かな景色であった。

野の鍛冶屋

いつも不意に電話がある。その時には私のよく知らない声で、知床の佐野博さんの父佐野幾之介さんが亡くなったことを知らされた。佐野博さんは私と同年で、したがって父もほぼ同年の戦中派である。私の父は最近十三回忌の法要をやった。父は脳梗塞で倒れ、私が病院に見舞いにいくと、自分は日本兵だったから病院のこんなに柔らかなベッドの上で死んではいけないのだと、自問自答するように苦しそうに訴えていた。平凡な市井の人間が無理矢理戦場に連れていかれ、ずいぶん苦しい体験をしたのだろう。病院で父がいっていることの意味を、詳細はともかくなんとなく私にはわかるのである。

佐野幾之介さんの死を知らされ、まず私は自分の父親の死を思った。人は自分の生涯を、どのような形でか閉じなければならない。年配の人の多くの場合、その生涯を振り返る余裕はある。死の知らせは突然なのだが、私は予兆のようなものはなんとなく知らされていた。幾之介さんは長い闘病生活の中にあり、これまで何度か危篤になって、子供たちや親族が急遽枕元に集まったことがあるそうだ。

不意の知らせを受けた私は、とりあえず手帳を開いてみた。知床にいく時間をつくるのはどう見ても無理だったが、これまでの付き合いからいってどうしてもいかなければならない。観光の気配が残っている季節だから飛行機の東京からの便がとれなければ札幌経由でいくしかないなどと考え、私は飛行機会社に電話をいれた。すると夕方の女満別への直行使が簡単にとれた。私は小さな手荷物を一つつくり、タクシーのくる表通りに出た。

幾之介さんはまことに知床に似合う風貌の人物であった。身体はがっちりとしていて、山にある風雪に耐えてきた老木を思わせた。身体壮健な開拓者で、性格は温厚である。困ったものには身を惜しまずに援助の手をさしのべ、自分自身は働きに働いてきた。まさに時がきて老木がゆっくりと倒れるように生涯を終えたという印象であった。

どんなに強い人間でもいつかは弱るというのが、この世の当然のならいだ。幾之介さんが闘病生活にはいったのは、自動車を運転していてぶつけられたからだ。私が小耳に挟んだところによると、よく知った人が酔っていたのかどうかふらふらと蛇行運転していて、幾之介さんは注意しようと止まって待っていると激しく追突された。肋骨を何本か折り、ベッドの上で動かずにいるうち、徐々に認知症がでてきたということだ。身体を動かして生きてきた人が、動けなくなってやり場のない苦痛を感じ、本来は存在しないはずの場所に向かって精神的に逃がれたのかもしれない。いつか孫の結婚式に私が仲人をつとめたことがあった。幾之介さんは車椅子で出席し、私のところに挨拶にきた。その時にあまりに嬉しかったと見え、嬉し泣きをはじめて、限度を越えたほどに顔を涙でぐしゃぐしゃにし、いつまでも泣きやめず、娘さんに車椅子を押され遠ざかっていったことがあった。

二十年前にはじめて出会った時には、顔も全身も精力に満ちた開拓者の風貌で、言葉の一言一言に力があった。私は近寄りがたい威厳をたえず感じていたものだ。一昔前の日本人が持っていた品格というものが、野で生きてきたこの人には重厚にそなわっていたのだ。だが無常の風が吹いてくることはとめられず、落魄の印象が強くなってきた。それとほぼ同時に息子の勢いがさかんになる。時は流れ、明らかに世代交代の時代をむかえていた。

私は東京の高速道路を走るタクシーで、いつもの堂々巡りを頭の中にさせていた。人が死ぬのは悲しくてたまらない。悲しくて、悲しくて、どうにもならない。だがこれは仕方のないことなのである。いつか死ぬのがわかりきっているのに、普段はそんなことをまったく考えもしない。何も知ろうとせず、平然として生きている。そのことのほうが勇気があるとも思えるのだ。こうして一人また一人と勇気をもって私のところから旅立っていき、やがて、私の番がくる。時がくれば、私も勇気を持って向こう側にいかなければならない。みんなそうやってきたのだから、私にできないということはないはずである。そう考えるほかにない。

日常生活というのは、どうしていつもこんな雑踏をいくようなのは何故なのだろう。羽田空港の雑踏の中の人となり、私は列をつくって機械の中を通り、女満別行きの飛行機の指定された席につく。秋の観光シーズン中で、精神を高ぶらせた人の声が響き渡る飛行機は満席である。突然電話をいれただけで、よく席がとれたなと思う。機内には笑い声が揺れていた。孤独な死とは最も遠い遊楽の世界である。

私は読みかけの本を開いた。窓のない席だったので、どのあたりを飛んでいるのか私にはさっぱりわからない。ファックスで送られてきた佐野幾之介さんの履歴を私は見る。葬式で配られるものである。佐野幾之介さんは常呂郡野付牛町字兵村四区にて、父直介と母テルの四男として生まれた。地名からして、屯田兵《とんでんへい》の村であることは明らかだ。生まれながらの開拓者なのである。野生的な名を持つ野付牛町とは、現在の北見市だ。

幾之介さんは中学校を卒業すると同時に、訓子府《くんねっぷ》の加藤馬車工場に勤務した。馬車は骨組みは鉄を組み立てて熔接し、あとは木を貼りつけてつくる。徴兵されて軍隊に入隊し、除隊後は装蹄師となった。馬の蹄《ひづめ》に蹄鉄を打つ技術を、軍隊で習い覚えたのだ。北海道の東部地方は馬産地で、軍に軍馬を供給したのである。その後斜里町農業協同組合農機具工場に勤務し、やがて自分の工場である佐野鉄工所を開いた。この経歴だけでも、重い鉄を相手に働いて働いてきた人であることがわかる。生活のための仕事をしながら消防団員をし、勲章などを何度ももらい、功績を重ねてきた。この程度にざっと概観しただけで、佐野幾之介という世を生きて死んでいったばかりの人物の人となりが、もちろんわかるわけではない。その人物の本当の評価は、細部に宿るものである。

圧力がかかって血液が頭のほうに寄せられ、飛行機は着陸態勢にはいって高度を下げているのがわかった。窓の外を眺めることができたら、頭に冠雪をした知床連山などもよく見えていることであろう。機内では観光客たちの小さな悲鳴とはしゃいだ声とが、ひとしきり響いた。私は飛行機という機械の力を借りて、高速でここまで飛んできた。その機械がもしないとしたら、私は裸で虚空に浮かんでいるはずである。三百人近い乗客全員が椅子に坐っている格好をし、裸で虚空に浮かんでいる。裸の群れが空を飛んでいる光景を思い浮かべた私は、なんとなく神妙な気分になった。昇天という言葉を思い浮かべたからだ。

衝撃もなく着陸した飛行機は滑走路をすべっていき、ターミナルビルに接岸するようにして止まった。機内の廊下に列をつくる乗客たちとともに、私も列の一人になる。ハッチが開けられ、乗客たちはターミナルビルのほうに流れ出した。

「蜜と乳の流れる大地」

私の目に不意にこの言葉が響いてきた。北海道への集団帰農者は、こんな言葉で集められたのだ。パレスチナのユダヤ人入植者募集の言葉とそのまま同じ、旧約聖書の文言である。人にいえぬ苦難が待ってはいたのだが、その言葉に誤りはなかった。あまりに簡単にきてしまう観光客にとっても、同じ言葉が今もなんとなく響いている知床は、自然豊かな楽園のイメージである。

一瞬響いた言葉は、蛍光灯のまばゆいビルの中にはいって一瞬にして消滅した。預け荷物もない私は、そのまま外にでていく。すると佐野博さんにいわれたに違いないのだが、私を迎えにきてくれた農家の青年二人の顔があった。いつもの彼らの顔を見ると、私は安堵する。

「今年は気候が暖かかったんだ。小麦もビートも豊作なんじゃないかなあ。もうちょっと雨が多いほうが、ジャガイモはいいんだけどなあ」

野の道に車を走りださせながら、それぞれ五十ヘクタールもの畑を耕す彼らはいう。つまりおおむね豊作で、今年はよい年だったというのである。飛行場と斜里の町への行き方は彼ら独特のやり方があり、信号のない農道を突っ走っていく。一人一人がまったく別の道を通り、それぞれに自分が一番賢明な道を選んでいると思っていて、最後は同じところに着く。農家にとっては、今年もおおむね勝負がついた。よいような悪いような、致命的な災害もなかったから結局よい年だったということである。なんの不安もなくその年が終るなどということは、天地の間で土を耕して生きている人間にとっては、あり得ないのである。完璧には完結できない部分があったほうが、その欠落部分を翌年に持ち越すことができるからよいのだ。そのような発想をすることも、自然の知恵といってよいだろう。

「みんな集まってるよ」

いつもの調子で彼らはぶっきらぼうにいう。珍しく彼らは黒いスーツを着て黒いネクタイを締めてきていた。だが本来なら野良着を着てトラクターに乗っている時期なのである。野の道をちょっと走っただけでもトラクターの動きまわる姿が見え、野面には収穫の華やぎが満ちているのがわかった。タマネギの取り入れの最盛期である。畑の端には鉄のコンテナが置いてあり、掘り出されたばかりの乾いた土の色をした新鮮なタマネギが山盛りに詰められていた。

野の道は起伏を重ねつつ、遠くまでまっすぐに伸びていく。その道の彼方に山頂あたりの冠雪した知床連山が見え、穏やかに横たわるオホーツク海が眺められる。暮れてきた空の中天のあたりに澄んだ青空の欠片がわずかに残っていて、今日もいい日だったことがわかる。

彼らの話によると、漁師の番屋のほうでも、カラフトマスは大漁だったということだ。漁師たちは回遊から帰ってきたカラフトマスやアキアジを捕獲して卵をとり、精子をかけて授精させ、孵化させて稚魚を放流する事業をやっている。だがなにしろ自然が相手で、毎年毎年の出来不出来がある。サケマス科の魚の習性とすれば、放流されれば必ず帰ってくる。だがどこに帰ってくるのかわからないというのが実態である。知床で放流された魚は、北海道のどこかには帰ってくると大雑把に考えたほうがよいということである。

秋は収穫の季節で、植物たちは未来に遺伝子をつないでいくために実をつける。サケもマスも種族を生き延びさせるために、命を懸けて故郷の川に産卵に戻ってくる。新しい命が誕生するとは、古いものは死ぬということだ。死ぬ人は、自分の生きてきた場所を残っているものに譲っていくのだ。だがその人でなければどうしても埋められない場所というものはある。

斜里川を渡り、河口のほとりにある斜里の街にはいった。もちろん葬式がでたからというのではないのだが、街の中は歩いている人もなく閑散としていた。夕暮れのいつもの街の様子である。だが佐野家の前ばかりは無言の人だかりがあった。ちょうど出棺前で、たくさんの人が見送りにきていたのである。中途半端な時に顔を出しても佐野家の人も困るだろうからと、私たちは道路端に車を止め、人の波が去っていくのを待った。顔をよく知っている人たちが家の中から出てきて、寺院風の屋根を乗せた派手なつくりの霊柩車に向かって頭を下げた。私たちはやがて動きだした霊柩車のあとを追っていき、棺が運び込まれていくのを確かめてから、葬儀会場の寺にはいった。

人はたくさんいたのだが、とるものもとりあえずに参集したという感じで、整然たる秩序はまだできていなかった。通夜の受付けの机もまだよく設営されてはいない。私が東京で手配した花輪は届いていた。混乱している受付けに香典を渡して、導かれるまま奥の部屋にいくと、見知った顔がたくさんあるのだった。会場は中央部に祭壇のある広くて立派な会館で、二階にはたくさんの人が宿泊できる部屋があった。多くの人がどんどんやってきて、相変わらず右往左往していた。どうも死者には人を集める力があるようだ。故人も享年八十五歳という常人には充分な年齢で、長い時間寝ついた後であるから、葬儀をして他界に送り出すほうの感覚もただ暗いというだけではない。天寿をまっとうした人の、旅立ちを祝う幾分かは晴れやかな意味があった。

見知った人と挨拶を交わしているうち、会場の中央に移動するようにと声がかかり、機が熟するようにして通夜がはじまった。僧侶の読経があり、焼香がある。葬式は澱みなく進行していき、葬儀委員長の町長による故人を讃える言葉があった。

「故人は根っからの開拓者であります。斜里の鉄工所では、子供をおぶった奥さんと二人、いつも真黒になって真赤な鉄を打っていました。私は宇登呂で農業をやっておるのですが、雪が降ってきて材木を搬出するため、二連の馬橇《まそり》のバチバチがどうしても必要だというと、幾之介さんは金がないのに気持ちよく鉄を打ってつくってくれました。支払いはいつでもいいということで。幾之介さんに助けられた農家は多いはずです。ある農家の人から聞いた話ですが、馬を引いて斜里にでていったら、馬の蹄鉄が駄目になっていることに気づいた。佐野鉄工所に駆け込むと、このままでは馬が可哀相だからと幾之介さんは、支払いのことは後回しで蹄鉄を打ってくれたそうです。幾之介さんは、目先の利を求めるより、もっともっと大きな利をくれる人でした」

馬といえば軍馬として優先的に軍隊にとられてしまった。馬がなければ開拓のために森の大木を倒しても、運べないので売ることができなかった。大人が二人も三人もかかってやっと抱えることのできる丸太を一箇所に集め、山積みして焼いた。木はただ邪魔だという気持ちしかなかった。木が盛大に燃え上がっている時に風が吹けば、たちまち山火事になった。エゾ松は油があるので、葉から枝へと火が走り、山の裾野が焼け、よく開拓者の家が燃えた。逃げ遅れた子供が焼け死ぬというたましいことも、何度も起こったのだった。

みんなが鍛冶屋を必要としていることがわかっていたし、すすめてくれる人もあり、小さいながら佐野鉄工所を起こした。仕事はひっきりなしにあったのだが、機械も使わず能率が上がるでもない手仕事で、一つ一つの工賃は安かった。のべつまくなしに働いているばかりだったのだ。コークスを真赤に起こした火床から焼けた鉄を出して金床に置き、一貫五百匁(約五・六キロ)のハンマーを片手で持ち、振り上げ振り降ろして打った。リズムをとってハンマーでいっしょに打つ相棒を、相槌《あいづち》といった。相槌は女房である。同じ場所を同じ力で何十回何百回打つのだと教えても、女の力ではなかなかうまくいかなかった。いつも身のまわりに小さい子供がいて、女房はいつも赤ん坊を背負っていた。背中の子は、ハンマー打ちに一生懸命になると脳天の方向に、ずり落ちてきた。前屈みの作業なので、おなかの大きい時は突っかかって苦しく、難儀であるはずだった。いくら叩いても注文がさばききれず、女房にはつらい思いをさせたなと思う。

農家は金に余裕がないので、先の注文ができない。雪が降れば造材仕事をして稼がなければならないのに、馬鈴薯掘りや玉ネギ掘りを雪の畑でやり、それでも間に合わないことはしょっ中だった。馬鈴薯や玉ネギが売れて金がはいってから、冬の道具の注文を鍛冶屋に出すので、とにかく仕事を急かされた。造材にはタマやバチバチが必要だったが、どれも鍛冶屋がつくるものとしては大物である。薪割りに使うカナやフクロも使い方が激しいので、なまくらなものを打てばたちまち使いものにならなくなる。佐野鉄工所はよいものを打つと評判をとるため、何十回も真赤に焼き、何百回も打った。大鍬をなめるようにしてていねいにのばしたし、鎌も鉈も、丸太削りのハビロも打った。朝起きると鍛冶場に坐り、食事をとる時間も惜しんで働いた。蹄鉄を打つのが間にあわず、馬が工場の前にならんでしまったこともあった。火床はすぐ前にあるのだが、ふいごで風を吹かせるため、冬は顔から上に熱が逃げてしまって身体が寒い。もちろん夏は暑くて難儀きわまりない。汗をかきすぎて力がなくなるので、塩をなめなめ働いた。

漁師からも漁具の注文を受けた。ホタテ貝漁は、八尺の大きな爪で海底を引っ掻きまわして貝をすくっていく。八尺の爪がよく壊れるので、朝二時に船が出航するまでに修理しておいてくれという注文がしばしばはいった。爪を直さなければ漁ができなくなるので、夜も寝るわけにはいかず、必死にならざるを得ない。修理をしている港に漁師たちがやってきて、真暗な海に船が出航していくと、ほっとしたものだ。やがて漁から戻ってきた漁師に、鍛冶屋の代金として五斗叺《かます》にはいったホタテ貝をもらった。

鍛冶屋の仕事が暇な時には、女房は浜にいって漁師の女房たちにまじりホタテ貝を干す仕事をした。浜一面に棚がつくってあり、その上に筵が敷いてあって、殻をとったホタテ貝を干す。女房の稼ぎも生活の中に消えていった。

とにかく働いて働いて生きてきたのだった。こうして男一人女三人の子供を育て上げたのである。

まわりの人に酒をつがれて飲みながら、私は佐野幾之介さんへの想像をめぐらせていたのだ。幾之介さんと私の父はまったく同世代で、働いて生きてきたことと、軍隊生活をしてきたことが、共通である。私は本当は知らない鍛冶屋の情景まで想像していたのであった。

幾之介さんの通夜は、たった今目の前から消えてしまった故人に対する、親愛の気配に満ちていた。葬式が終っても、多くの人は帰ろうとしない。いつまでも故人のそばにいたいのだという気持ちを隠そうとしないのだった。疲れているものは二階に床をとって休んだが、そこまでしても帰るわけではないのである。体力の余っている若いものは、改めて宴会の支度をはじめている。

「最後の晩だから、じいちゃんのそばに朝までいるんだ」

何人かの孫たちから、私はこんな言葉を聞いた。彼らはみな柔和に微笑んでいうのであった。私は駅前の常宿に帰った。

その翌朝、ちょうど告別式のある時刻に、私は東京に戻るため女満別空港に向かっていた。車で送ってくれるのは、昨日迎えにきてくれた二人だった。私は仕事の関係でただちに東京に戻らなければならなかったのだ。彼らは彼らで、昨夜は故人との別れを充分にしたということだ。二人は昨日のままの黒いスーツを着ていた。あっちこっち皺だらけで、ネクタイも取っていたので、黒いスーツは着っぱなしだったということがよくわかった。間違いなく彼らは昨夜眠っていないのである。

さつまいも

　まるで大型の電気バリカンのような蔓刈り機で、ビニールのマルチに覆われた土から生えているさつまいもの蔓を刈っていく。機械が通りすぎたあとは、髪を刈ったばかりのように、頭の皮膚のような黒くてらてら光るマルチだけになる。

　そのマルチを手で引き剝がす。刃が回転しながら土を掘っていく収穫機を通すと、ベルトコンベアーの上を、土を柔らかな蒲団にして丸々としたさつまいもが流れていった。鮮やかなピンク色にちかい赤紫色のさつまいもは、陽に輝いて美しかった。土の中に眠っていて皮が空気に触れず酸化していないため、さつまいもはこんなに艶やかなのだ。それにほっくりと太っていて、うまそうである。

「掘って売り、掘って売り、朝から晩までいもですよ。母さんも息子も嫁さんも畑にひたって、いもを掘り、箱詰めして、直売です。この畑はすべてを生み出す源泉です。掘って掘って掘りまくっています」

収穫機のエンジン音のやかましさに負けず、日焼けした男が大声を張り上げた。ずっと先の黒い雑木林までまっすぐな畝がつづき、見渡すかぎりさつまいも畑である。畝は緑の葉に包まれて盛り上がり、土の中には甘い実をためたさつまいもがふくらんでいる。男の話が一段落するのを待って、私は土の上から蔓を持ち上げた。持ち上げる途中から両脚を踏んばり、腰を沈めて全身に力をいれる。持ち重りのする濡れたようなさつまいもの束が、空中に浮かんだ。この赤紫色の皮の中には、黄金が詰まっているとも思われた。

私はさつまいも栽培の文章を書くため、取材にきていたのだった。北を入間川、荒川、南を多摩川に挟まれた武蔵野は、そもそもが広大にして茫漠たる萱野《かやの》であった。屋根葺用の萱、馬の飼料、刈敷《かりしき》、堆肥、燃料のための採草地で、まわりの農民たちはこの土地をめぐって争いをくり返してきた。幕府評定所はこの北武蔵野を川越藩の領地とし、川越藩は近隣の村から開拓農民をつのり、新田開発をはじめた。三百年と少し前のことである。二年後に上富《かみとめ》九十一屋敷、中富《なかとめ》四十屋敷、下富《しもとめ》四十九屋敷の百八十屋敷をもって、新しい村となった。これを三富《さんとめ》新田という。

三富新田は一戸あたり五町歩ずつ分配された。当時も今も大農家である。道路に面した側を屋敷地として中心部に集落を形成し、その奥を耕地として、最も奥に平地林を残した。屋敷村には竹、けやき、杉、檜、樫を植えた。竹籠などの材料がとれ、建築用材となる。樫は火に対して強いから防火壁となり、飢饉の時にはどんぐりの実が食用になった。

一人前の男は一日に五畝の畑を耕すとされ、一年の耕作計画を立てた。火山灰の関東ローム層の赤土の台地で、水はけが悪く、水が不足して水田はそもそもできない。水には苦労し、三富地区では深井戸が十一箇所掘られた。日照りの時には井戸も涸れ、遠くの柳瀬川まで歩いて水を汲みにいった。

平地林には、楢《なら》、えご、赤松などが植えられ、冬は空っ風が吹きすさぶ武蔵野の防風林となり、煮炊きの薪を供給し、堆肥の原料となる落葉を出した。もともと栄養分の少ない赤土に堆肥を大量にいれ、土壌改良を行った。はじめは稗《ひえ》や粟《あわ》しかできなかったが、さつまいもの種いもがもたらされた。三富で栽培された富《とめ》のいもは評判となり、やがて川越いもと呼ばれるようになってくる。

その日そんな取材をした私たちは、近くの私鉄の駅前のビジネスホテルに投宿した。夕食をとるために、近所の料理屋にはいった。一階はほぼ満席だった。急な階段を踏んで二階に上がった。あまりに急なので、酔って転げ落ちる人もいるのではないかと思われた。宴会場のつくりになった二階の大部屋はがらんとして、客は数えるほどだった。

「私も栃木なんですよ」

上がってきたママが機嫌よく私を見るなりいう。

「へえ、そうなんだ」

私はこんなふうにいうしかない。時々このように、私は栃木出身者に挨拶をされるのだ。

「別に部屋がありますから、そこを使ってください」

なんとなくママに押し切られるような形で、カメラマンと編集者と私の三人は移動する。そこは個室であったが、特に変わりばえがしたわけではない。

私たちはそれぞれに定食と、ビールと焼酎とを注文した。焼魚定食やトンカツ定食とありふれた食事をとりながら、焼鳥などをつまみにし、焼酎を飲む。私はすでに一年間つづけている連載の探訪記事がうまくいっているかどうか気になり、それとなく編集者に問う。

「モニター報告などがあるんですが、報告書は上々ですよ。このままつづけて心配ありません」

私と対面しているからなのか、編集者は控え目にいう。こうして終りの決まっていない連載をつづけていると、いつ終りになるのか、もっと正確にいうならいつ打ち切られるのか、不安なのである。この三十年間いつもその不安の中で仕事をつづけてきたような気がするのだ。ビールのジョッキを空にし、焼酎のお湯割りにかえながら、編集者は今思いついたというようにいう。

「そうそう、最初にいわなければならなかったんですが、編集長がかわります。営業関係の部署に移るんですが、栄転といってよいでしょう。編集も営業も、どちらもできる人なんです。よろしく伝えてくれといってました」

私とすれば寝耳に水の話であった。連載がはじまるに際し、料亭に呼んでくれてていねいな挨拶をしてくれた編集長の顔を思い浮かべ、私は問う。

「本人は異動が嬉しいの」

異動は会社勤めの常である。自由業の私も、仕事の発注元の担当者がかわるので、大きな影響を受ける。異動は共同の運命ということだ。

「偉くなったんですから、それは満足しているはずですよ。前にもいた場所ですし、またばりばりやるんじゃないでしょうか」

「そうですか。本人は嬉しいんですね」

そうとしかいいようはないだろうと私は思ってみるが、いわれたとおりに受けとめるのである。

「連載が好評ですから、編集長の口癖がよくでるんです。ぼくらにモニター報告を読ませてから、よくこういうんですよ。そうだろう、間違ってなかったでしょう。ぼくのいうとおりだったでしょう」

編集部の光景がなんとなく浮かんできて嬉しくなった私は、思わずいう。

「今度編集長の送別会をやらなくちゃいかんなあ。時間のある時を聞いてください」

「わかりました」

編集者は率直にいってくれる。編集長は地方都市に転勤になったのだから、上京してくる時に私のほうがあわせればよいだろう。編集者と私のやり取りを黙って聞いていたカメラマンが、静かにいった。

「その時はぼくも呼んでもらおうかな」

「そうですね、この連載はこの四人ではじまったんだから、中締めをしなければいけませんね。編集長も喜ぶんじゃないでしょうか」

編集者がその場に合わせ、こうして後日の宴会の予定がなんとなく決まった。その時襖が開かれ、大きな盆に皿を何枚も乗せたママが勢いよくやってきた。皿には天麩羅が大盛りに盛りつけてあった。ママが揚げ立ての香ばしい天麩羅をそれぞれの前に置く。

「あれ、注文してませんよ。別のところにいく分じゃないですか」

あわてて編集者がいうと、ママが笑顔をつくって栃木訛りの抜けない声を返してきた。

「うちは天麩羅が名物だから、食べていってください。誰にもこうしてるんですから、どうぞ御心配なく」

「だって、おなかがいっぱいですよ」

その場の空気を代表して編集者が困ったふうにいう。するとママはそんなことは問題ではないとばかりに一人言のような口調で返すのだ。

「うちの名物はもう一つあります。鰻の蒲焼きも食べていってもらわなくちゃなりません。わざわざ電車に乗って、東京から食べにくる人もいるんですから」

私たちの反応を確かめもせず、ママは忙しそうに部屋をでていった。みしっみしっと階段を踏む音が遠ざかっていく。沈黙していた私たちは箸を取り上げ、天麩羅を食べはじめるのだ。特上の太い海老が三本もはいり、平目なのか切り身の厚い魚もある。茄子や葱や三ツ葉などの野菜もふんだんにあって、厚切りのさつまいももたくさんはいっていた。定食を食べ終っている私たちは、これらを一つ一つ天汁にひたしては食べはじめるのだ。腹はいっぱいになっていたのだが、全部きれいに食べてしまわなければ、ママに申し分けないような気分になっていたのである。

「ここはへんな店だね。注文しないのに料理を持ってくる」

私はこのようにいいながらも、まんざら悪い気分ではなかった。他の二人も同様であった。編集者がこういったから、私は彼の気分がわかったのである。

「編集長の慰労会を、この店でやりましょう。都心から四十分も電車に乗ればこられるんですから。帰るのも大変ではないでしょう。もしかすると、編集長はこの沿線に住んでるんじゃなかったかなあ。今度確かめておきます」

「たぶんここからそんなに遠くはないんじゃないかなあ」

カメラマンも乗り気な様子でこういった。

編集長の送別会の相談で盛り上がっていると、ママが大きな四角形の盆を持って再び上がってきた。着物の裾がばさっぱさっと空気を打つ。盆には長方形の大きな皿が三枚のっていて、それぞれに鰻の蒲焼きが丸のまま一匹ずつあった。肉厚の鰻はいかにもうまそうなのだが、なにしろ私たちは満腹なのであった。

「これがうちの本当の名物ですから、食べていってもらわなければしようがありません。うちの親父が心を込めて焼かせていただきました」

こういいながら、ママは私たちの反応など確かめもせずに蒲焼きの皿を置いていき、空になった天麩羅の皿を重ねて盆にのせる。

「どんなにおなかがいっぱいでも、この鰻ははいる場所が違うんです。どうぞ、冷めないうちに召し上がれ」

言葉遣いは穏やかではあったが自信に満ちて押してくるママに圧倒され、私たちは蒲焼きに山椒の粉を振りかけ、箸をのばした。蒲焼きを少し千切って舌にのせると、とろけて身が崩れるかのように軟らかであった。肉の分厚さといい、脂ののりといい、焼きかげんといい、たれの味といい、どれも自慢できる。しかし、できることなら、炊きたての白い飯の上にのせて、私たち自身が空腹の状態でこれを食べたかった。

結果として、私たちは出されたものをきれいに食べた。ボトルの焼酎もきれいに飲んだ。ママが自信を持って出してきたものであるだけに、もし食べ残したならば、ママや親父さんの人格を否定するようなことになりかねなかったからである。食べ残すということは、彼らに喧嘩を売っているようなものなのである。

一階に降り、勘定を払おうとすると、ママも調理場から出てきた親父さんも、私たちが注文した定食やボトルの代金以上をとろうとはしないのだ。二人とも栄養がよさそうな小太りで、背はそれほど高くはない。ママは化粧の下で少し汗ばんでいた。親父は白い調理着を着けている。調理場にも配膳にも、働いている人が三人はいた。食べたもの全部の代金を払いたいとくり返しいう私たちに、親父さんは凄むようにして低い声をだした。

「あんたね、どうして注文をしていないものまで払うの」

編集長が突発的な病気で急死した。編集者からはそのような連絡があった。編集長とはいっているものの、すでに転属していた。本当の編集長は別にいるのだが、通りがよいので編集長といっておく。あまりに急のことで病名もわからないということだ。それでも通夜と葬儀の日時と場所は決まっていた。あいにくその日私は遠くに旅行にでかける日程になっていて、身体が空いていない。死はいつも唐突なので、身動きできないことが多い。せめてもの送別の気持ちを示すため、私は電報を打ち、生花の手配をした。

「いつも日本農業のことを案じている人でした。安らかにお休みください」

私が打った電文である。これからでもあの料理屋で送別会をやりましょうと、本当は言葉を添えたい気持ちであった。あの「注文をとらない料理店」になるかどうかはわからないにせよ、編集長とゆっくり話すことができればよいのである。たとえ私がいかなくても、当然のことながら葬儀は進行する。後日、私は編集者に電報と花輪のお礼をいわれた。電報は告別式で読み上げられたとのことだ。

月刊誌の連載であるから、私は毎月旅行にでなければならない。四国のはずれの高知県宿毛《すくも》市で、土佐文旦《ぶんたん》をつくっている人を訪ねた。畑にいった時、収穫前の文旦がたわわに実り、なんとなく宇宙的な雰囲気に感じたものだ。小高い山のてっぺんから谷の底まで、見渡すかぎりの蜜柑畑で、日当たりのよい斜面や山の上には文旦が、谷地や日陰の斜面には小夏がつくられている。無数の蜜柑が、宇宙の星のように見えた。私がいったのは澄んだ秋の日だったのだが、一個一個の蜜柑は暗闇の中で輝きを放っているかのようだった。蜜柑畑のその向こうには、もう一つの空に見える海が横たわっていた。

樹になっている文旦はまだ未熟で、食べることはできない。話の流れの中で農家の主人は文旦を一個樹からもいで、私にくれた。部屋に文旦を一個でも置いておくと、そこはかとない文旦の香りが漂う。香りを三週間ほども楽しんでいるうち、熟して食べられるようになるということである。

私は未熟な文旦を一個リュックにいれて帰り、書斎の机の上に置いた。確かに空気が清浄になったような感じがした。原稿を書いている時や調べものをしている時、宇宙を思わせるあの蜜柑畑の芳香が鼻に触れたように感じて、ふと顔を上げてみることがあった。私は文旦畑のことを思い出し、編集長はどこにいったのだろうかなどと考えたりした。

秋田県の湯沢温泉で三ッ葉栽培の取材の最中、編集長の送別会をしようという相談を編集者とした。場所は例の「注文をとらない料理店」しかない。編集長は亡くなったはずであるが、思い出を語る会というようなことだと私は理解した。

湯沢にいった時は日本列島の上空にこの冬一番の強い寒気が流れ込み、大雪となった。新幹線と在来線とタクシーに乗り継ぎ、私は編集者とカメラマンとともに雪に埋もれそうなビニールハウスに向かった。

ハウスの中にはいると、快い温かさが頬に触れた。そこに温泉が引き込まれ、水耕栽培が行われている。空気は湿っていて、まろやかである。水の流れる澄んだ音がして、水耕ベッドで育っている濃い緑色の葉を広げた三ッ葉が、水を吸い上げ一刻も休まず育っていくひそやかな気配に満ちていた。ビニールの内側は温泉の香る別天地であった。時折、ハウスの横から雪が落ちるばさっという音がした。ハウスとハウスの間を、激しい勢いの風にのって吹雪が走りぬけていく。

季節がすすんでいき、日本列島は南北に長くて風土の幅が広いということが、旅をするたび実感されるのであった。取材がすみ、家に帰って原稿を書いてしまうと、私は編集者との約束を思い出した。四十分も電車に乗って郊外の料理屋にいくのは億劫なのではあったが、約束したのだから仕方がない。

かの料理屋は交通量の多い旧街道に面していて、私鉄の線路を渡ったところにあった。さつまいもの取材にきた時には秋の実りの季節だったのだが、いつしか木枯しが吹いていた。風の中には無数の微細な棘が含まれているかのようだった。以前にここで満腹になった感触をめったにないこととして思い出したりしながら、私はガラス戸を開けた。

「いらっしゃい」

ママの声が響き、少し間を置いてあちらこちらから店員の同じ声が響いてきた。前に一度きたきりなのだが、私は懐しい気分になっていた。和服のママが素早い身のこなしで私のところにやってくる。

「忘れないで、よくきてくださいましたね。お連れ様がお待ちですよ」

こういうママに背中を押されるようにして、私は靴を脱いでから急な階段を上がった。狭いところにつくられているせいか、この階段の勾配は必要以上に急であると感じられた。一段一段踏みながら、私は階段の傾斜を身の内に思い出したりした。私はがらんとした大部屋ではなく、最初から小部屋のほうにはいった。そこにはすでに三人が揃っていて、私に向かって一斉にやあと片手を上げた。

四角形のテーブルには編集者とカメラマンと、その間に編集長がにこにこ笑って坐っていた。同じ会社の人なのだからなんの不思議もないのだと、私は私自身にいい聞かせる。私が空いた一画にあぐらをかくと、編集長が笑顔を崩さずにいう。

「いつも連載をありがとうございます。大好評で、喜んでいますよ」

編集長は私に向かっていいながら、編集者とカメラマンのほうに顔を向けていう。

「そうでしょう、間違ってなかったでしょう。ぼくのいうとおりだったでしょう」

こう言葉を向けられた二人も、笑顔で頷くのだ。楽しい飲み会になりそうだった。和服の裾で風を湧かせる音を立てて、ママが勢いよく注文をとりにきた。私たち四人はメニューを開いて顔をならべる。私は顔を上げ、ママに向かっていう。

「注文をしないものは持ってこないでくださいね」

「そうはいきませんよ。せっかくきてくれたんですから、うちが食べてもらいたいものは遠慮はしませんよ」

ママが勝気そうな表情をこしらえ、私に強い視線を返してきた。ママは自分のやりたいようにするつもりだと、私にはわかる。

「鍋にしようかな。寄せ鍋と鶏鍋とどちらがいいですか」

編集長は私に問う。鍋を食べた後に天麩羅と鰻の蒲焼きが運ばれてくる光景を、私はふと想像した。しかし、まさかそのことをいうわけにはいかない。いえばママに催促をしているようなものだ。

「寄せ鍋がいいかな。刺身の盛り合わせと、焼鳥の盛り合わせ。牡蠣フライと、焼酎はボトルをもらいましょう。その前にビールの大ジョッキを一杯ずつ。勝手に頼んじゃうけど、とりあえずそんなところにしましょう。いいですよね」

編集長にいわれ、他の三人は大きく頷く。編集長はここが「注文をとらない料理店」であることを聞いて知っているはずだ。ママは注文を復唱すると、部屋から出ていった。編集長は正座を崩してあぐらをかき、三人を見渡していう。

「今夜は大いに飲《や》りましょう。仕事もうまくいっているし、愉快だなあ」

編集長はいかにも愉快そうにいい、すべての現実を吹き飛ばすように大声で笑うのだった。私も今夜は編集長にとことん付き合うつもりである。

鹿の園

頑固親爺というのは江本守男さんのためにある言葉だ。もし日光霧降高原にゴルフ場の建設計画が起こらなかったら、建設反対運動に立ち上がった高校教師の北条貢さんは私に手紙をくれなかったろうし、私は江本さんと知り合わなかった。北条さんの手紙はまるで不意討ちのように私の家に届けられた。

貴兄に日光霧降高原の危機をお知らせ申し上げます。

霧降高原、海抜八百から千メートル地帯に、東京の業者がゴルフ場を造ろうとしています。霧降高原リゾート構想の一環として、県も市も支援しており、地元自治会の同意書も取れ、最終申請を県に提出、県が認可すれば、四月に工事が始まってしまいます。

私達が反対運動を起こしたのは、一月十四日でした。まことに出遅れております。出遅れの一番の理由は、こうしたことへの不勉強無関心で恥ずかしい限りですが、ゴルフ場建設の話が伝わった時、千メートルの場所で、積雪が多く、霧、雷雨、強風という悪条件は、地元が一番知っており、できるはずがないと一笑してしまったのが大きく禍いしました。会員権による莫大な利益が優先するなど思いもよらなかったのです。反対運動の面々はそんな素朴な感覚の持ち主たちです。それだけに、今、とても怒りを感じています。

日光の表玄関の山肌に傷をつけてよいのか。日光でも数少なくなった渓流の一つである赤沢、そこに建設時の土砂、その後には永続的に農薬が流れ込みます。この川には、イワナ、カジカがいて、そして川ノリもあるのに。しかも、この赤沢は、今市、宇都宮の飲料水なのです。多くの人々が自然と調和し仲良く過ごすのがリゾートではないのか。自然を破壊し、囲い込み、限られた人しか入ることのできない施設が、なぜリゾート構想に入ってくるのか。

手続き的にはほぼ完了、法的に争ってもまず勝目の無い所まで来ている今、一番有効なのはダダッ子のような素朴な市民の反対運動ぐらいしかないのだそうです。遅ればせながら、発会、集会、署名、現地視察会などを始め、地元各紙も県内版で報道してくれました。

メンバーを紹介させて頂きます。代表の江本守男は霧降の鳴沢上流でキャンプ場を経営すること四十数年、鹿と生活している変わり者です。キャンプ場の静寂を乱す者は皆怒鳴りつけてしまうので、客が寄り付かなくなり、今ではごく特定の少数の江本ファンで成り立っている不思議なキャンプ場です。私はこの運動を共にすることになって初めて彼の敷地内を訪れたところ、昼間、悠々と雄鹿が七頭、小屋の近くに遊んでいるのでした。彼は目を細めながら、あの角の一番でかい奴が次郎で、と一頭ずつ名前を付けているのに驚かされました。ゴルフ場の予定地は彼の敷地のすぐ上です。

この手紙をもらったのが一九九〇年である。それまで山の中でのひっそりとした暮らしをつづけてきた江本さんは、まわりに促されてやむにやまれず反対運動の代表になった。その頃は日本経済は異常な好景気に沸き返り、余った金がいろんな名目を立てながら自然破壊にまわったのであった。日光の山の中で反対運動が起こっても、誰も知らなければ力にはならない。長良川河口堰建設反対運動の記者会見が環境庁記者クラブで行われることになり、一時間のうち最後の五分間だけ日光のためにもらうことになった。江本さんは北条さんら仲間たちと姿を見せ、私もいっしょに予定の時間に壇上にならんだ。代表の江本さんは黙って口を結んでなかなか切り出さず、五分間しかないので私はやきもきした。やっと話しだした江本さんは、こういったきり再び黙ってしまった。

「私は鹿となら自由に話せるのですが、同じ哺乳類でも人間と話すのはどうも苦手でございまして……」

この後は他のメンバーが引き継いで経過を報告した。あらかじめ記者たちには資料が配ってあったので、記者会見はどうやら進行した。国立公園内の日光霧降高原にゴルフ場ができることになり、その反対運動があることを多くの人が知りはじめたのは、その頃のことである。

霧降高原は私には子供の頃から親しい場所である。霧降ノ滝があり、江本さんのとは違う公営のキャンプ場もあって、一夏に二度ぐらい訪れた。林道は通っていたが、車がなかったので、歩いていった。小学校高学年生の頃、私には印象的な思い出がある。

その夜は素晴らしい満月の夜であった。皓々と降りそそぐ月光が、地上のものすべてを濡らしているかのようであった。自作のカレーライスの夕食もすませ仲間とテントの中でトランプ遊びでもしていた私は、小便をするためテントの外にでて、この月光の中に溺れるようにしてはいっていったのだった。遠くの山も、隣りの山の木立ちも、テントの列も、足元の地面も、この私も、月光は何一つ余さずに黄金の色に染め抜いている。天空から降り注ぐ月光に染められているのではなく、内側から発光しているようにさえ見えたのである。この光景が美しいと感じ、私はこの月光を掴むことができると無意識の内に思い、地面に向かって指をゆるゆると伸ばしていったのだった。次の瞬間、指先が激しく弾かれた。地面に当たって突き指をしたのだ。鈍い痛みが何かを目覚めさせてくれたようにも思った。

両の掌で椀のように容器をつくると、その中になみなみと月光が満ちる。水のようにあふれてこぼれるようにさえ見える。だが掴もうとすると、すべて指の間からこぼれて一滴も残らない。私たちを囲み包んでいるあらゆること、万象を動かしている万物の真理とはこのようなものではないかと考えたのは、ずっと後年のことだ。意識しようとしまいと、真理はあらゆるところにあふれている。

江本さんが霧降高原に開拓にはいったのは、少年時代の昭和二十三（一九四八）年のことだった。牛と蜜蜂を飼って、食べる分だけの野菜をつくり、蜜と乳の流れる自分にとっての理想郷をつくろうとしたのだ。はじめの十五年ほどは野菜が動物に食べられることはなかったという。やがて猿と鹿の群れに野菜畑を荒らされ、蜜蜂の巣箱は熊になめられるようになった。それでも江本さんは野生動物たちを殺そうとは思わなかった。彼らが追い詰められ、自分のところに助けを求めてくると感じていたのである。山の奥では実をつける自然林が伐られ、建築用材のための針葉樹が植えられていたのだ。動物たちが教えてくれていると感じた江本さんは、汗を流して切り拓いた畑と牧場の大部分を、自然更新にまかせ時間をかけて森に戻すことにした。豊かな自然のあるところこそ、理想郷なのだ。橅《ぶな》、水楢《みずなら》、小楢などが繁り、みるみる甦ってきた森を、江本さんは自分も生活のできるキャンプ場にしたのである。自分が食べる分だけの畑をつくり、ここで生きていければいいと考えた。だからキャンプ場の中心には、牧場の名残りの草地があるのだ。

ある年の冬、日光の山は大雪にみまわれた。鹿の餌になる笹が雪に埋まり、樹の皮を剝いで食べるのだが間に合わず、鹿はどんどん餓死をしていった。皮をぐるりと食べられれば樹は枯れ、それも大問題である。毎年のことなのだが、冬は鹿の密猟がおこなわれる。雪深い山の奥で鹿が歩く鹿道はおおよそ決まるので、そこに針金で輪をつくって罠を仕掛けておく。通りかかった鹿が頭や胴を輪の中にいれ、動けば動くほど締められていく。何日かに一度見回りにくる密猟者がその鹿を撲殺する。人に捨てられて野生化した野犬の群れが山の中にはたくさんうろついていて、罠にかかって身動きできなくなった鹿を生きたまま食べる。

大雪が降って弱い鹿が死んでいくのは、自然がその中で生きられるだけの数を選んで調整しているのだと考えられなくはない。森の木を伐って鹿の生活をおびやかしてきたのは人間だが、大雪が降ったのは人のせいではない。自然にまかせるものはまかせるしかないにせよ、自分の欲のために鹿を殺す密猟者の罠はまったく別だ。江本さんは仲間たちと雪の山にはいり、罠を見つけるやはずしてきた。針金の輪は首がはいるやぎゅっと締まり、鹿は骨が折れたり息ができなくなって死んでいく。まだ生きている鹿がいても、恐ろしい敵の人間に囲まれた衝撃で死んでしまうことがある。そうならないよう、頭を布で包んで目をふさぐ。それからワイヤーカッターで針金を切り、自由にしてやる。鹿は起き上がるなり跳んでいき、雪の中に消えていく。

密猟者の罠にかかった雌鹿の死体をはずしていると、雪の中で何かが動いている気配があった。掘り出してみると、やっと手足を動かすことができるほどに弱った子鹿であった。子鹿を助けるかどうか、江本さんは迷った。野生動物は自分で生きる力をなくしたら、死ぬしかない。人間は手を出してはいけないのだと思いながら子鹿を抱き上げると、首も足も垂れ下がって、息をするのもやっとの有様だった。哀れを感じて子鹿を家に連れて帰り、蒲団と毛布で身体をくるんで温め、林檎と蜜柑のジュースに蜂蜜をまぜ、無理矢理口に流し込んだ。山羊をもらってきて、その乳を飲ませた。そうしているうちに子鹿は元気を取り戻してきた。その子鹿に江本さんは若子《わかこ》と名付けた。

山が緑になった頃、すっかりなついた若子を、江本さんは森に放してやった。森にはさまざまな危険が満ちているのだが、野生の鹿は森で生きなければならない。

それから二年たった春、江本さんの牧場跡の草地に森から姿を現わした雌鹿がいた。まだ距離はあったのだが、一瞬にして若子だと江本さんにはわかった。しかも、若子は子供を二頭連れていた。若子は母親になったのである。江本さんだけは、若子も他の鹿も、触れそうなほどそばにくることを許した。

それからしばしば、若子は江本さんの前にやってくるようになった。子はまた子を産み、群れは大きくなってどれがどれだかわからなくなったが、若子がおばあちゃんになったことだけは確かであった。七回目の冬が過ぎ、再び春になったのだが、若子は姿を見せなかった。その次の年もやってこない。若子の身に何かがあったのだろうが、ただ想像することしかできない。

霧降高原にいくたび、私は江本さんからたくさん話を聞いた。ゴルフ場は県が認可をしたことから建設が本決まりになった。反対運動をした人たちにも、また私にも、いろいろな災いが身に降りかかってきた。地元に住んでいる人は、商売が廃業に追い込まれるような嫌がらせも受けた。すべては覚悟の上だが、いい気分ではない。生活に困る人もでた。そんな時期、江本さんから段ボール箱が届き、蓋を開けると一対の鹿の角と、干しわらびと山椒の葉の佃煮がはいっていた。手紙は一行だけだ。

「山のカミより贈りもの」

江本さんの字体であったが、私は本当に山のカミが送ってくれたのだと思った。立派な雄鹿の疵のない角であった。鹿は春先になると、一年間頭上にたくわえていた角を落とす。それからまた一年かかって頭に角を育てるのである。そんな角が山には落ちているが、広い山を棲家としている鹿だから、一対らしいものを揃えるのは大変である。

私は江本さんとゴルフ場建設予定地近くの山に何度もはいり、そのたび多くを学んだ。森を歩いていると、突然草や枝が騒然とし、やがて静かになることがある。鹿か猿かと思うが、鹿は敏捷なので樹木がそれほど揺れることもなく、猿がいるのは樹の上だ。こちらに恐怖心を覚えさせるほどがさがさ揺らすのは、野犬の群れが逃げたからだ。まわりの空気を緊迫させるのは、野生になりきっていないからである。不安な感じがいつまでもそのあたりに漂っている。野犬が増えだしたのは、別荘開発がはじまった一九七〇年代からだという。木の間を遠ざかっていく犬たちの姿を見れば、スピッツや柴犬やシェパードの血を持った雑種犬がほとんどだ。森には似合わない都会の衣装を着けた零落したお嬢様のようで、どの姿も汚れきっているので、ますます哀れを誘う。

江本さんによれば、野犬の群れにはリーダーがあり、これが先頭に立って鹿狩りをするという。リーダーになるのはそもそも訓練された猟犬で、チームワークをとりつつ鹿を追い詰める。鹿は俊敏だが短距離走の選手で、少し走ったら休まなければならない。休んでいる隙に犬に追いつかれてしまう。犬は臭いを嗅いで、二日でも三日でも追いまわすのだ。どんなに森が広いといっても、狙われた鹿は逃げ切れるものではない。

霧降高原は国定公園内で狩猟は禁止だが、周辺の森では許可になる。コジュケイ、山鳥、鹿、猪、熊などを撃つ。大型獣を狩るためには猟犬が必要だ。猟犬を使うのは一年のうち猟期の三カ月だが、それ以外の日は訓練が必要だ。それは面倒だし経費もかかるとして、買ってきた猟犬を猟期だけ使い、あとは山に捨ててしまうハンターがいる。犬も生きていくためには捨てられたその場所で全力を尽くすのである。

反対運動そのものには、思い出したくないこともたくさんある。だが、そのまわりで学んだことは多かった。結局、日光霧降カントリークラブは完成し、営業をはじめたのだった。私は何度か前を通ったが、中にはいったことはない。江本さんも北条さんや仲間たちも、苦汁をなめつつそれぞれの生活に戻っていったのだ。

北条貢さんより発端の手紙をもらって十六年たった二〇〇六年八月十七日、私は再び北条さんから長文の手紙をもらった。

残念なお知らせです。

江本守男さんが七月三十日、脳出血で亡くなりました。夕方、鶏の餌をやりに行って倒れたようで、翌日の午後一時過ぎ、点検に来た電話会社の人が見つけました。

この手紙もまた不意討ちであった。江本さんは七十二歳で、世間的に見れば少し早い死である。私は江本さんは百歳まで生きる人だとひそかに思っていた。頑固一徹で、こうと思ったら絶対に筋を曲げない。心ならずの義理などすべて拒んでいるから、世間からの横風も吹いてこない。商売にしているキャンプ場も、世間に媚びたように宣伝をするわけでもなく、気にいらない人間は一歩たりといれない。山羊と犬と鶏を飼い、なんとなく居ついている猫の面倒を見て、自由気ままに暮らしている。鹿がそばに寄ってくるのはいつものことである。各地で鹿が増え、鹿をめぐる情勢は変わったからこそ、江本さんのキャンプ場に逃げ込んでくるのだ。江本さんの目には、鹿こそ受難者と映っていたことだろう。一切の妥協をはねのけて自分の思いを貫きつつ、森のうまい空気を吸い、森から湧き出す水を飲んで、農薬を使わずに自分で栽培した野菜を食べる。ゴルフ場建設反対運動の真最中、銀行が江本さんの土地に二十億円の値をつけたのだが、簡単に追い返されてしまったそうだ。それは最近わかったことである。この森を守ろうとするのは、ここそ理想郷だからだ。理想郷ならば、どんな値がつこうと売り渡すことはできない。理想郷に住んでいる人なら、百歳まで生きなければならない。私は北条さんの手紙を読みながら、こんなことを考えた。

江本さんについての手紙はすべてが終ってから送られてきた。私に気を遣ってのことだろう。私にはこれから葬儀に参加する方法がある。この文章の中でのことだが……。

江本さんは鶏小屋の前の地面にうつぶせに倒れている。助け起こすと、満ち足りた静かな寝顔をつくっていた。顔には何箇所か赤黒い小さな点があるのは、蟻のせいである。蟻に刺された跡ぐらいですんだのは不思議で、夜は鹿が、昼は鶏が守ったのだとみんなでいい合った。集まった仲間たちと江本さんの頭と両手両脚を持って母屋に向かって運んでいると、キャンプ場の草地の向こうにあるしたたるほどの緑の森から、鹿が二頭全身を現わし、こちらを見ていた。若子の血を受けた鹿かなとふと思ってみた。いつも使っている蒲団を母屋の座敷の真中に敷き、江本さんを寝かせた。

知らせを聞いた仲間たちが、なお一人二人と集まってきた。生涯を一人で暮らし、家族というものをつくらなかった江本さんである。幸いに八十八歳になるお姉さんが東京からきて、施主ということになった。江本さんに似てどこか頑固そうな矍鑠《かくしゃく》とした人で、家の宗教もないわけではないが、葬儀のやり方にはこだわらないという。それで江本さんらしい野の送りをしようということになった。

　通夜では畑にあった野菜を調理した。大根は煮てふろふき大根に、キャベツはサラダにしたりゆでたりした。パセリとセロリもサラダにした。ジャガイモがたくさん土の中から出てきて、これは塩ゆでにした。暑い夜だったがふろふき大根を皿にとり、味噌をのせ、息を吹き吹き箸で千切って食べた。ジャガイモも爪の先で皮を剝き、息をかけながら食べたのだった。キャベツは葉を一枚ずつむしって食べる。しゃりしゃり、しゃりしゃりと、セロリを嚙む音がしている。畑は漁網で囲いがつくられ、鹿がはいれないようになっていた。その漁網も完全にはずしてしまったから、あとは鹿がきれいに食べてくれるだろう。頭の中には思い出が走りまわり、いいたいことがいっぱいあるはずなのに、誰の口からも言葉がでてこない。

　車できていたが、焼酎を飲んでしまった。夏だから、どうせそのへんに横になっているうち、夜が明けるだろう。明朝はそれぞれ野の花を持って集まれということで解散したのだが、集まった時と人数が減っている様子もなかった。江本さんは座敷の真中でいつもと変わらぬ微笑をたたえて眠っている。山羊は二年前に、犬は昨年死に、それ以降江本さんは飼おうとはしなかった。鶏もずいぶん数が減っていて、十羽しかいない鶏には引き取り手が決まった。

　朝起きると、野の花を探した。真夏の季節のせいか、意外に花がなかった。地味なギボウシ、細い紐のような花茎に黄色い穂状の花がついたキンミズヒキ、白の中に朱の斑点が散らばった少々派手な山ユリがわずかにとれるくらいで、これでは足りない。結局花屋からも買ってきた。

　市の霊柩車がきたので、急がねばならなかった。葬儀屋が届けてきた棺に江本さんをおさめ、それぞれに持ち寄った花をいれた。野の花も花屋の花も仲良くしていて、花束の真中で江本さんは眠っているようだった。みんなで棺を担ぎ上げてから、誰いうともなくキャンプ場の草原を一周しようということになった。晴れ上がった夏の日で、草は緑の炎のようだ。平坦ではない一歩一歩を探りつつ、草を踏んでいく。向かっていった森の中から、親子の二頭の鹿が待っていたかのような身のこなしで出てきた。雌鹿と子鹿と向かいあって、棺を担いだまま立ち止まった。鹿まで三十メートルの距離だった。鹿の親子は動こうとせず、棺を担いだみんなも静止した。

その時間は五秒だったかもしれないし、永遠だったかもしれない。こんなこともあるのだなと誰もが涙していた。

後記

「三田文学」編集長加藤宗哉氏とは、不思議な縁がある。お互いに学部の学生の時代は終っていたが、終って間もなくの頃である。加藤氏は「三田文学」に小説を発表し、私は「早稲田文学」を舞台として創作活動をしていた。お互いにライバル視するところがあり、加藤氏がよい作品を発表すると、すかさず私も読んで、闘志を燃やして新たな作品に向かっていったものだ。三十五年以上も前のことである。私たちには文学の青春時代といったところであったのだ。

あれから幾星霜をへて、「三田文学」編集長になった加藤氏から短篇小説を書かないかといわれた時、私には過ぎ去った時というものが甦ってきたのである。思いをこらしてみれば、消えていった時の中で同様に消えていった数々の人がいる。私の中に生きている人々は、私がその人のことを忘れてしまうと、少なくとも私が支えていた分だけの存在が消滅する。そのことを痛みのような感覚として感じたのである。

私のまわりには、彼岸に旅立っていった人がなんと多いことであろう。その人々の列は、今もつづいている。時の流れとともに、人々は列をなして冥界へと向かう。もちろんその列に私もいつかは加わるのであるが、この世に在る間は、一人一人を惜別の念とともにていねいに見送りたいと願う。短篇連作を先の展望もないまま書きはじめ、とりあえずの今のこの号をどうしようかと立ち止まっているうち、ふとそんな気持ちになった。

「三田文学」は年に四冊でる季刊誌である。私は三カ月に一度身のまわりに材を探さねばならない。材料がなくなるとの不安がないわけではなかったが、過去まで遡っていけば、それは杞憂であった。消滅と生成をくり返すそんな時間の中を私は生きているのであるし、また私はそんな年齢になったということだ。

棺の蓋を覆ってからでなければ、その人のことはわからない。そんな意味の諺があったが、生きている間は人には自我や見栄などがどうしてもあり、その人の本性はくらまされている。人は死ぬ時、その人を繕っていた属性が剝がれる。一瞬、ありありとその人自身として存在することがある。そのことこそまさに短篇小説の生起する瞬間である。

このように身のまわりの死者について書いていくということは、私自身の人生について綴るのといっしょのことだ。加藤宗哉氏とは連作はできるだけ先までつづけていくと約束している。本書を「晩年」としたのは、短篇連作「晩年まで」はまだつづくからである。私が死者の列に加わって連作は終り、誰かが私を送ってくれるというのが理想だが、もちろん先のことはわからない。

二〇〇七年、夏に向かっていく若葉の東京にて

立松和平

本書は「三田文学」一九九九年夏季号から二〇〇六年秋季号に連載された。

晩年

二〇〇七年五月三十日　初版第一刷印刷
二〇〇七年六月　六　日　初版第一刷発行

著　者　立松和平
発行者　渡辺博史
発行所　人文書院
郵便番号六一二-八四四七
京都市伏見区竹田西内畑町九
電話〇七五-六〇三-一三四四
振替〇一〇〇〇-八-一一〇三

印刷所　創栄図書印刷株式会社
製本所　坂井製本所

落丁・乱丁本は小社送料負担にてお取替えいたします

ISBN978-4-409-15018-4 C0093

樋口覚著

誤解の王国

文芸批評を越える
たしかな人間理解

二四〇〇円

「誤解」こそが創造的な生の証と断言する著者は、それを丹念に跡づけることで文学者の思考の道程に同行する。細部から全体への意想外の展開とそれを支える論理の勁さは、批評が「読む」ことの徹底でしかありえないことを納得させる。大岡昇平論ほか秀逸論文十数篇。

表示価格（税抜）は2007年6月

樋口覚著

三絃の誘惑

近代日本精神史覚え書

やみ難い音曲への傾き
近代人の苦悶の劇

二九〇〇円

三味線が醸す日本的心性への耽溺とその徹底的な否定——明治以後、「淫声」として弾劾された江戸音曲に対する感情は十人十色、大きな振幅を見た。その劇の数々を、西洋の大波に見舞われ混迷を極めた近代日本の姿に二重写しに描いた傑作。第十回三島由紀夫賞受賞。

表示価格(税抜)は2007年6月